JN035836

講談社文庫

# 歪んだ波紋

塩田武士

講談社

目次

# 歪んだ波紋

# 黒い依頼

任期満了に伴う上岡《かみおか》市長選（3月19日投開票）に、同市出身の経営コンサルティング会社社長、山崎宣明《やまざきのぶあき》氏（48）が立候補の意向を固めた。無所属で出馬する可能性が高く、政党の推薦は受けないとみられる。

山崎氏は会社経営の一方、関西の芸能事務所に所属し、在阪局の情報番組でコメンテーターを務めている。関係者は近畿新報《きんきしんぽう》の取材に対し「抜群の知名度を生かした選挙戦になる」と話した。

上岡市では今年1月、自民党の木村正平《きむらしようへい》氏（51）に、不自然な政務活動費の支出があるとして市民オンブズマンが告発。木村氏は飲食代やコピー代などで領収証の偽造を認め議員辞職を表明した。その後、問題は野党議員にまで波及し、不明朗な政務活動費支出の実態が明らかになって、同市議会は空転している。

山崎氏は２０１３年に行われた前回の市長選でも、出馬が噂された。

1

薄い雑誌をテーブルに置いた後、マグカップに手を伸ばした。

奮発しただけあって、専用のメーカーがつくるコーヒーは嫌な苦みがなかった。沢《さわ》村政彦《むらまさひこ》は陶器のマグカップを指で打ちながら会員制雑誌の表紙に視線を移し、読んだばかりの記事を反芻《はんすう》した。

バブル期に大金を動かした怪人物の特集。特に戦後最大級の経済事件を引き起こした安大成《アンデソン》の事件史に目が留まった。放送局の乗っ取りに銀行株の買い占め。三千億円が闇に消えたとされる大型背任事件では、金を引き出された中堅総合商社「イノショウ」が消滅した。

人々はなぜ安大成を信用し、彼に莫大な金を預けたのか。記事を読み終えた沢村は、直接会って話を聴きたい衝動に駆られた。

「ねえ、これ、ゾッとせえへん？」

対面に座る美穂《みほ》が、読んでいる新聞をテーブルに置いて記事を指差した。

母親が自宅ガレージから車を出すとき、誤って三歳の息子をひいてしまった事故。子どもは意識不明の重体という。人の親になってから、この手の子どもが巻き込まれる事故はやりきれない思いになる。

「何かバタバタして、考え事しながら車出しちゃったんかもね」

いつも同じような話になる。沢村はため息をついて、今いるダイニングをぐるりと見回した。六畳だが、隣のリビングとの間に仕切りがないため、窮屈《きゅうくつ》には感じない。一人息子の彰《あきら》がいない分、寂しく思えるほどだ。

「これ、総合学習で彰がつくってる最中の新聞なんやけど……」

どこに隠し持っていたのか、美穂がB４大の紙をテーブルに滑らせた。今や妻の話の大半は、子どもに関することだ。年々、夫婦共通の話題が乏《とぼ》しくなっていることもあるが、不規則な勤務に就く夫への牽制《けんせい》の意味合いもあるのだろう。

新聞には幼い字で「いけぞの新聞」と題字があり、大小さまざまに区切られた手書きのニュースが並んでいる。池園《いけぞの》小学校の児童が選ぶ人気文具ランキングや学校で飼っているウサギのうち一匹が行方不明であることを知らせる記事など、なかなか読ませる。役割分担があるのか、ニュースによって筆跡がバラバラだ。

「彰の原稿はどれ？」

「このウサギのやつと……」

美穂はいわゆる「トップ」に当たる部分を指差した。不鮮明な白黒写真があるだけで、あとは空白になっている。

「何や、締切に間に合わんかったんか？」

「まだ提出日までひと月ほどあるみたい」と、美穂は首を横に振って答えた。

「えらい悠長《ゆうちょう》な新聞やなぁ」

子どもの手書き新聞であれ、自分の息子が〝一面トップ〟を任されているのは嬉しかった。

「ほんで、この空白んとこは、何の原稿なん？」

「『満田《まんだ》タバコ店』の道路のやつ」

沢村は「あぁ」と、間の抜けた声を出した。市内にある昔ながらのタバコ屋だ。この店の前に狭い三叉路《さんさろ》があり、車がカーブする際に内輪が白線を越えて歩道に割り込んで危ないらしい。これまでに妻から同じ話を何度も聞いている。

二年半ほど前、美穂は付近の道路でひったくりに遭ったのだが、バッグを盗られた際に転んで右足を捻挫《ねんざ》するけがを負った。しかも彰の誕生日プレゼントを買う予定があったので、近くの信用金庫でまとまった金を下ろしたばかりだった。精神的なダメージも大きく、今でも美穂が一人で夜道を歩くことはない。そんな彼女が、しつこいぐらいに訴えるのが、この現場付近の見通しの悪さと通行の危険性だ。

「池園小学校の校区外やけど、十分自転車の行動範囲内やからね」

要は、息子に負けず注意喚起の記事を書け、ということだ。

沢村は昔から仕事に口出しされるのが好きではなかった。休みの日ならなおさらだ。そもそも「交通危険マップ」といった類《たぐい》の話は、新人の警察《サツ》回りの仕事であって、十三年目の中堅記者が扱うようなネタではない。

「彰の原稿は何で遅れてんの？」

「先生と一緒に警察署へ話を聴きに行くらしいわ」

「警察に？」

たかが子どもの新聞に、という言葉を飲み込み、沢村は眉根を寄せた。

「新聞記者の息子が半端なもんは書けんって」

柔和《にゅうわ》な顔立ちの美穂が頬を緩めるのを見て、つられて笑ってしまった。わざわざ校区外の道路事情にまで首を突っ込むのだ。「記者の息子」という看板に重圧を感じる彰のことが気の毒な半面、面白くもあった。

「さっ、買い出し行ってこよ。麻婆豆腐でいいよね？」

美穂が新聞を折り畳んで立ち上がる。朝刊一面カタの見出しが目に飛び込んでくる。

――**上岡市長選　タレントの山崎氏出馬へ**――

すぐに桐野弘《きりのひろし》の不敵な面構えが浮かんだ。全国紙から地方紙へ移籍してきた変わり種。元大阪府警捜査一課担の看板を引っ提げ、地方紙に鞍替えした後も数々のスクープをものにしている。気難しい面がある一方、新しい物好きで、沢村より五つ年上だがウェブメディアについて造詣《ぞうけい》が深い。

限られた記者にネタが集まるのは、就職活動で特定の学生に内定が集中するのと原理は同じだ。地方紙の中堅記者としてすっかり落ち着いてしまった沢村には、既に嫉妬心も好奇心も消え失せ、日々雑誌やネットで話題になっている記事を眺めては、いつかは自分も、と詮ない想像をするのが関の山だった。

マグカップを置き、もう一度会員制雑誌に触れたとき、テーブルの上のスマートフォンが着信した。画面に「社会部」の文字が見えた途端、着信音が耳障りになる。休日を脅かす職場からの電話のせいで、二年ほど寿命が縮んでいるのではないかと思う。

「休みんとこ、悪いな」

電話口から申し訳なさそうな声がした。デスクの中島有一郎《なかじまゆういちろう》からだった。社会部のデスクでこんなに穏やかな声を出すのは、彼ぐらいだ。

「ちょっと手伝ってほしいことがあってな」

「今からですか？」

「できたら」

沢村は脱力して、天を仰いだ。原稿の問い合わせ程度で済めばという願いは、呆気《あっけ》なく潰《つい》えた。先週の土曜日出勤の振替休日は、特に何をすることもなく終わった。スーパーに出掛ける前だったのか、コートを羽織った美穂が同情交じりの、それでいて少し非難がましい視線を寄越してきた。

電話を切って冷めたコーヒーを口に含む。嫌な苦みがあった。

2

浅黒い肌の店員がラッシーの入ったグラスを置いて、黙って出て行った。

近畿新報本社近くにあるインド料理店。とても歓迎されているとは思えないが、無理もない。奥にある個室は常に新聞社の人間に占拠されている。分厚い壁とドアが密談に向く、との理由らしいが、ここを使っている時点で怪しいと宣言しているようなものだ。かと言って、料亭を使えるような身分でもない。

「何でここなんですか？」

沢村が冗談めかして言うと、細面の中島は気怠《けだる》そうに首を振った。

「とにかく外の空気を吸いたなってな。ずっとあんなとこおったら病気なるわ」

「確かに。あのフロア、窓開かないですもんね」

環境、防災という担当があるものの、沢村は気楽な遊軍的立ち位置だ。だが、あと数年もすれば中島のようにパソコンの前にかじり付いて、後輩の原稿を次々と捌《さば》かなければならない。想像しただけでもゾッとする。

「市長選、やりましたね」

沢村が持ち上げると、中島は面映《おもは》ゆそうに笑った。

朝刊の市長選のスクープは「プロジェクトＩＪ」の一環だ。ＩＪはInvestigative journalismの略で、調査報道を意味する。記者クラブに頼らない報道は各新聞、テレビ局の課題の一つだが、現行のシステムでは調査報道に充てる人件費も時間もない。

近畿新報でも三ヵ月前に特別チームをつくったものの、実質不動のメンバーと言えば、中島と桐野だけだった。

「まぁ、これからが大変やから」

沢村はラッシーを口に含んで頷《うなず》いた。緊急性のある呼び出しではなかったのかと、訝《いぶか》しんだが、表情には出さず「例のやつ、いけそうなんですか？」と話を合わせた。

「さすがに、今日、明日というわけにはいかんな」

中島は難しい顔をして、紅茶のカップをソーサーに戻した。

今朝、桐野が書いた山崎宣明は、関西でそこそこ名が通っている。知名度がある人物の出馬をスクープすると、政治への関心が高まる。上岡市は県庁所在地ではないが、人口二十五万人を抱える中核都市だ。それだけに報じる価値はあるのだが、中島たちの調査報道はここからが本番だった。

税理士資格のない山崎が、報酬を得て確定申告書を作成した疑いがある、との情報を桐野がつかんだ。さらには顧客に脱税の指南までしていた可能性もあり、市長選出馬に絡めて大々的に報じる流れで作業を進めている。

「無事着地できるかどうか……」

ここ数日、温和な中島の顔がいつになく険しいことに、ほとんどの社会部員は気付いていた。近畿新報の県内シェア一位の座が、全国紙の大日《だいにち》新聞の猛追によって危ぶまれている。近年、経営陣による営業、広告など各部門へのプレッシャーは増していく一方で、もちろん編集局も例外ではない。紙面で他紙との差異化を図るために始まったのが「プロジェクトIJ」だった。

年間二百万円という、地方紙の一企画にしては破格の予算が計上されたプロジェクト。それを仕切るのが中島の仕事だ。お気楽な遊軍記者の沢村にも、その大きな重圧は目に見えるようだった。

「で、僕は何をすればいいんですか？」

中島は「あぁ」と思い出したように言うと、ジャケットの内ポケットから写真を抜き出した。

「例のひき逃げの件なんやけど……」

市長選絡みの取材だと思っていただけに、沢村は拍子抜けした。

写真は黒のワンボックスカーの側面が写っていて、背景の一戸建てらしき白壁はピントがズレてぼやけている。沢村は一週間前に朝刊で打った特ダネの写真だとすぐに分かった。掲載された写真は周囲にモザイクがかかっていたが、同一のものと見て間違いないだろう。これも「プロジェクトＩＪ」の一環で、桐野が拾ってきたネタだ。

「もともとの端緒は沢村やってんな？」

「端緒ってほどでもないですけど、泊まりで当たってしまっただけです」

ひと月ほど前、宿直勤務のときに死亡ひき逃げ事件が発生した。被害者は四十歳の男で、料亭の板前。即死だった。

社会部の宿直は通常三人体制で、その夜は強面《こわもて》のデスクと新人記者という、いわゆるハズレの組み合わせだった。近畿新報には、日付が変わるころから乾きものとビールで酒盛りをするという風習があり、たわいのない話をしながら事件・事故を警戒する。

警察署から、ひき逃げ事件の発生を知らせる広報文が届いたのは、三人が缶ビールのプルタブを引いたときだった。ひき逃げの場合は、広報文をもとに警察署に電話取材をして原稿にするのが基本だが、沢村は酒癖の悪いデスクから逃れるために、写真を押さえる口実で社会部を飛び出した。

「でも、沢村が現場で目撃証言を拾ってくれたおかげで、続報が打てたからな」

「いや『ワンボックスカー』ってだけですし、社会部に帰りたくなかったから、目撃者を捜し回っただけですよ。中島さんがデスクの泊まりやったら、現場行きませんわ」

それは偽らざる思いだった。無気力とまでは言わなくとも、情熱的なタイプではないとの自覚はある。実際、翌朝にサツ回りの二年生記者に情報を引き継いだ後は、事件のことを忘れていた。

「この写真は、桐野さんの記事に載ってたやつですよね？」

「そうや。読者からIJ専用のメールアドレスに送られてきたもんでな。沢村の取ってきてくれた『ワンボックスカー』と一致したから、すぐに桐野が裏取ったんや」

「その後、動きは？」

「サツの方ではないんやけど、また違う読者からメールが入ったんや」

そう言うと、中島は写真をつまみ上げて軽く振った。

「この車、遺族宅にあるらしい」

3

夕方のどんよりした陽を浴びた家の敷地に、その車はあった。

「森本《もりもと》」の表札を目にし、サッと鳥肌が立つ。

建坪は目算で三十五～四十坪。白壁の質素な造りだが、玄関前ではなく側面に駐車スペースがある点が特徴的だ。角地のオープン外構なので、車が丸出しの状態になっている。

沢村は中島から渡された写真と、目の前の光景を何度も見比べ、読者の情報が事実であることを確認した。

このネタはいける――。

これほど血が騒ぐ感覚は、久しくなかった。偶然、家族をひき逃げする可能性などほとんどないだろう。つまり、殺人、ということだ。

沢村は無遠慮に駐車スペースに入り、角度を変えてワンボックスカーの写真を複数枚撮った。一見したところ、目立った傷や凹《へこ》みはない。取材バッグにカメラをしまうと、今度はＩＣレコーダーを取り出した。

殺人の嫌疑がかかる状況で、遺族が取材に答えるとは思えなかった。インターホン越しに会話し、その様子を捕まった後に「逮捕前の一問一答」として掲載するのだ。中島からの指令も「感触だけでもええからつかんでくれ」というものだった。

念のため周囲に視線をやって、他社の記者がいないか確認する。違和感のある車両はない。沢村はレコーダーの録音ボタンを押してインターホンを鳴らした。

反応がなかった。

耳をすましても、物音一つしない。もう一度鳴らしても応答がなかったため、沢村はレコーダーの電源を切った。陽が落ちてから、再度当たることにして踵《きびす》を返した。

「はい……」

背後で暗い女の声がした。

不意を衝《つ》かれた沢村は、慌ててレコーダーの電源を入れてインターホンの前に戻った。

「突然お邪魔して申し訳ありません。近畿新報の者ですが……」

沢村は考えていた通り「ひき逃げ事件発生時から現場を取材し、犯人を追っている」旨を、やや誇張して自己紹介した。女は戸惑った様子で相槌を打つばかりで、近畿新報と言ってもリアクションが薄く、桐野の記事を読んでいないのではないかと推察した。

「失礼は承知の上で参りました。もちろん、今すぐでなくても構いません。ただ、ご遺族の方の声を広く届け、犯人逮捕を願っている記者がいることだけでもご理解いただければ……」

「あのっ……」

女の声が遮ったので、沢村は口を閉じてレコーダーをインターホンに近づけた。

「駅ビルの中にスタバがあるんですけど」

「衣川《きぬがわ》駅の？」

「ええ。そこで待っててもらえませんか？」

思わぬ展開に当惑したものの、沢村は自分の携帯電話の番号と目印としてテーブルに新聞を置くことを伝えた。

駅までの道のりで、沢村は女の氏名を確認し忘れたことに気付いた。バッグから警察広報のコピーを取り出したが「妻、三十二歳」としか記しておらず、名前が分からない。これまで数えきれないほどの原稿を書いてきたはずなのに、久しぶりの事件取材のせいか、警察から発表される情報が「全てではない」という点に気持ち悪さを覚えた。無論、一つひとつの事案に時間をかけていては、一日たりとも新聞は発行できない。あまりに当然過ぎるが故に死角になった現実――。

同僚に話せば笑われそうな気付きだが、奇妙な感覚が頭から離れなかった。

駅ビルのスターバックスはほぼ満席だったが、何とか二人掛けのテーブル席を押さえることができた。沢村は注文したカフェラテを受け取った後、席に着いてデジカメの画像と中島から預かった写真を比較した。背景に写っている白壁のくすみや室外機まで、全て一致している。

被疑者との接触になるかもしれない。

後々のことを考えて、録音は必要だろう。通常の取材ならICレコーダーを見せて録音許可を取るが、今回は断られる確率が高い。何より、相手に警戒心を抱かせてしまう。沢村はレコーダーをセッティングし、ジャケットのポケットの中に入れた。

入り口付近で、辺りを窺《うかが》うように立っている女を見つけた。実年齢より若く見えるが、慌てて引っ掛けたようなグレーのコートは、ややくたびれている。

沢村が新聞を持って立ち上がると、女は強張った顔で頭を下げた。低めの声の印象と異なり、小柄で色白だった。ポケットのレコーダーを手探りして、録音ボタンを押す。

「本当にこのたびは失礼しました。近畿新報の沢村と申します」

女は名刺を受け取ると、消え入りそうな声で「森本です」と言って丁寧にお辞儀した。沢村はすかさず何を飲むか尋ねたが、困ったような表情を浮かべたので、席で待つように言ってレジへ向かった。

自分が注文したものと同じカフェラテを持って席へ戻ると、沢村はまず氏名を確認した。女は「森本ミサキ」と名乗った。漢字を聞き取って、ノートに「美咲」と記す。

「森本さんは二人暮らしでしたよね？」

「はい。亡くなった夫と」

被害者の森本道夫《みちお》は料亭の板前で、四十歳の働き盛りだった。一方の美咲は週に二度ほど雑貨店へパートに出ている。

美咲はカフェラテに口をつけず、絞り出すように沢村の質問に答えていった。薄手のセーターの上に重ねた黒のワンピースが、彼女の疲れ切った表情をより暗いものにしている。事件以来、ずっと家の中に引きこもっているという。

単なるひき逃げでない、という前提に立てば、夫婦間のトラブルを聞かなければならない。だが、交通被害者の遺族を相手に、それは極めて不自然な展開だった。

「道夫さんが被害に遭われた日ですが、その当日に憶えていらっしゃることはありますか？」

沢村の問い掛けに、美咲は唇を噛み、顔を歪《ゆが》ませた。涙が表面張力を見せたのも一瞬で、両頬に線を引くようにスッと流れ落ちた。ジャブのつもりで放った質問だったが、沢村は動揺してうまく言葉を継げなかった。

「夫は昔から水道水が苦手で、ミネラルウォーターしか飲まないんです。いつもは宅配にしてるんですけど、その週は私が注文し忘れてしまって」

美咲はそこで一旦言葉を区切ると、目元にハンカチを当てた。

「だから、深夜まで開いてるスーパーに寄ってもらうようお願いしたんです」

「つまり、道夫さんはいつもと違う道を歩いていた、と?」

「あんなこと頼まなかったらよかったって、胸が張り裂けそうで……」

道夫は見通しの悪い、薄暗い交差点ではねられた。美咲はうつむいて洟《はな》を啜《すす》り、涙を拭い続けた。後悔の念が伝わり、沢村はジャケットのポケットの中で録音を続けるICレコーダーの存在に罪悪感を覚えた。

「よかったら、温かいものを飲んでください」

我ながら間の抜けたことを言う、と沢村は思った。美咲は涙が止まらないらしく、周囲の視線が気になり始めた。

酷なことをしているとの自覚はある。だがその半面、これまでの記者生活の中で目にしてきた「人間の悪意」が、胸の内で鎌首をもたげる。

記者三年目、警察の所轄回りのときに経験した主婦殺しの一件。被害者の葬儀の模様を写真に撮らなければならず、心の中で謝りながらシャッターを切った。

「何で死んだんじゃ!」

遺影を抱えた夫が、絶叫して両膝をついたとき「バシャ、バシャ、バシャ」と、無数とも思える取材陣のシャッター音が重なった。

「おまえら、ええ加減にせえよ！」

親族の男が記者たちに向かって怒鳴ると、シャッター音が止んだ。参列者の冷ややかな視線を受け、沢村はやりきれなくなった。

二日後、県警本部の捜査一課担当の記者から電話が入った。

「旦那が呼ばれとる。警戒しといてくれ」

その夜、妻殺害の容疑で夫が逮捕された。浮気を詰《なじ》られてカッときたというつまらない動機だった。

夫の最後の言葉が思い出せないんです――。

美咲の静かな声に、沢村は我に返った。

「当日の朝は風邪をひいてて、起きられなかったんです。夫が仕事に行く前、ベッドにいる私に声を掛けてくれたんですけど、私、寝ぼけてて……。それが……それで最後になるなんて思ってなかったから……」

美咲は悲しみの底が見えない、といった様子で涙を落とした。遺影を抱えて両膝をついて絶叫した、あの男の残像がちらつく。

このまま妻を信じるか、それとも疑うか――。

「ご自宅で新聞を取ってらっしゃいますか？」

突然の脈絡のない問い掛けに、美咲は虚を衝かれたように顔を上げた。

「いえ……。申し訳ないんですけど、新聞は取ってないんです」

「では、今回の件については？」

「読んでません。新聞で夫の名前を見たら、ダメを押されるというか、現実を突き付けられるような気持ちになると思うので」

身内が何らかの被害に遭ったとき、真っ先に求めるのは情報だ。最初から目と耳を塞《ふさ》ぐことなどあるだろうか。胸の内で黒いワンボックスカーの存在が膨れ上がり、疑念が芽生《めば》えた。

沢村は意を決して、バッグからＡ４用紙を一枚取り出した。桐野の記事のコピーだ。

「では、これも読まれていないですよね？」

コピーを美咲に手渡した。読み進めるうちに、記事の意味することに気付いたのだろう。パッと顔を上げた美咲の表情は、見る見るうちに強張っていった。

「このワンボックスは、美咲さんも運転されるんですか？」

美咲の乾いた唇が震え、発せられようとした言葉が飲み込まれて眉間に皺《しわ》が寄った。これ以上ない怒りの形相《ぎようそう》。無言のまま立ち上がった美咲は、足早に店を後にした。

軽蔑の余韻《よいん》が漂う中、沢村はジャケットのポケットに手を入れて、ICレコーダーを止めた。

4

社会部に着いたころには、本格的に頭が痛み始めていた。

ストレスからくる頭痛だ。「ピーコ」と呼んでいる通信社のニュースアナウンスが絶え間なく流れ、そこら中で話し声や電話の鳴る音が聞こえる。社会部には三十人強の記者が所属しているが、今はデスクを含め三分の一程度しかいない。沢村はレコーダーの会話を起こし、メモをつくり次第すぐに帰ることにした。

「あれっ、休みじゃないんですか？」

「IJで呼び出しや」

声を掛けてきた後輩は「あぁ」と同情を含んだ目で頷いた。

「市長選の件ですか？」

「いや、ひき逃げの方や」

「ひき逃げ？」

後輩が意外そうな声を上げたので、沢村は照れ隠しに笑った。今は市長選絡みの話がメインで、ひき逃げ事件などどう考えても「その他の事案」だ。

席に着くとすぐに目の前の電話が鳴ったので、反射的に受話器を取り上げた。

「あっ、そちら社会部ですか？」

押しの強そうな中年男の声に、身を硬くする。クレームかもしれないと思うと、さらに頭が締め付けられる。

「ええ、そうですが」

「ウェブニュース『ファクト・ジャーナル』の記者の丸岡《まるおか》と申します」

「『ファクト・ジャーナル』？」

聞き覚えのあるサイト名だ。ウェブニュースの記者からの電話は初めてだった。

「今朝の上岡市長選の件なんですが、なぜ山崎さん立候補、というような報道になったのか、そのあたりを伺いたいんですが」

「あの、おっしゃってる意味が分からないんですが」

語気を強めて言い返すと、デスクの一人が慌てて電話口まで来て沢村に用紙を渡した。

──上岡市長選報道に対する問い合わせについて──

「いや、お宅の朝刊の報道についてですよ」

返答が癪《しゃく》だったのか、記者は苛立っているようだった。沢村は「ちょっと待ってください」と制して用紙に目を落とした。

　桐野が朝刊で書いたスクープに対し、山崎宣明が記事を全面的に否定し、法的措置を取ると、かなり強い不服の念を表明していること、マスコミの問い合わせが殺到し、ネットでも記事が拡散していることなどが書かれていた。

「ちょっと、質問よろしいでしょうか」

「あのっ、すみません」

　再び記者を制した沢村は、用紙に記されたマニュアル通り「記事は市長選に関して取材した結果で、報道内容に自信を持っております」と告げた。

「まぁ、そう答えないとダメなんでしょうけど。まっ、いいです。失礼ですが、お名前を伺ってもよろしいですか？」

　知らない人間に名前を聞かれるのは嫌なものだ。特にネット時代、マスコミ叩き全盛の今はリスクが大きい。それでも答えずに絡まれる方がもっと厄介《やっかい》だ。

「沢村と申しますが」

「沢村さん、相談なんですが、個人的にギブ・アンド・テイクしませんか？」

「いや、それはちょっと」

「今職場でしょうから答えづらいのは分かります。とりあえず、こちらの携帯番号申し上げますね」

恐らくフリーライターだろう丸岡の強引さに辟易《へきえき》しながらも、沢村は番号をメモした。

「沢村さん、今回の記事は結構ヤバいと思いますよ」

「えらい自信ですね」

「これは完全な誤報ですよ」

誤報という強い言葉に息が詰まった。電話を切った後、沢村は用紙をくれたデスクへ報告に行った。

「完全な誤報って言われましたよ」

「今日は、その手の電話が鳴り止まん」

「調査票はあるんでしょ」

立候補予定者調査票は、出馬を決めた者が任意でマスコミ関係者に提出する書類で、問い合わせ先や党派、当落選歴、選挙責任者などについて答える形式が一般的だ。今回は桐野が元いた大日新聞の書式の調査票を入手していて、これが決め手の一つになっていた。

「でも、その大日がうちの報道を否定する記事を夕刊に書いてるからな。調査票の〝ち〟の字もない」

「この時期に書かれるとマズかったんでしょうね」

「そういうことやろな。法的措置ぐらい言わなあかんねやろ。『二万パーセントない』でも、出るんが政治家や。いずれにせよ、もうちょっとの辛抱や」

「中島さんと桐野さんは？」

「会議室や。今、幹部と続報について話し合ってる」

時間が短かったため、美咲との会話をメモに起こすのにさほど骨は折れなかった。その間も市長選についての問い合わせ電話が二本。沢村はマニュアル通りに応対した。しばらく中島を待ったが、会議が長引きそうだったので、メールでメモを送って帰ることにした。

編集局の広いフロアから廊下に出たとき、トイレから大柄な男が出てきた。男は沢村に気付かず、スタスタと奥へ歩いて行く。

「桐野さんっ」

遠ざかる桐野に呼び掛けたが、全く反応がなかった。もう一度声を掛けるのは気が引け、相当シビアな会議になっているのだろうと忖度《そんたく》した。

腕時計を見る。午後七時過ぎ。再び前方に視線をやったとき、桐野の姿は視界から消えていた。

沢村はスマホを取り出して、妻に電話した。

5

駅前には既に活気がなく、青空商店街はほとんどシャッターが下りていた。近畿新報の本社は県庁所在地にあるが、三十分も電車に揺られれば、葉のない畑や大型パチンコ店などが混じり合う地方の風景である。

沢村は改札から少し離れたところで、ワイヤレスイヤホンを耳に入れた。スマホを操作して、ダウンロードしたPodcastを再生する。駆け出しのころ、夜討ちと言えば携帯ラジオだった。ナイターやＦＭで音楽を聞きながら刑事の帰りを待ったものだ。いつの間にか皆がスマホを持つようになり、ワイヤレスイヤホンも珍しいものでなくなった。

沢村はそんなたわいのないことを考えながら、数年ぶりの夜討ちに心浮き立つものを感じていた。電車に乗る前に飲んだ頭痛薬も効いて、気楽なものだった。しかしこれが毎晩、しかも抜き抜かれの薄氷の上となると少しも楽しめないのだが。

先ほど見た桐野のただならぬ様子に、沢村はできるだけのアシストをしようと決めた。人のために率先して動くのは自分でも珍しいことだと思う。

ダラダラと過ごしてきた記者生活だが、入社当時は若者らしいやる気に満ちていた。それが、短い睡眠時間、他社に抜かれる恐怖、呼び出しの気疲れなど警察回り特有の厳しい環境に神経をすり減らし、パワハラという言葉が浸透していなかった旧態依然の新聞社の空気に嫌気が差して、いつの間にか最低限の仕事だけこなしてお茶を濁《にご》す記者になっていた。

それでも一年目はまだ学生気分が抜けきれない無邪気さがあった。二年生のとき、夜討ち朝駆けを繰り返してヤミ金に関する特ダネを書いたが、記者クラブにいる他社は痛くも痒《かゆ》くもない様子で談笑していた。

「近畿新報に抜かれても怒られないんだ」

仲のよかった通信社の記者に言われ、沢村は大きなショックを受けた。薄々気付いてはいたが、地方紙が一段低く見られているのがよく分かった。もちろんそれが全てではない。だが、仕事が空虚に思えたのは事実だった。

泊まり勤務で一緒になったとき、桐野にその〝新人記者の傷心〟について話したことがあった。

「まぁ、それも昔の話や。ネットが定着してからは、独自色を出さなあかんから、全国紙の方が苦労してるで。なまじ所帯が大きいからな。それに、調査報道のネタなんか、全国どこにでも落ちてる」

元全国紙のエース記者に言われ、沢村は少し気が楽になったのを憶えている。特ダネ記者にはアクが強くても魅力的な人間が多く、桐野の言葉にも常に説得力があった。母親の介護という事情がなければ、もっと大きな世界で勝負していただろうと素直に思う。

駅に着いてから二十分ほどで井岡公昭《いおかきみあき》が改札から出てきた。夜討ちの二十分待ちならかなりラッキーだ。ツキを感じた沢村はPodcastを止めて、井岡に近づいた。

「ご無沙汰してます」

井岡は突然声を掛けられて驚いた素振りを見せたが、すぐに沢村だと気付いて顔を綻《ほころ》ばせた。

「えらい久しぶりやなぁ。ちょっと偉なったら、もう会いに来《け》ぇへんやないか」

「そら井岡さんは副署長に出世されたんですから、遠慮してしまいますわ」

「またうまいこととぼけて。俺は君の躍進を言うとるんや」

「私？　私は万年平社員ですよ。同期の出世頭はサブデスクしてますから」

躍進、という言葉を聞いて、あぁ井岡公昭だと懐かしくなった。会話の中に妙に硬い単語がポンっと入ってくるのが面白く、よく後輩を相手にものまねしたものだ。白髪《しらが》が増え、少し恰幅《かっぷく》がよくなったものの、姿勢の正しさや柔らかい雰囲気は変わっていない。

沢村は井岡に歩調を合わせて前へ進んだ。八年前は最低でも週に一回、この道を歩いた。駅待ちでは警察官と接触できない確率が上がるものの、駅から自宅までの間、長い会話時間を確保できるメリットがある。当時、所轄回りのキャップだった沢村は、同じ道筋を歩みながら、生活安全課長だった井岡からたびたびネタをもらっていた。その課長が今、例のひき逃げ事件を管轄する署の副署長になっている。交通警察に人脈はなかったが、幹部には情報が集まる。

「今日は孫が来てるんや」

ここから井岡の自宅までは十分もない。早く用件を切り出せということだ。

「例のひき逃げですけど」

「あぁ、あの変な記事な」

「変な？」

「黒のワンボックスが被疑者車両やって？」

井岡の試すような問い掛けに、沢村は用心深く頷いた。

「マル害はマル害や。ひっくり返らんで」

井岡の表情に嘘はなかった。警察は被疑者を把握している……。

「その線で捜査が動くことはないですか？」

井岡は笑って「ない、ない」と手を振った。やはり、ごまかしているようには見えない。肝が冷えていく。

「でも、あの写真はうちが裏を取ってるはずですよ」

「裏?」

青空商店街を抜けたところで、井岡が足を止めた。

「うちの署の誰かが『あの遺族の車が犯行車両や』って言うたと?」

「ええ」

「そんなアホな」

再び歩き始めると、丁字路を左に曲がり坂道に入った。広い道路に大きな家が向かい合って建っている。典型的な郊外の住宅街だ。

「あれは完全な誤報や」

誤報、と聞いてまた心中がざわついた。先ほど「ファクト・ジャーナル」の記者からも同じことを言われた。それぞれ、別のネタで。

坂道まで来ると、井岡の家は目と鼻の先だ。この直線の二分ほどで情報の真贋《しんがん》を見極めなければならない。

「もう一度確認しますけど、うちの記者は写真の裏を取らなかったんですね?」

「ない。絶対俺のところに報告がある」

井岡は警察官らしい鋭い視線を見せて言った。

「あの奥さん、妊娠してるからな」

「えっ？」

「まだお腹は目立たんかもしれんけど。実際、事件当時の取り乱しようは凄まじかった。お腹の子に差し障りがあるんやないかと心配したぐらいや」

沢村は今さらながら、美咲がゆったりとした黒のワンピースを着ていたことやカフェラテに口をつけなかったことに思い至り、強いショックを受けた。

「幸いあのご婦人が記事に気付いてないみたいやから、静観してるけど、だいぶタチが悪いで」

井岡の自宅が視界に入った。カウントダウンが始まる中、沢村はフルに頭を働かせた。

「もう被疑者の車両を特定してるってことはないですよね？」

井岡は前を向いたまま肯定も否定もしなかった。

既に行動確認《コウカク》に入っている……。

それは曲がりなりにも記者として禄《ろく》を食《は》んできた人間だからこそ確信できる阿吽《あうん》の呼吸。

「発生当時、私も聞き込みしましたけど、ワンボックスカーと聞いてます」

恐らく聞き込みの労力に対して、井岡は頷いた。

「黒、ではないんですか？」

家に着いた。タイムリミットだ。

「ご苦労さん」

井岡は優しく沢村の肩を叩いて鉄門扉を開けた。小さな階段を上がっていく後ろ姿を見送る。ドア前まで来たとき、井岡はくるりと沢村の方を向き、コートのポケットからシルバーの懐中時計を取り出した。そして、意味ありげにコツ、コツと指で打った。

逃げた車はシルバー――。

井岡は一つ頷いてドアの向こうに消えた。

森本美咲の憤怒の表情が甦《よみがえ》る。沢村は両手で髪を掻《か》きむしった。

あの記事は、デタラメだ。

6

最寄駅から自宅に戻る途中、国道沿いのファミレスに入った。

夕飯を抜いていたが食欲はなく、ドリンクのみを注文した。パソコン画面右下の時計では午後十時を回っている。呼び出されてからまだ十時間と経っていない。その間に中島と美咲に会い、社会部で苦情電話を受けながらメモをつくって、井岡のところへ夜討ちに行った。そして今、ファミレスで社用パソコンを開いている。密度の濃さがそのまま疲労になっているが、興奮と焦燥がそれを麻痺させていた。

ドリンクバーでホットココアを入れる。甘い物を摂《と》りたかった。

沢村はIDとパスワードを打ち込んで社内のデータベースにアクセスすると、桐野の署名記事を検索し始めた。大日新聞から転職して五年。総本数は三百五十件を超えている。これは署名のあるものだけだ。一覧の中から事件や犯罪絡みの企画など、ネタが獲りにくい硬派記事を中心にクリックしていった。

記事を一読しただけで真贋を判断するのは難しかったが、特別メモに値するものは出てこなかった。目の疲れを感じた沢村は、ココアを口に含んでからおもいきり伸びをした。ベッドに潜り込めばすぐに眠れそうだ。目頭を揉んで再び記事の一覧に意識を戻す。

二年前の犯罪被害者特集の第四回のタイトルをクリックした。窃盗被害者への取材で構成しているが、そのうちの一項目が「ひったくり」であった。

**大野留美《おおのるみ》さん、二十七歳、医療事務員。**

**「前に危ない三叉路があって、何度か車にひかれそうになったんです。ですから、そちらに気を取られていて、後ろから近付くバイクのエンジン音には気付きませんでし**

た」

――バッグを盗られた際に転倒し、右足を捻挫するなど全治約一ヵ月のけがを負った。被害金額は約十万円で、長男の誕生日プレゼントを買うため、近くの信用金庫のＡＴＭから下ろしたばかりだった――

被害に遭ったときの心境、その後のトラウマ、警察の捜査について……。読み進めるうちに、沢村の心は凍りついていった。

これは全て、妻の話だ。

被害者の氏名、年齢、職業。それ以外の全ての情報が、美穂が受けた被害と一致している。偶然で片付けられる次元ではなかった。あのとき、病院で見た美穂の真っ青な顔を思い出し、沢村の胸の内が不快に湿った。

桐野は大野留美なる架空の人物を仕立て上げた。人物だけをすり替えた理由は本人にしか分からないが、この時点では完全に記事を創作することに抵抗があったのかもしれない。市長選の立候補とひき逃げの写真、ともに虚偽なら、記者としての倫理観が崩壊している。

会社を揺るがすスキャンダルになる――。

沢村はお冷をひと口飲んで考えをまとめた。

ひき逃げ記事の車の写真は、被疑者の車両ではなかった。では、市長選はどうか。桐野が元いた大日新聞の調査票ということが目くらましになっていたが、そんなに早く調査票を書くだろうか。

ノートにメモしている携帯電話の番号が沢村の目に留まった。「ファクト・ジャーナル」の丸岡。連絡を取れば、逆に根掘り葉掘り聞かれて取り返しのつかない事態に発展する可能性がある。だが、丸岡は何かをつかんでいる。「これは完全な誤報ですよ」といったときの自信に満ちた声は、まやかしではないと直感が告げていた。

桐野は何をしたのか――。

本人が上司に真実を話すとは限らない。都合の悪いことを敢えて言わないこともできる。

沢村は自らの欲求に抗えず、スマートフォンに番号を打ち込んで発信した。

「はい？」

丸岡の不機嫌そうな声が聞こえた。

「近畿新報の沢村です。今日、電話を受けた記者です」

「あぁ！　ご連絡いただけたんですね。ありがとうございますっ」

丸岡は急に弾んだ声を出した。沢村は警戒しながら話を切り出した。

「市長選の件なんですが、今日、丸岡さんは完全な誤報、とおっしゃいましたよね？

その根拠を教えていただきたいんです」

「沢村さんはまだあの記事を信じていらっしゃるんですか？　百パーセントないですよ」

丸岡の断言に気持ちが重たくなる。

「せっかくご連絡いただいたので、打ち明けますが、うちが明日の朝に配信する記事に関係するんですよ」

「今回の件についても書くんですか？」

「もちろん触れますけど、そんな単純な話ではありません。明日、うちが書くことでかなり拡散されると思いますが『メイク・ニュース』というサイトがあるんです。これはフェイクニュースを捩《もじ》ってるんですが、偽記事の指南書のようなサイトでして」

「偽記事？」

「ええ。私は今、このサイトをつくっている人間を追ってるんですが、間違いなく元新聞記者です。信憑性《しんぴょうせい》のある偽記事のつくり方を解説していて、本当に細かくジャンル分けしてるんですよ。その中に『選挙』というタグがあって、出馬のスクープに関するものもあるんです。例えば今回、桐野さんは調査票を根拠の一つにしてますよね？」

そんなところまで調べているのか……。沢村は背筋が冷たくなった。

「これもフェイクニュースのテクニックの一つとして紹介してます。あと、ひき逃げの写真」

「何でそれを……」

「『プロジェクトIJ』絡みの記事は、片っ端から調べました。それらしい車両の写真を載せるという方法も『交通事故・事件』のタグにあるテクニックの一つです」

同じ記者であるはずの丸岡の話に理解が追いつかない。

「でも、このサイトはネット上で拡散させるためのものです。それを実際の紙面、レガシーメディアで使ったという点が大きなニュースです」

レガシーメディアとは昔からある新聞やテレビの〝古さ〟をやや批判的に見る表現だ。まさしく以前、桐野が話していたことだ。確かに彼はウェブメディアに精通している。

「『メイク・ニュース』のアクセス数は右肩上がりだって話もあります。今後は偽情報というウイルスとも闘わないとダメだってことですね」

これは、情報が紛れもない凶器であることを可視化したサイトだ。コントロールを誤れば、虚偽を土台にして世論がつくられる。その裏面に、真実を語る人々の不幸せがちらついた。

そして、頭の中で一つの閃《ひらめ》きを得た。

誤報と虚報。

沢村も数多くの原稿の中で少なからずミスを重ねてきた。その大半は不注意や思い込みによるものだ。だが、虚報は明確な悪意がそこに介在する。誤報には訂正という自浄作用が働くが、虚報の汚れは簡単に拭い取ることができない。

「沢村さん、ギブ・アンド・テイクをお願いしたいんですけど、このＩＪのデスクってどんな人なんですか？」

「デスク？」

「ええ。こんなこと一人ではできませんよ。協力者がいないと」

中島の顔が浮かんだとき、沢村は再び美穂がひったくり被害に遭った日のことを思い出した。

ひったくりは匿名報道が原則である。さらに、広報の際、被害者が新聞記者の妻であることを公開しないよう警察に申し入れたのだ。仮に沢村の名が紙面に出ることになれば、一般人の妻や子どもにも影響を及ぼす。

そのとき、沢村に代わって警察との間に入って交渉してくれたのが中島だった。彼は美穂の被害について詳しく知っている。

# 7

真冬の朝に吹く風が、硬く頬に当たる。

コインパーキングに車を停めた沢村は、マフラーをコートの襟元《えりもと》に押し込んだ。日の出から一時間は経っているが、今朝は特に冷える。雨がないだけマシだと、自らを励まして、人のいない市道を進んだ。

近畿新報の本社がある市の中心部からは、随分《ずいぶん》西へ外れているため、風景は長閑《のどか》だ。所々畑も見える。スマホのマップ画像の中で点滅する円形が、ゆっくりと目的地に近づいていく。

昨晩、沢村は社会部デスクの一人に連絡した。かつて同じ地方支局で働いていた先輩だ。その電話で二年前のひったくり原稿のデスクが中島であることが分かった。

執筆者は桐野だが、中島もあの原稿が虚偽と分かっていて通した。二人の共犯関係は「プロジェクトIJ」が始動する前から芽吹いていたのだ。

点滅する輪が、目的地の赤い矢印と重なった。

間口の広い一戸建て。沢村はガレージの前でギョッとして足を止めた。

格子状の跳ね上げ式門扉《もんぴ》の向こう側、エンジンのかかっていない車の運転席に人がいた。

ダウンジャケットに包《くる》まり、ハンドルに額をつけるようにうつむいていた。自殺という言葉がよぎり、慌てて門扉に駆け寄る。気配を察したのか、ダウンの男がゆっくり顔を上げた。中島だった。

ひどい顔色をしている。とても出勤前には見えない。寒い車中で夜を明かして、体調を崩したのかもしれない。何より疲労の跡がありありと窺えた。

中島は沢村を目にしても特に驚いた素振りを見せず、再びダウンに顔を埋めた。距離を詰めていいものか判断が難しく、その場に立ち尽くすしかなかった。中島の置かれた立場は、ひと目見ただけで十分だ。

突然、大きな音を立てて門扉が上がった。ゆっくりと身を起こした中島が助手席に座るよう顎をしゃくった。沢村が助手席に体を滑り込ませると同時に、エンジンがかかった。

「突然、すみません」

中島は沢村の方を見ずに「いや」とだけ答え、門扉を開けっ放しにしたまま車を走らせた。比較的広い県道に出ると、六十キロほどのスピードを出した。

「昨日は車中泊ですか？」

沢村の問い掛けに、中島は返事をしなかった。話す気がないのではなく、気力がないといった様子だった。

「ひき逃げのメモ、お読みになりました？」

憔悴している人間に質問を重ねるのは酷だと思ったが、どうしても自分の耳で事実を確認したかった。

「すまんかった」

メモを放置したことか、それとも虚偽の取材に巻き込んだことか。沢村は謝罪の意味を明確にしなければならなかった。

「遺族の車の写真を撮ってきたのは、桐野さんですか？」

頷く中島を見て、沢村はめまいがした。

本当だったのだ。現実として、彼らはフェイクニュースを作成し、それを紙面に載せたのだ。

沢村の鼓動は早鐘を打ち、混乱する頭の中を必死になって整理した。

「なぜ、私を呼び出したんですか？」

「読者から問い合わせがあったんや。『あの車は遺族のもんじゃないか』って。社会部長の耳にも入ったから、メモを提出する必要があった」

読者から予想外の問い合わせが入り、形ばかりのメモが必要だった。だから、仕事に熱のない自分が選ばれたのだ。取材を拒否されれば、簡単に諦めるような記者

――。沢村は不快や怒りより情けなさを覚えた。

「桐野さんとの関係が分からないんですが、例えば二年前の犯罪被害者特集。ひったくりのところは、私の妻のエピソードですよね？　あのとき、デスクは中島さんだったはずです」

中島は小さく頷き「あれが最初やったんや」と漏らした。

「被害者を捜し出すことに案外骨が折れて、締切に間に合わんようになってしもた。桐野は他にも複数案件を抱えてたし、申し訳なさもあったと思う。それで、俺が桐野に沢村の奥さんの話をしたんや」

「桐野さんも乗ったわけですね。内容は本物やから、人物だけすり替えようと。ひったくりとはいえ、妻はケガをしたんですよ」

次第に声が大きくなっていくことを自覚した沢村は、ため息交じりに続けた。

「それに、私にひと言断れば済む話でしょ」

「沢村は夏休みに入ってたし、そこで拒否されたら、もう打つ手がなかった。ただでさえ弱い特集やったから、あのひったくりの話がないと記事が持たんと思って……」

あまりにお粗末な言い訳だと思う一方、当時、旅行に出ている間の溜まった新聞を読んでいなかった自分にも嫌気が差す。

「それ以降、同様のことを？」

「いや、ＩＪが始まるまではなかった。少なくとも俺がデスクのときは」

「三ヵ月前に中島さんがＩＪを任されたとき、私には理想に燃えているように見えましたよ」

車は適当に右左折を繰り返しているようだった。赤信号でブレーキを踏んだ中島は、ハンドルから手を離して「俺には荷が重すぎた」と掠れた声を出した。

「社会部長だけじゃなくて、編集局長からも発破を掛けられてな。県内部数が二位になったら、広告がまずいことになる。さらに底が割れる、と。あと、予算のことも気になってた」

「年間二百万の取材費のことですか？」

「労使交渉で、経営側が切り札のように言うてたやろ？　組合ニュースであれを読んだとき、ズシッときたわ」

不利益提案に対し、編集局の人間が抗議の声を上げると、経営陣は必ずこう切り返した。「ＩＪの予算は二百万だぞ」「こっちはやれることはやってる」――。

確かに、いつからこんなに数字にうるさい業界になったのだろうと思う。「編集は聖域」という考えが、牧歌的で既に通用しないものだとの認識はある。しかし、記事一本の純利益を考えてする取材が、果たして健全なものなのかという疑問も残る。

「地元紙記者としての意地もあった」

中島は眉間に深い皺を寄せたまま、助手席を向いた。

「幾田橋《いくたばし》の崩落事故があったやろ？」

二十二年前、土砂災害により県北部にあった大きな橋が崩落した事故だ。橋の上を走っていた車が谷底に落ち、多数の犠牲者が出た。沢村は当時中学生だったが、ヘリコプターから撮られた崩れた橋の映像を鮮明に覚えている。

「あのとき、全国紙と在京のマスコミがどれだけ無礼な取材をしたか、沢村も聞いてるやろ？　ずっとこの土地にいる人間のことなんか考えてない。田舎で起こった単なる悲劇のひとコマや。全国から記者を寄せ集めて、俺らが支局で寝泊まりしてるときに悠々とホテル生活や。で、結局近畿新報より手厚い態勢で聞き込みしよる……」

沢村は通信社の友人に言われた「近畿新報に抜かれても怒られないんだ」という言葉を思い出した。多かれ少なかれ、地方紙の記者なら、全国紙や在京マスコミに対するコンプレックスを感じたことはあるだろう。身も蓋《ふた》もない言い方をすれば、就職のとき全国紙の試験に落ちた学生が、地方紙に入社するという事例が圧倒的に多い。だが、たった一回の試験で人間の何が分かるというのか。

若いころは、全国紙何するものぞ、という気概が活力にもなり得るが、年齢を重ねるにつれ、幼い気持ちに折り合いをつけて自らの生きがいを見つけていくものだ。しかし、中には呪縛《じゆばく》から逃れられず、心が歪《いびつ》な形のまま固まってしまう者もいる。それは通信社の友人の言葉を引きずる沢村にとっても対岸の火事ではなかった。

「ＩＪでキャップに桐野さんを指名したとき、易きに流れてしまう不安はなかったんですか？」

卑屈になる上司を見ていられなくなった沢村は、話を本筋に引き戻した。

中島は質問に答えず、しばらく無言のままハンドルを握った。車はいつの間にか南部の工場地帯を走っていた。

「昔この辺の工場で爆発事故があったなぁ」

中島の声は昔を懐かしむようだったが、どこか空虚な響きがあった。沢村は我慢強く相手の言葉を待った。しばらくして「キャップに桐野を指名したとき」と、話し始めた中島の口元には、微かな笑みがあった。

「特ダネを連発できたら部数につながると思ったし、近畿新報の存在感を示せる。何か……勝手に会社を背負ってる気持ちになってしもた」

中島の話を聞きながら、沢村は言いようのない息苦しさを覚えた。中島や桐野の個人的な問題と新聞社のシステム上の欠陥が絡み合い、頭の中のモザイクが複雑さを増した。

「最初に打った県立病院の医療過誤は、ＩＪが始まる前から温めてたネタやから自信はあった。応援の記者を確保できたのもありがたかった。でも、その後がなかなか続かんかった。社会部の記者にネタ出しをお願いしたけど、ろくなもんは上がってけぇへん」

沢村は、自分もそのうちの一人だと言われているのが分かった。だが、自らの不真面目を棚に上げて言えば、そもそもデスクとキャップだけを固定して、ネタごとに記者を寄せ集めるという方法自体に無理があったのだ。皆、それぞれの持ち場で精いっぱいで、他人の仕事をカバーする余裕などない。中島が言うように「特ダネを連発する」のなら、敏腕記者を一ヵ所に集め、本腰を入れて調査報道に取り組むべきだった。

だとすれば、ネットの出現と新聞離れは、単純にイコールで結べない。自分が思っている以上に、内輪の論理や面子《メンツ》というやつは厄介かもしれない、と沢村は思った。

「動こうにも、ものになりそうなネタがないから段々焦ってきて。年度末の道路工事やないけど、もらった予算が全然消化できひんことが結構きつかった」

「それで、ひき逃げの話を？」

「ＩＪが始まる前に飲んだとき、桐野から『メイク・ニュース』っていうサイトの話を聞いて、そのときは冗談で酒の肴にしかせんかった。でも、上岡市の政務活動費の話が落ち着いたら、ほんまに打てるネタがなくなった。プロジェクトがずっと動いてるイメージを残したかったから『メイク・ニュース』に書いてたひき逃げの写真の話を思い出して……どちらからともなくって感じで。次のネタまでのつなぎのつもりやった。これはほんまや」

「でも、『メイク・ニュース』はネットで広まりやすいフェイクニュースをつくるためのサイトです。発信元がはっきりしている新聞社がそれをやってしまうと、重大な結果を招くことは火を見るより明らかでしょ」

「遺族の車の写真は読者提供ということにして、桐野が警察から裏を取った形にしたら、秘密が保てると判断したんや」

「それやと別に遺族の車の写真を使う必要がないやないですか。虚報やってバレるリスクが高まるだけです」

　車は工場地帯を抜け、古い家や集合住宅が密集するエリアに差し掛かった。中島は市営住宅の広場の前に車を停めた。朝の住宅街だが、通勤者と思しき人が見当たらない。荒れたままの空き地が所々にあって、どんよりとした雰囲気がある。

　中島はしばらく考えるようにして話し始めた。

「人のせいにするわけやないけど、桐野が……遺族の車の写真を使った方がネットで話題になる可能性がある、と」

「は？」

　沢村は自分の声に怒気が含まれていることに気付き、冷静になるために大きく息を吐いた。

「遺族の情報被害についてはどうするつもりやったんですか？」

力なく首を振るだけの男に、沢村の怒りが増した。

「じゃあ、何ですか、万が一、新聞社に抗議がきたら『悪意のある提供写真に振り回された』『警察確認も不十分だった』って、それで済ませておいて、ネットで拡散する遺族の被害には頰被りするつもりやったんですか？　それは……それはあまりに無責任でしょ！」

話すうちに、沢村はどうしようもなく自分がみじめに思えた。何も考えずにその嘘に乗せられ、森本美咲をさらなる苦境に陥れたのは、紛れもなく自分だった。会員制雑誌で読んだ安大成に金を預けた被害者をまるで笑えない、もっと不純で間抜けな男がここに一人。

沢村は取材バッグからＩＣレコーダーを取り出した。

「よく聞いてください。昨晩、眠れなかったのは、あんただけやない」

——当日の朝は風邪をひいてて、起きられなかったんです。夫が仕事に行く前、ベッドにいる私に声を掛けてくれたんですけど、私、寝ぼけてて……。それが……、それで最後になるなんて思ってなかったから——

残された者の悲痛な告白に、中島は奥歯を噛み締めるようにして嗚咽《おえつ》を漏らした。その涙で流してしまえるほど、この嘘の代償は軽いものではない。

虚報は情報を受けとった人間の混乱、といった程度では済まない。そのニュースによって人生を狂わされたり、回復できないほど傷ついたりする人々が、確かに存在するのだ。

妻があのひったくりの特集記事を読めば、何を思うだろうか。自らの被害を軽んじられたとは感じないか。昨晩覚えた湿り気のある不快感が、熱を帯びる。

「ここまで心を開いてくれた人に俺は言ったんですよ、このワンボックスを運転されるんですかって。あんたが旦那を轢《ひ》き殺したんですかって。後でサツから聞きました。この森本美咲さんのお腹の中には、亡くなった旦那さんの子どもがいるんです」

中島は絶句して沢村を見た。そして、顔を歪ませ「すまん……」と細い声を絞り出した。

「俺は謝りに行きますよ」

沢村は毅然《きぜん》と言った。

記者生活で得た経験で世間を知ったように勘違いし、勝手にひねくれ、悲しみに暮れる遺族を単なる仕事のノルマとしか見ていなかった。今朝まで自らの責任の取り方が分からなかった。だが、今ははっきりと見える。許してもらえるまで謝るのだ。それよりほか、道はない。

中島はしばらくの間啜り泣いた後、ダウンジャケットの袖で乱暴に目元を拭った。精根尽きたような呆けた表情が、沢村の心をさらに暗くした。

「今日、会社で詰められたらもう持ち堪えられん」

哀れに思う気持ちを断ち切って、ドアのロックを解除した。

「最後になるかもしれんと思うと、家族の顔が見られへんかった……。どうしても家に入ることができんかった……」

目を真っ赤にして唇を嚙み締める中島を見て、真夜中の車中での絶望が見えるようだった。だが、これから新聞社を襲う苦難を思うと、同情ばかりしていられない。縋《すが》るような視線を冷たく外し、沢村は助手席のドアを開けた。

車から離れるごとに、背中で感じていた中島の存在が薄れていく。

もう会うことはないかもしれない。

8

三週間ほど前、この席に座っていたときより店の雰囲気が明るくなった気がする。

女性客の装いが華やかさを増し、心なしか表情が柔らかいように感じるからだろうか。季節は確かに移ろっている。

「ファクト・ジャーナル」の記事配信から二日して、近畿新報は「プロジェクトIJ」による上岡市長選と男性ひき逃げ死亡事件に関する虚報を認めた。発表後は苦情やイタズラ、無言電話が後を絶たず、メールやツイッターなどSNSにも苦言が溢れ返った。新聞、テレビ、雑誌、ウェブ、あらゆるメディアが捏造騒動を大々的に報じ、アメリカの雑誌「ニュー・リパブリック」の記者、スティーブン・グラスが三年間に及び大量の記事を捏造《ねつぞう》していた事件と比較する特集もあった。

一週間して落ち着きかけたところで、ひき逃げ犯が捕まって再び批判に塗《まみ》れ、部数の減少に歯止めがかからない状況だ。現在はようやく一時のパニック状態から脱したものの、再発防止の第三者委員会設立など山のような事後処理が残っている。

中島と桐野は辞表を提出したが受理されず、間もなく懲戒委員会にかけられる。二年前のひったくりの原稿で共犯関係にあった二人が、社会部の一大プロジェクトの責任者となった時点で、導火線に火が点《つ》いていたのだ。そのペン先は徐々に揺れ始め、紙面上で架空の人物がつくり上げられ、挙句《あげく》にはニュース自体が創作されるまでになった。

上岡市長選は、山崎宣明がレギュラー出演していた夕方の情報番組を降板するという話を桐野が知人から聞きつけたことが端緒だった。出馬に意欲を見せた「過去」と政務活動費に揺れる上岡市政の「現在」。この点と点を線で結んだときに浮かび上がったのが、山崎の市長選立候補という〝ニュース〟だった。

実際に立候補しなくとも、出馬する意思はあったはずだと都合よく考え、「メイク・ニュース」に従い二人だけで事を進めて、編集会議をパスするほどの〝証拠〟を集めた。脱税や税理士法違反の疑いも全て虚偽だった。この一件で社長以下、編集局幹部も停職や減給の処分を受けたのは、監視機能不全の責めを負った形だ。金融機関の横領事件のように、人事が膠着《こうちゃく》し、一ヵ所に権限が集中してしまうと組織は歪む。

この三週間、沢村も自分なりの責任の取り方を考えてきた。

あのときと同じ駅ビルの中のスターバックス。さすがに同じ席だと気まずいので、沢村は先に来て奥のソファ席を確保した。不安で手に汗が滲んでいる。人に会う前にこれほど緊張するのはいつ以来だろうか。

沢村はまず最初に、美咲の自宅を訪れたが、インターホン越しに名乗った瞬間、通話を打ち切られた。その後、四通の手紙を美咲に送った。大半は謝罪と反省で占められたが、今回の経緯や新聞業界の現状を具体的に書き、自らが不真面目な記者であったことも打ち明けた。美咲は他社の取材に対し、実名こそ挙げなかったものの、報道被害に遭ったことを話している。だから昨日、彼女から電話がかかってきたときは、驚いて何と言葉を返していいのか分からなかった。

「もう一度、あの店で会いませんか？」

読まれていないかもしれない手紙を書き続けることは、暗闇にある的に矢を射るようなものだ。一通ごとに虚しさが募ったが、きちんと届いていたと知って、やっと地に足がついた気になった。

温《ぬる》くなったコーヒーで唇を湿らせたとき、入り口に美咲の姿が見えた。薄手のコートにベージュのワンピース。体のラインでそれと判別できなかったが、お腹に手を当ててゆっくりと歩く様を目にし、井岡副署長の言っていたことが事実だと分かった。

沢村は立ち上がって美咲を迎えた。互いに一礼した後「ホットミルクでも」と言った沢村に彼女は首を振って「何もいりません」と答えた。

ソファに腰掛けてからすぐ、沢村はテーブルに手をつき深く頭を下げた。

「このたびは本当に申し訳ありませんでした」

顔を上げない沢村に、美咲は戸惑った声で「あのっ、もういいですから」と言った。

「完全に心の整理がついたわけではないですけど、沢村さんのお気持ちは十分に伝わりましたから」

沢村は姿勢を正してから「手紙の内容と重複しますが」と前置きしてから、なぜ失礼な取材に至ったかを丁寧に話した。美咲は言葉を差し挟まず、説明が終わるまでただ頷くのみだった。話し終えた後、再び謝罪した沢村に美咲は言った。

「失礼ですけど、私は今まで近畿新報を読んだことがなかったんです。沢村さんのお手紙を頂戴するようになってから、少しずつ目を通すようになって、それで何て言うか……、新鮮だなって思って」

「新鮮？」

「私は大阪《おおさか》生まれなので、地方紙を読んだことがなかったんです。夫と結婚してこちらに越してきたもんですから。でも、当たり前過ぎて気付かない街のことが、きちんと大きな記事で書かれてあって、同じ新聞でも全然違うんやって。近くにこんなすごい人が住んでるんやとか、あの寂れた地下道が再開発されるんや、とか」

美咲の気遣いが沢村の胸に刺さり、申し訳ない気持ちでいっぱいになった。地元紙の記者として、これほどありがたい言葉はない。

根本的なシステムを変えず、取って付けたようなチームをつくったことに、今回の失敗の原因があったのだ。県内部数の一位死守でも、全国紙への対抗でもない、そこにずっと住んでいるからこそ、追い求められる報道。それが地元紙の調査報道ではないか。

「私、最近やっと、事件のことを知る努力をするようになって、夫が亡くなった交差点にも行ってみたんです。ここで最後、何を見たんやろとか、何を思ったんやろとか、考え始めたら涙が出てきて……」

美咲はそう言うと、三週間前と同じく、ハンカチで目元を押さえた。それから一つ洟を啜ると、スマートフォンを取り出して、一枚の写真を示した。達筆な墨字で「もり本」とある。

「あと二年ぐらいしたら、自分たちの店を出そうって話をしていたとこなんです。これも気の早い夫が、友人の書家に書いてもらったもので。小さくてもいいから、きちんとお客さんをおもてなしできる小料理屋が目標でした」

そう言うと、美咲は恥ずかしそうにスマホを引っ込めた。

「その交差点でもう一つ思ったのは、やっぱりこの道はすごく危ないなって。それでほかにもこんな道路が近くにあるかもしれないって、インターネットで調べたんです。そしたら、専用の掲示板があってびっくりしました。いろんな人が書き込みして情報交換してて、すごくためになるんです。中にはひどいところもあって、タバコ屋さんの……」

「『満田タバコ店』ですか？」

沢村が先回りして言うと、美咲は「知ってはったんですか？」と目を丸くした。

「ええ。妻も気にしてましてて」

「ですよね。私もこの子への危険が少しでも小さくなったら、と思って。もう車で身内を亡くすんは嫌ですから」

沢村は何も言えず、ただ頷いた。

「今日、来ようかどうか迷ってましたけど、来てよかった」

美咲はやっと微笑《ほほえ》んで、お腹に手を当てた。

新聞はネタの大小じゃない。人との距離なんだ――。

スッと心が軽くなった。新人以来の「交通危険マップ」という宿題に、懐かしい取材意欲が込み上げてきた。未だトップ記事が空白になったままの「いけぞの新聞」が頭に浮かんだ。

「では、これから母のところへ寄るので」

美咲を出入り口まで送る間、沢村は安堵し、また彼女の優しさに感謝の念が込み上げてきた。

「本日はお時間をつくっていただき、ありがとうございました」

店先で丁寧にお辞儀した沢村が頭を上げると、美咲は既に背中を向けていた。

一歩ずつ確実に遠ざかる後ろ姿が、強い拒絶の情を表しているようで沢村は混乱した。

今、何が起こったのか――。

先ほど抱いた安堵が霧散し、沢村は底深い沼に足を取られたような心持ちになった。

考え過ぎだと思い込もうとしても、やはり納得がいかなかった。目の前で頭を下げている人間に、言葉一つ掛けずに立ち去ることなどあり得るだろうか。必死になって理由を探してみたものの、違和感は強まる一方だった。

近畿新報について語っていた美咲。スマホで「もり本」の写真を見せてくれた美咲。全てがこの三十分ほどの出来事なのに、まるで現実味がなかった。彼女が最後に見せたあの微笑みには、どんな意味があったのか。

許されたわけではない――。

一瞬の反転に打ちのめされ、沢村は初めて自分の仕事の怖さを知った。

ズボンの後ろポケットでスマホが震え始めたが、指一つ動かせなかった。

# 共犯者

30日午後9時ごろ、大阪市大正区南恩加島《たいしようみなみおかじま》の木造2階建てアパート(延べ計約140平方メートル)から出火し、全焼した。この火事で女性一人が死亡し、住人の男性(67)が煙を吸うなどして病院に搬送されたが、命に別条はないという。火は約6時間後に消し止められた。延焼はなかった。

大正署などの調べでは、アパートは全部で6部屋あり、1階に住む赤西峯子《あかにしみねこ》さん(62)と連絡が取れていない。赤西さんは一人暮らしとみられる。出火当時は全ての部屋に住人がいたが、死亡した女性と病院に運ばれた男性以外けが人はなかった。同署は遺体の身元確認を急ぐとともに、詳しい出火原因を調べている。

1

革張りの椅子に深く腰掛け、ヘッドホンを手に取った。

柔らかなイヤーパッドが完全に耳を覆うと、除菌されたように雑音が消えた。表の通りを走る車の音、控えめなクーラーの風、今は何も聞こえない。

相賀《あいが》正和《まさかず》はヘッドホンの位置を定めるため、メッシュ加工が施されたハウジング──耳当ての側面──を血管が浮く両手で押さえた。デスクの奥にあるCDプレイヤーへ小さなリモコンを向ける。メタル仕様の薄型。デザイン性を重視して買ったものだが、ヘッドホンの有線がシンプルな外観を損ねる。しかし、ひと度旋律が鼓膜を震わせれば、そんな瑣末《さまつ》な煩《わずら》わしさは非日常の世界に紛れる。

冒頭、気高く透き通ったヴァイオリンの高音を耳にした相賀は、これから始まる四十七分四十一秒を思って瞼を閉じた。ゆったりと哀愁《あいしゅう》を漂わせながら伸びていく弦の響きと、包容力を感じさせる管楽器の音色が、螺旋《らせん》を描くように絡み合いながら美しい波紋を広げる。自分だけに聞こえる混じり気のない音。

相賀はヘッドホンの位置をほんの少しズラして、白髪の頭をかいた。学生のころから実に四十年以上、ブラームスを聴き続けている。中でもこの交響曲第四番には思い入れがある。

一九八六年十月、相賀は東京文化会館にいた。セルジュ・チェリビダッケとミュンヘン・フィルハーモニー管弦楽団の公演で「ブラ四」を聴いたのだ。

大学卒業後、全国紙の記者となった相賀は、新人の登竜門である警察回りを担当したが、その激務の中でも月に一度はクラシック音楽のコンサート会場に足を運んでいた。人付き合いが苦手な男が持つ唯一の趣味が、音楽鑑賞だった。

これまで数えきれないほどの公演を観てきた相賀が、終始音に圧倒され、震えがくるほどの感動を覚えたのは、三十一年前のチェリビダッケのコンサートだけだ。演奏中、音楽をこの身に閉じ込めてしまいたい、という柄《がら》にもない衝動に自ら戸惑い、第四楽章が終わると同時に立ち上がって、舞台からチェリビダッケの姿が見えなくなっても拍手をし続けた。

実際、八六年十月のコンサートは特別なものだった。チェリビダッケはこれ以降も来日してタクトを振っているが、高齢から椅子に腰を掛けて指揮している。歴史的指揮者の、全身に漲《みなぎ》る風格を感じられる最後の機会。有給を取って一人上京した相賀は、その瞬間に立ち会えたのだ。

長らく音源の存在が認められなかったが、演奏から約二十年を経て発見された。大阪・梅田《うめだ》のレコード店の視聴コーナーでCDを見つけたときは、驚きで息苦しくなったほどだ。よくぞ残しておいてくれた、と相賀は感謝した。長年新聞社で禄を食んできたからこそ、記録することの大切さは身に染みている。以来十年にわたり、このミュンヘン・フィルの名演を聴き続けている。

残り二分を切り、第一楽章が佳境を迎えた。より鋭く透き通っていくヴァイオリンの響きを先頭に、幾重《いくえ》にも折り重なる音がその渦を大きくして聴衆を呑み込む。指揮台の上から発せられたチェリビダッケの唸り声が聞こえると、会場の緊張感が最高潮に達した。

何度聴いても新鮮な気持ちで受け止められる。第一楽章が終わり、心地よい疲れを感じた相賀は、CDに録音された咳払いを耳にして三十一年前に思いを馳せた。あのとき、東京文化会館で同じ名演をともにした名も知らない誰か。そんな他人の咳払いさえ愛おしく感じる。

第二楽章に入る前に姿勢を変えようと上体を動かしたとき、耳障りな電子音がした。整頓されたデスクの上にポツンと置いてある二つ折りの携帯電話が鳴っている。家族以外ほとんど連絡を寄越す人間がいないので、油断して電源を切っておくのを忘れていた。

相賀は電話より先にCDプレイヤーのリモコンを手にして停止ボタンを押した。ヘッドホンを外してデスクに置き、電話を開く。

画面に表示された能見《のうみ》健一《けんいち》の名を見て、相賀は眉間に皺を寄せた。意外だったからだ。

「あぁ、能見です。お元気ですか？」

記憶にある陽気な声と一致した。大日新聞記者時代の後輩。大阪本社の社会部と奈《な》良《ら》総局で同じだったことがある。寡黙《かもく》な相賀を苦手としない数少ない男だ。定年後も大阪本社の論説に席を置いていたはずだ。

「ブラームスを聴いてたんや」

「こら、エラいすんませんでした。かけ直しましょか？」

「じゃあ、三十三分四十五秒後に」

「また長い曲ですね。そんな先のことやと、電話するの忘れてしまいますわ。私ももう六十二ですからね」

能見と知り合って三十年以上経ったことになる。

「何の用や？」

「相変わらず冷たいですね。いやね、久しぶりのお電話で、こんなことお伝えせなあかんのは心苦しいんですけど……」

会社の人間が誰か亡くなったのだと勘が働いた。還暦を過ぎてから、世話になった上司が亡くなることが珍しくなくなった。

「相賀さんの同期の垣内《かきうち》さん」

「垣内って……垣内智成《ともなり》か？」

「ええ。亡くなられました」

相賀は「えっ」と漏らして絶句した。頭の中のお見送りリストにない、それどころか自分より先に逝《い》くなどと想像したこともなかった人間の死に、心が乱れた。

「相賀さん？」

「すまん。ちょっと驚いてな」

「私も驚きました。ここ何年かは連絡取ってなかったんですけど、まさか垣内さんが亡くなられるとは思いませんでした。エネルギーの塊みたいな人でしたから」

確かに能見の言う通りだ。垣内の死に取り乱したのは、二日酔いを迎え酒で治すような男が簡単にくたばるわけがない、という先入観からだろう。典型的な昔気質《むかしかたぎ》の事件記者だった。

「いつ亡くなったんや？」

「それが一週間ほど前らしいんです」

「一週間？　何でそんなに……」

連絡が遅いんや、と言い掛けて、相賀は言葉を呑み込んだ。普段の付き合いの悪さから言えた義理ではなく、能見に責任があるわけでもない。

「私も今朝知ったばかりでして。最近、垣内さんとご連絡を取られてました？」

一応、といった感じで尋ねた能見に、相賀は電話片手に頭を振って「いや」と短く返した。

「もう葬式は終わってるんか？」

「恐らくは。ただ、ちょっと奥さんと連絡がつかなくて、よく分からないんです」

「どういうことや？」

「まだ裏が取れてるわけやないですけど……」

能見は言い淀《よど》んで間を置くと、潜めた声で言った。

「自殺らしいです」

黒ずんだブロック塀の向こう、庭もなく敷地いっぱいに建てられた民家を前にして、相賀は息が詰まりそうになった。

まるで感慨がないのは、この家が記憶の海の底に沈んでいた証拠だ。三十数年という歳月を考えれば当然だが、チェリビダッケのように思い出せないのは、覚える必要がなかったからだろう。

大阪府豊中《とよなか》市の住宅街。社内の人間と年賀状をやり取りする習慣がなかったため、古い電話帳を頼りにした。阪急《はんきゅう》電鉄の最寄駅に着いたとき、街は時計の針を無視して午前中の表情を消していた。アスファルトを焼く七月の陽に抗うつもりはなかった。大人しくタクシーに乗って五、六分。ようやく汗が引いた車内で紺色のサマージャケットを羽織り、丸メガネのレンズを拭きながらお悔やみを考えた。

しかし、言葉が形にならないままタクシーを降り、見覚えのない家の前に立った途端、再び息苦しさに汗ばんだ。

山尾《やまお》、という表札を見て、相賀は嘆息した。建て替えられたのかと合点《がてん》がいき、汗が噴き出す首回りをハンカチで拭った。一年前に胃の半分を摘出した身には、途方に暮れるほど過酷な気温だ。早くもタクシーを帰したことを後悔し、再び家に目をやった。

元は白かったであろう灰色の外壁にはひび割れがあり、二階の小さな窓は汚れた雨戸で閉じられている。右隣のベランダの物干し竿には、既に乾いていそうなタオルやトランクスが微風に揺れていた。建て替えられたとしても古い物件だ。

相賀は無駄足だったことを確かめようと、山尾家のインターホンを鳴らした。少し間を置いてから「はい」という女の声がした。少し引っ掛かるものを感じ「こちらは垣内さんのお宅ではないでしょうか？」と単刀直入に切り出した。「えっ……」と反応した女の声に海馬が刺激される。

「相賀です」

名前に反応するように、相手が沈黙した。

「大日新聞で記者をしていた相賀です。垣内君と同期の」

女は返事をしなかったが、訪問者が帰る意志を持たないことを悟ったのか「少々お待ちください」と言って、インターホンを切った。

玄関ドアが開き、小柄な女が警戒するように顔を見せた。

垣内静子《しずこ》だった。

隠しようのない経年の変化はあるものの、笑うとなくなりそうな細い目や小さな口元はそのままだ。人間の顔や声は、家の佇まいよりは記憶に残りやすい、ということか。互いに事情が飲み込めない状況で、ぎこちない間が空いた。

「突然、申し訳ありません」

相賀が頭を下げると、静子は笑みも見せずに短い通路を歩いて、胸の高さほどしかない鉄門扉の前で立ち止まった。

「ご無沙汰しております」

静子はそれには答えず、硬い顔のまま何かを確認するように左右を見た。

「静子さんですよね？」

女は目を合わさず「はい」とだけ答えた。大人しくはあったが、もう少し朗《ほが》らかな印象だった。三十年前の感触を物差しにしても頼りないが、明らかに雰囲気が変わっていた。

「この度はご愁傷《しゅうしょう》さまでした。何も存じ上げず、大変ご無礼を……」

「あのっ、相賀さん」

切羽詰まった様子で話を遮った女に、相賀は首を傾《かし》げることで理由を問うた。

「離婚したんです、私たち」

「離婚？」

驚いてオウム返しをした相賀は、気まずい間をごまかすためハンカチで首筋を拭った。

「三年ほど前です」

知り合いの離婚など嫌というほど聞いてきたが、心に重たいものが広がっていったのは、またしても垣内に対するイメージが原因だろう。仕事の不満なら山ほど吐き出していたが、家族関係の愚痴《ぐち》は聞いたことがなかった。

「垣内君が亡くなったことは？」

「それは娘から聞きました」

「告別式は？」

「出席しましたけど、身内だけという感じの……。あのっ、亡くなった原因はご存知でしょうか？」

「噂には。しかし、詳しいことは何も知りません」

「私も自殺だったこと以外は何も」

静子は「自殺」のところだけ声を潜めたものの、死を悼《いた》んでいるようには見えない。他人の家庭の事情に首を突っ込むのは野暮《やぼ》だが、相賀にはその冷たさが不快だった。

「つまり、こちらにはもう垣内君は住んでなかったということですか？」

分かりきったことを尋ねた後、わざとらしく表札に視線を移した。静子はバツが悪そうに「ええ」とだけ答え、それ以上は何も言わなかった。

洗濯物から見ても一人暮らしではなさそうだ。離婚後、山尾という男と再婚し、前の夫と暮らしていた家に住んでいる、ということだろうか。垣内智成という男が上書き保存で消えてしまったような寂しさを覚えた。

せめてもの気持ちでジャケットの内ポケットに香典袋を忍ばせていたが、不要だった。静子とは垣内という共通項がなければ他人も同然だ。

帽子をかぶってこなかったので、髪の中が保温されたように熱い。相賀は立ち話を切り上げようと、突然の訪問を詫《わ》びた。背を向けると、静子が「相賀さん」と遠慮がちに呼び止めた。再び向き合うと、彼女は苦笑いを浮かべた。

「こんなこと、お願いするのは大変失礼なんですが」

静子は上目を遣って、軽く頭を下げた。

「垣内さんの部屋を見に行ってもらうことは可能でしょうか？」

「私が？　なぜです？」

反射的に尖った口調になった。

「実は……ああいう最期だったので、お葬式にはほとんど参列者がなくて、つまり、その後のことがまだ決まっていないんです」

「その後というのは？」

「納骨のこととか……」

「納骨って……失礼ですが、骨をどこに収めるかは決まってるんですか？」

「それは娘に任せてるんですけど、その他にもいろいろありまして」

口ぶりから家族の亡骸《なきがら》を押し付け合っているような構図が浮かび、相賀は胸が悪くなった。

「垣内さんは大正区で一人暮らしをしてたみたいなんですが、部屋を空けないとあかんのです」

「遺品整理ってことですか？」

「ええ。でも、記者時代の資料とか、どう扱ったらいいか分かりませんし、男の人の部屋ですから」

「不要だと思えば処分すればいいと思いますが」

相賀は敢えて突き放すように言った。今さら別れた夫の遺品など整理する義理はない、ということだろうが、それを臆面もなく亡き夫の知人に丸投げする神経が理解できなかった。

「遺品整理の業者もありますよ」

静子は耐えるように目を伏せて「すみません」と頭を下げた。

「娘さんはどうおっしゃってるんですか？」

「私が任されているので」

顔を強張らせた静子が先ほどと同じ内容のことを繰り返すのを聞いて、相賀は居た堪《たま》れなくなった。父娘の関係は言うまでもなく、この母娘もうまくいっていないのだろう。垣内との空白期間のうちに、家族は空中分解していたようだ。

昭和の一時期、垣内とは仕事でコンビを組んで毎日顔を突き合わせていた。友人ではないが、信頼の置ける仕事仲間だった。葬式で顔を見てやれなかった分、自分なりの弔《とむら》いをしてやりたい気持ちはある。元記者として大日新聞の取材資料が流出するのも見過ごせない。

相賀はひと呼吸分の間を置くと、門扉の向こうでうつむく女を見た。

「分かりました。私が垣内君の部屋を見てきます」

2

整然とした自分の部屋の中で、その段ボールは明らかに異質であった。

八畳間にあるのはデスクと椅子、西側一面の書棚ぐらいだ。この壁のような書棚も、朝日が入る大きな窓も全て相賀のイメージ通りである。人付き合いが少ないため、土地を妥協してでも住む家にはこだわりたかった。築十五年ほどになるが飽きはこず、愛着が増している。

　自身で拭き清めたウォールナットの床に段ボールを二つ置き、中にあった資料をデスクの上に出していく。ノートとファイル、手帳が中心で、あとは警察官の住所録にカラーと白黒の写真がある程度。資料は思いの外少なかった。それ以前に、垣内は想像よりかなり窮屈な部屋に暮らしていた。

　JR大正駅近くの長い商店街を抜け、さらに阪神《はんしん》高速の高架を南へ。こぢんまりとした住居が密集するエリアに、そのアパートはあった。隣に米屋、向かいは沖縄料理店。近くにある木造の建物は押し並べて年季が入っていた。

　静子から連絡を受けた管理業者の社員が部屋の鍵を開けてくれたが、作業を始めると十分もしないうちに事務所へ戻って行った。業者から聞いて意外だったのは、垣内がこのアパートに住んでまだ四ヵ月ほどだったということだ。

　締め切っていたせいでムッとする室内は、埃《ほこり》っぽさも相まって咳き込むほどだった。不幸中の幸いはクーラーが使えたこと、そして垣内が命を絶った場所がこの部屋ではない、ということだ。

　1DK計十二畳の部屋は、きっちりと整頓されていて、相賀はそこに垣内の自死への意志を感じ取って気が滅入《めい》った。必要最低限の家電以外、パソコンも電話機もない。不要なものは処分したのだろうが、それにしてもあまりに質素な暮らしぶりに、熟年離婚した男の寂寥《せきりよう》を見た。

大半の資料は押入れの段ボールの中で、小さな本棚と机の引き出しにあった写真や住所録を回収すると、やることがなくなった。持参した台車で段ボールを車まで運び、向かいにある沖縄料理店で早めの昼食を取った。午後は遺品整理業者に静子から送ってもらった委任状を見せて作業に立ち会い、一時間半ほどで部屋が空になるのを確認した。あとは時計やカメラなど、金目の物を静子に渡すだけだ。

相賀は資料を仕分けする手を止めて、無駄を削ぎ落とした部屋を見回した。4LDKのうち、使っているのはこの自室とリビング、寝室ぐらいだ。七年前に妻が脳溢血《いっけつ》で急逝《きゆうせい》してから、ほとんどの時間を独りで過ごしている。この家が賑やかになるのは、東京の広告代理店に勤める一人息子が、正月に義娘と孫を連れて帰ってくるときだけで、日々、音楽と読書、通院という静かな暮らしを続けている。

だが、何の不満もなかった。子どものころから人といることが煩わしかった。それでも若い時分は無理をして酒の席に付き合っていたが、三十二歳のとき、反りの合わない上司と口論したのを機に、余計な気遣いは止め一人の時間を増やした。

ちょうどその辺りからか。相賀は社内で「ゲルマン」とあだ名されるようになた。クラシック音楽に詳しいということもあったが、恐らく見た目の彫りの深さと真面目な性格に由来するのだろうと相賀は思う。面と向かって言う人間は少なかったものの、陰口だったのは容易に想像がつく。誰に何と言われようが、仕事がなければ定時に帰る、社会部では唯一の記者だった。

癌《がん》が見つかってからはあまり酒を飲まなくなったが、たまにビールや水割りは嗜《たしな》む。だが、今日は強い酒がほしかった。台所から氷を入れたロックグラスとコースターを持ってきた相賀は、書棚の前で足を止めた。ウイスキーの瓶が並んでいる一角から、お気に入りのシングルモルトを手に取った。

椅子に座るとグラスを傾け、ほんの少し唇を湿らせる。さらにひと口含むと舌と胃に刺激が走った。疲れた心を休めるにはちょうどいい。

垣内とは時を同じくして新聞記者になり、互いに年老いてから独りになった。歩いているレールは違っても、方向は一緒だったのだろう。性格はまるで違うのに、妙に馬が合った。陰だろうが陽だろうが、友人が少ないのも共通している。

大日新聞関係者の誰もが離婚の事実を知らないまま連絡を回していた。つまりは一人としてあの大正区のアパート、それどころか静子の家すら訪ねなかったということだ。会社など辞めてしまえばその程度のもので、自殺とくれば尚更《なおさら》かもしれない。

遺品整理の作業を傍で見ながら、相賀は四十年ほど前の光景を思い出していた。

元々、静子は取材対象者だった。企画でインタビューした窃盗事件の被害者。まだ二十代半ばだった垣内から「誰にも言うなよ」と打ち明けられ、結婚前、三人で食事したことがあった。何を食べたかまでは忘れてしまったが、当時の静子は笑い上戸の感じのいい女性だった。それから三十代のときに一度、あの豊中の家に寄ったきり、静子と会うことはなかった。

聞き込みのメモ、質問事項、企画の構想、車両ナンバー、フローチャート図、取材対象者の連絡先――などが乱雑に書かれたノートが二十五冊。新聞の切り抜きや関連資料のプリントが綴《と》じられたファイルが十八冊。関係者と思しき写真がカラーと白黒合わせて三十枚弱。

中身を確認していくうちに、一つのテーマを共有していることに気づいた。それが、自分と垣内とでしか分かち合うことができないものだと知ると、相賀はこの偶然の結びつきに気持ちが昂《たかぶ》った。

資料は主に一九八四年のものだ。当時、大阪社会部では、相賀と垣内が専従で激動を見せた「サラ金」の社会問題について取材を進めていた。前年に「サラ金規制法」――貸金業法――が施行されて貸金業者を登録制で管理するようになり、出資法の改正で一〇〇％を超えていた年利が七三％になった。暴利や無慈悲な取り立てによる「サラ金地獄」が背景にあったのは言うまでもない。これにより二十三万社あった貸金業者は、八四年の段階で約三万社にまで激減することになる。

大手業者の倒産、借金苦による一家心中、業者への放火、銀行強盗などの悲劇が起こり、過酷な顧客獲得のノルマから、約五百人の偽造契約書を作成し、身に覚えのない市民に督促状を送った会社もあった。知らない間にサラ金の債務者に仕立て上げられるという、常識では考えられない事件だった。

数十万の金で、たった一回の契約で、人間など簡単に破滅する。当時の資料を読みながら、相賀は確かに時が経ったのだと思った。グレーゾーン金利が消滅し、過払い金訴訟のバブルが弾け、大手の業者が大銀行の傘下に入った。

取り立てが原因で会社を追われ、瞬く間にホームレスになった五十二歳の男、夜逃げで転々とする無職の母と小学生の娘、同じ野球部だった親友が自殺した中学男子……。懐かしさよりも取材時に覚えた怒りや哀しみ、やりきれない思いが鮮明に甦ってくる。

相賀はファイルから新聞の切り抜きを取り出した。切り取るのが面倒だったのか、中には全面を折り畳んでいるものもある。自分たちが取材してきた事実にやや辟易していたので、サラ金以外の記事に目を通した。

ハリウッド女優のエリザベス・テーラーと「ウォーターゲート事件」の記者、カール・バーンスタインの熱愛、大騒ぎになったコアラの初来日、愛読していたトルーマン・カポーティの死。特にカポーティの記事には海馬が疼き、垣内と『冷血』について話したことを思い出した。最初はニュー・ジャーナリズムとノンフィクション・ノベルの違いについて語り合ったが、そのとき垣内が言った「客観報道ほど真実から遠いものはない」という言葉が印象に残っている。

資料に安大成《アンデソン》の名を見つけ、思わず手を止めた。「手形乱発事件」のメモだ。仕手集団に株を買い占められた繊維メーカーを〝救う〟ため、メーカー側にいた安が手形を乱発して株価を下げるという奇策に打って出たのは、今も伝説として語り継がれている。

相賀はこの件で一度だけ安に取材したことがある。安が現れるという地元のお好み焼き屋を張り込み、接触に成功したのだ。一人、ベンツに乗ってやってきた彼は意外なほど人懐こく、愛嬌のある人間だった。毀誉褒貶《きよほうへん》の激しい人物だが、もう一度話を聴きたいと思った数少ない人物の一人だ。

相賀はまた、この昭和末期の一九八四年という年について考えた。特に地方ではテレビなど出る幕はなく、新聞こそ報道だという気概があった。あまり大げさなことを好まない相賀ですら、強い自負を持って働いていた。

この年の二月だったか。大阪府警捜査二課・担当キャップだった垣内が胃潰瘍《いかいよう》で入院した。政治、経済の中心が東京にある以上、大阪では社会部が花形であり、中でも垣内は事件記者のエースとして存在感を発揮していた。

だが、たかだか一週間の入院が、思ったよりも尾を引いた。垣内が戻ってきたときには、既に後任が決まっていたのだ。関西では「事件の大日」と呼ばれていただけあって、ライバルたちの蹴落とし合いも熾烈《しれつ》を極めていた。

表向きは「大事をとって」ということだったが、社会部長が自らの派閥に馴染《なじ》まない垣内を蚊帳《かや》の外に置いたのだ。いくら垣内が食ってかかっても、対応は冷たかった。事件記者は「抜いてなんぼ」の世界。同情など期待するだけ無駄だった。

そのひと月後に、昭和史に残る未解決事件「グリコ・森永事件」が発生。取材チームは社会部長の子飼いで固められた。全国の記者が犯人グループ「かい人21面相」の逮捕を抜くと鼻息を荒くしている中、垣内にアシストを送るお人好しはいなかった。

大企業の社長の拉致、会社への放火、人を食ったような挑戦状――。「グリ森」が特異な展開を見せる中、遊軍でアザーの取材を任されたのが、事件記者のエースと最もサツ回りが似合わない、彼の同期だった。

「全部ひっくり返したる」

酒が深くなると、垣内は据わった目で猪口《ちょこ》を空け続けた。最初にサラ金をやろう、と提案したのは垣内だ。企業を脅迫した金の受け渡しで、警察とマスコミが「かい人21面相」に振り回されている間、相賀たちはチームを組んで、貸金業者や債務者を割り出し、地道に当たっていった。

「グリ森」が巨大だったからこそ、二人の結束は固かった。

長い回想を終え、氷が解けて飲みやすくなったウイスキーを口に含んだ。もう先ほどのような刺激を感じなくなった。疲れてはいても、今日は調子がいい。

それにしても、なぜ垣内はサラ金の資料だけを残したのか。

場所の問題もあり、一定期間が経てば取材資料は処分するのが通常だろう。相賀も思い入れのあるもの以外は始末している。あの殺風景なアパートを見る限り、生きることに未練はなさそうだった。死を覚悟している人間が、かつての仕事の資料を保管する意図は何か。

そう考えたところで、相賀はハッとした。

残したのではなく、捨てられなかったのではないか。

かつての仕事仲間が死を選んだ理由。全く予期していなかった選択肢が、突如として目の前に現れた感じがした。

何かつかめるかもしれない――。

記者をしていたころの感覚が、五感を冴え渡らせる。真相に迫れるとすれば、それは自分を措《お》いて他にはいない。相賀は少しずつ興奮していく自らを煽《あお》るように、ロックグラスを空けた。

氷のカランという音が小気味よく聞こえる。もう一杯飲みたかったが、一件電話を入れようと思い自制した。

誘惑を断ち切るように、相賀は立ち上がった。部屋を出てリビング・ダイニングへ向かう。シンクにロックグラスを置いたとき、リビングにある電話機に目がいった。留守番電話の再生ボタンが点滅している。妻を亡くしてから、家の電話にはあまり出なくなった。いくら無愛想に対応しても、次々とセールスの電話がかかってくる。いつしか録音されたメッセージも放置する癖がついていた。

胸騒ぎがして、足早に電話機に近づいた。赤く点滅しているボタンを押す。

聞き覚えのない女の声がして、ため息をついた。やはりセールスだ。耳障りな電子音を響かせては、次々と似たようなメッセージが続く。

「新しい伝言、八件目です。七月三日午後五時二十五分」

ピーという音の後、セールスにはない間が空いた。男の咳払いが聞こえた瞬間、反射的に身構えた。

〈えー、ご無沙汰してます。垣内です。えー、元気してますでしょうか？〉

相賀は天を仰いだ。アルコールで鈍る頭の中が揺れる。

〈……久しぶりに一杯どないですか？　私の携帯は……〉

電話番号を二度繰り返した後、垣内は〈では〉と言って電話を切った。

自分に会おうとしていた。

その事実が相賀の胸中を掻きむしった。なぜ応えてやれなかったのか。自らの不精が情けなく、拳をつくって強く太ももを叩いた。

メッセージが吹き込まれたのは、七月三日。

その二日後、垣内は兵庫《ひょうご》県内の山中で首を吊った。

3

待ち合わせの時間より二十分ほど早く着いた。

電車移動に疲れて周辺をうろつく元気はなく、相賀は大人しく店に入った。

大阪・梅田の百貨店にあるコーヒー専門店は、平日の午前中にもかかわらず満席に近かった。これから正午に近づくにつれ、さらに人が増えるだろう。早めに着いたおかげでテーブルの二人席を確保できた。

遺品整理をしてから四日。無理が祟《たた》ったのか、ここ数日は体調がよくなかった。幸い今朝の目覚めはよく、外出しても問題ないほど復調していた。心理的なものも大きいのだろう。

相賀の頭からあの留守番電話の声が離れない。あれは確かに垣内だった。しかし、記憶に残るどの声とも一致しない、そんな印象を受けた。あんなに穏やかに話す男ではなかった。おかしければ笑い、腹が立てば怒る。相賀はかつて、当たり前の感情表現ができる垣内を羨《うらや》んでいた。

だが、あの声には感情がなかった。

「相賀さんでいらっしゃいますでしょうか？」

突然声を掛けられ、相賀は我に返った。テーブルの上でメニューを開きながら、何も見ていなかったことに気づく。

「美枝子《みえこ》さんですか？」

すぐ傍に立つ女がぎこちない笑みを浮かべて頭を下げた。三十数年前に一度、豊中の家で会った幼女。それが今は恰幅のいい中年女性になっている。四十歳前後だろうが、年齢を聞くのは憚《はばか》られた。顔の下半分、やや受け口なところに、垣内の面影があった。

「私、相賀さんのこと憶えてるんです」

互いにブレンドコーヒーを注文すると、美枝子は人懐っこそうな笑みを見せた。

「一度お宅にお邪魔したけど、美枝子さんはだいぶ小さかったよ」

「ええ。幼稚園のときやったと思います。でも、お土産におもちゃをいただいて」

「そうやったかなぁ」

「『ひみつのアッコちゃん』のコンパクトをもらったんです。すごくほしかったから、嬉しくて」

「そうですか。今日はコンパクトやないけど」

相賀は背の低い小さな紙袋を差し出した。美枝子は中に父の遺品が入っているのを見て、やや戸惑った様子だった。前置きもなく本題に入ったので、面食らったのかもしれない。

「あぁ、この時計見覚えあります」

美枝子は気持ちがこもらない様子で、粗末な腕時計をつまみ上げた。今日は遺品整理で処分に困った〝金目の物〟をこの一人娘に渡す名目で会うことになったのだ。だが、実際は金になりそうな物などほとんどなかった。

「遺品の整理を押し付けてしまってすみませんでした。まさか母が相賀さんにお願いするなんて思ってもみなかったんで」

簡単に紙袋の中身を検《あらた》めた美枝子は、恥ずかしそうに肩をすくめた。それだけ見ると、とても親が自殺したようには見えない。

「部屋でボーッと立ってただけで、大したことはしてないよ。静子さんには言うてるけど、昔の仕事の資料はこちらで預かってるから」

「お手を煩わせてしまってすみません。父の仕事のことはさっぱり分からないんで。

何か発見がありました？」

「全てに目を通した訳やないけど、垣内君とは三十数年前の一時期、コンビを組んでたことがあってね。大半がその資料やね」

「そうですか……」

遺品の〝金目の物〟だけでなく、何らかの収穫を期待していたのだろうか。美枝子は少し気を落としたようだった。

「実は資料よりもね、もっと大事なことがあって」

相賀の思わせぶりな台詞に、美枝子は片眉を上げて先を促した。

「留守番電話が入っててね。私に」

「……父から、ということですか？」

相賀は頷いてからテーブルの上で両手の指を組んだ。

「久しぶりに一杯やろう、と。それだけですけど、電話があったのが七月三日でした」

二日後、垣内智成は世を去った。その事実が胸に迫ったのか、美枝子は目を伏せた。

「現実は動かし難いんでしょうが、私には垣内君が自ら命を絶ったということが、うまく想像できないんです」

美枝子は大きな目を相賀に向けながら、神妙に頷いた。

「彼に何が起こってたんですか？」

「父は……」

美枝子はそう言ってから、遺品が入った紙袋に自然と触れた。

「胃癌だったんです」

胃癌と聞き、相賀の小さくなった胃が疼いた。それが合図になって「敏腕記者は胃をやられる」という垣内の言葉を思い出した。胃潰瘍で入院していたときのことだ。

「手術は？」

「去年の夏に。でも、開いてから転移が見つかりました」

同じ時期に胃に癌を患い、手術をした。一人は余命を告げられ、一人はこうしてカフェでコーヒーを飲んでいる。神によって無作為に振り分けられる明暗に理由はない。人間に課せられた唯一のルールは、その決定に従うことだ。

「最後の方はだいぶやせ細っていましたから。在宅療法でしたけど、ホスピスに入るのは嫌がってました」

そんな状態で「一杯やろう」はないだろうと、相賀は苦笑した。あれは死を受け入れた人間にしか出せない達観の声だったのかと、やや強引に結論づける。年甲斐《としがい》もなく、同期の死に対する答えを急かす自分がいた。

「私も家庭があるので、なかなかお見舞いに行けなくて」

美枝子は夫と一男一女の四人暮らしだという。上の男の子が来年中学生になると聞き、年をとるはずだと、相賀は豊かな白髪に手を当てた。

「警察から返ってきた遺品にスマホがあって、びっくりしました。ご存知かもしれませんが、父は時代遅れな男でしたから」

「確かに。パソコンにも四苦八苦してましたね」

「中身を確認したいんですが、パスワードが分からなくてどうにもならないんです。ヒントが落ちてないかネットで父の名前を検索したんですけど、実はもっと驚くことがあって……。どうやら父はフェイスブックのアカウントを持ってたらしいんです」

「垣内君がフェイスブック？」

相賀と美枝子は顔を見合わせて頬を緩めた。今の時代、六十代のＳＮＳは珍しくもないかもしれないが、旧型の事件記者にはあまりに似合わない。

「投稿が公開されてないんで内容はわからないんですけど、公開情報に『元大日新聞記者』ってあるんで」

「ほんまにやってたんか」

確かに中身は気になるが、どうせ使いこなせていないだろうと想像がつく。

「でも、一番びっくりしたのは、借金ですね」

「借金？」

思わず声が大きくなってしまった。隣のテーブルにいた男が文庫本からチラリと視線を寄越してきた。

「垣内君は借金をしてたんですか？」

「ええ。それも消費者金融から」

死角から殴られたように、思考が止まった。一瞬の空白の後、胸中に浮かび上がってきたのは「裏切り」という、年の割には青くさい感情だった。

もちろん、今と三十三年前では、消費者金融の舞台設定がまるで違う。だが、高利で金を借りるという意味では、危険と背中合わせの世界であることに変わりはない。とともに深刻な借金地獄を取材した記者として、美枝子の言葉は簡単に受け入れられなかった。

「結構な額なんですか？」

「……はい。消費者金融なんで、家族に支払い義務はないんですけど」

相賀の腑に落ちない様子が気になったのか、美枝子は言葉を継いだ。

「私も意味が分からなくて。そんなお金、どこにも残ってませんから」

部屋の統一感を損なう物は置かないようにしているが、この一週間はそれもさほど気にならない。

垣内の段ボールのほか、新たに加わったのは少しサイズの大きいプラスチック製の衣装ケースが二つ。仕事があるという美枝子と別れ、自宅で遅めの昼食を取った後、相賀は一階にある別の部屋から台車でケースを運んできた。残している記者時代の資料は年代順に保管していて、衣装ケースには一九八三〜八五年に取材したノートやファイルが、緩やかな区別で詰め込まれている。

「グリ森」や豊田《とよた》商事など、世間の耳目《じもく》を集めた事件の未公開資料が出てくれば、つい手が止まってしまうが、思い出に耽《ふけ》っている時間はない。調子のいい日にできるだけ作業を前に進めなければならない。一方で、早めのブレーキが一番効果的だということも、体が覚えている。

サラ金関連の資料だけを抜き出し、あとはケースに仕舞った。ノートが二十一冊とファイルが二十冊、メモ帳が三冊に写真が十四枚。

そのうち、写真の一枚に目を奪われた。胸の前で両手を組み合わせる中年の女。外着とは思えないトレーナーにジーパン姿で、何より今にも泣き出しそうな表情が印象的だ。ある消費者金融業者に金を借りていた男が、取り立ての厳しさに堪え兼ね、その会社に火を放った。従業員三人が死亡し、八人が重傷。犯人の男は現場で焼身自殺した。写真の女は亡くなった若い女性職員の母親だ。今では考えられないことだが、このころは記者が病院に入り込んで撮影していた。ロビーにある温かみのない質素なベンチに座って、ひたすら神に祈っている。何もできない自分への苛立ち、生死をさまよう娘を想う母の苦しみ、そして愛情。たった一枚の写真が、何よりの説得力を持つことがある。

結果を知る相賀は、胸がつかえて写真から目を逸らした。そして、当時覚えた怒りが甦ってきた。

人間は金を制御できない――。

電話が鳴った。

デスクにあった携帯電話を手に取る。後輩の能見からだ。先ほど相賀からかけたが、出なかったので留守電にメッセージを残しておいた。

「電話に出られず、すみませんでした」

「いや、こっちこそ忙しいところすまん。ちょっと聞きたいことがあってな」

「垣内さんの件で？」

「そうや。垣内の嫁と娘に会ったんやけど……」

相賀は、一週間前に能見から電話を受けて以降のことを掻い摘《つま》んで話した。能見は垣内の離婚と借金、いずれも知らなかったようだ。

「それで葬式のことをはぐらかしたんですね。あの元奥さん、大日側からの連絡にまともに取り合わなかったらしいですから」

「離婚はええけど、サラ金に借金してた方が気になる」

「確かに。こっちでもちょっと当たってみます」

相賀は「頼む」と言うと、電話を切ろうと耳から受話器を離した。その気配を察したのか、能見が大声を出して呼び止めた。

「どないした？」

「すみません。私も相賀さんに用がありまして。ちょっと聞いてもらいたいもんがあるんです」

ごそごそと物音が聞こえた後、能見は説明もなく「再生します」とだけ言った。

〈記者やったら、しっかり確認せぇ！〉

怒鳴り声に鼓膜が震えた。だが、相賀から落ち着きを奪ったのは、突然大きな音を耳にしたからではなく、声に聞き覚えがあったからだ。

〈君なぁ、亡くなった人の名前間違うって、こんな失礼なことあるか？　記者やったら、叩き込まれてるやろっ。訃報原稿の訂正は厳禁やって。火事原稿でもなぁ、人が亡くなったら、それはもう訃報原稿みたいに気ぃ張らなあかんねや！〉

興奮する男の声が不意に途切れた。

「どうですか？」

前触れもなく音声を再生したのは、余計な先入観を与えないためか、その名を口に出すことがためらわれたからか。いずれにせよ、答えは同じだ。

「垣内や」

相賀の断定に、息を呑む気配が伝わってきた。

「一体、これは何の音声なんや？」

「六月末に大正区でアパートが全焼したんです」

「大正区？」

偶然の一致か否か。相賀が考える間もなく、能見が先を続けた。

「古い木造二階建てが全焼して、六十二歳の女性が焼死しています。一階に住んでいたということです」

焼死と聞いて、先ほどまで見ていた病院の写真を思い出した。

「その亡くなった女性の名前が間違ってたってことか？」

「ええ。アカニシミネコという方ですが、レッドの赤に……」

能見が律儀に漢字を説明するのを相賀は愛用のボールペンでメモした。

赤西峰子、というらしい。記事は「峯子」になっていたという。

「電話の主は、他社が正確に書いてるから、警察の広報ミスじゃないだろう、とも話してたそうで、恐らく業界の人間かと」

「垣内で間違いない。『記者やったら』は、後輩を説教するときのあいつの口癖や。でも、こんなん、よう録音してたな」

「クレームを受けたのは社会部の若い奴で、自分のミスでもないのに怒られたことに腹を立てて、途中からiPhoneで録音したそうです」

スマートフォンがレコーダーになることを知らなかった相賀は、垣内もまた知らなかっただろうと思い至った。留守番電話ですれ違ってしまったかつての記者二人は、前時代に生きているのだと痛感する。

「最近はちょっとしたミスでも、やれ捏造や、やれ情報操作や、言うてネットで炎上しますから。固有名詞は特に気をつけるよう注意してるんですが、どうしても、ね」

「まぁ、人間がやることやから。訂正を出さずに定年を迎えた記者はおらんわ」

「でも、ちょっと前の近畿新報の件もありますから」

近畿新報と耳にした瞬間、相賀は能見に聞こえないよう静かに息を吐いた。

桐野弘の堂々たる体軀と髭面がありありと頭に浮かび、落ち着かない気分になって鼈甲《べっこう》メガネのフレームを指で押し上げた。近畿新報の問題は桐野の個人的資質だけでなく、新聞業界の構造的欠陥がその根本にある。

記者クラブ、再販制度、戸別配布――。これまで新聞社を支えてきた屋台骨が、情報革命によって音を立てて軋《きし》み始めている。部数減による影響力の低下は、メディアとして致命傷に直結する。

結局、金だ。近畿新報のデスクと桐野は、全国紙との地盤沈下の競争に疲れ、扱ったことのない高額の予算に重圧を感じた結果、虚偽の記事を掲載したと聞く。そこにジャーナリズムの精神はない。

「もし、これが垣内さんの声だとすると、何でこんなクレーム電話を入れてきたんですかね。匿名にしなくても、社内に不平を言える人間はようさんいたでしょうに」

「自分たちの時代が終わったことを自覚してたんやろ。読者のフリして電話した方が効くと思ったんちゃうか。新聞社としては一部でも購読を減らしたくないからな」

「私の記憶では、垣内さんは特ダネ記者やけど、訂正も多かったと思うんですけど。本人もそう言うてましたし」

「それより、何でこの記事に鋭く反応したか、や。その赤西峰子っていうのは何者なんや？」

「無職で、決して富裕層ではない、ということぐらいしか。身寄りもないみたいです」

「放火の線は？」

「今のところ何とも。どうやら赤西峰子の部屋が火元のようですが」

火事の五日後、垣内は首を吊った。同じ大正区内に住んでいるのも妙だ。

二人には必ず接点がある――。

「垣内は胃癌やった」

「えっ？」

「娘から聞いた。ホスピス云々の話をしてたから、先は長くなかったんやろ。そのクレームの電話も、そんな状態やからかけたんかもしれん」

「いやぁ、知らんことばっかりですわ」

能見は相変わらずのんびりしていて、間抜けな相槌《あいづち》を打った。

「借金の件もやけど、赤西峰子に関しても何か分かったら、連絡してくれ。俺もできるだけやってみる」

「分かりました。でも、相賀さんはさすが『ゲルマン』と呼ばれてただけあって、仕事が早いし緻密ですよね」

ただ家族に当たって、遺品の資料を回収しただけだ。緻密と言われても反応の仕様がなかった。

「それ、お前が言い始めたんか？」

「それって？」

「『ゲルマン』や」

「ちゃいますよ。垣内さんじゃないですか」

すよ。もしもし、相賀さん、聞いてはりますか……」


「垣内が?」

相賀は驚いて聞き返した。垣内が名付けたとは、まるで知らなかった。

「そうですよ。相賀は仕事が細かいから、滅多に間違えんって。ドイツの音楽ばっかり聴いてるから、あんな精密機械みたいになるんやって。あっ、これ悪口とちゃいますよ。もしもし、相賀さん、聞いてはりますか……」

4

梅雨が明けた。

朝からセミが鳴き、窓の外を見ているだけで気分が悪くなる。移り気な梅雨空にも辟易したが、悪気のない夏の陽も始末に負えない。

毎年、暑い時期には極力出歩かないようにしている。食材も宅配で済ますぐらいだ。だが、今年はそうも言っていられない。玄関で少しつばの広いハットをかぶった相賀は、肩にショルダーバッグを引っ掛けるとドアを開けた。

駅まで歩いて行くつもりだったが、五分と歩かないうちに熱気に当てられ、大通りに出るとすぐにタクシーを捕まえた。いくら暑いとはいえ、十分ぐらいは歩けるだろうと高を括ったのが間違いだった。年寄りの敵は冷や水だけではないということだ。

冷房の効いた車内で扇子を取り出した相賀は、自らの衰えに苦笑いを浮かべた。

　市立図書館に着いたころには、随分汗も引いていた。新聞・雑誌コーナーにある七台の四人掛けテーブルはほぼ埋まっている。相賀は空いている椅子にショルダーバッグを置くと、大日新聞の縮刷版を取りに行った。一九八四年版を手にし、優に一千ページを超える重い本を抱えてテーブルに戻った。

　縮刷版の文字は羽虫のように小さい。置き型ルーペを巻頭の目次に当て、次々とページをめくりサラ金関連の項目を探したが、見当たらなかった。ここにまとめがあれば、ページ数をメモして該当記事を確認すればいい。だが、そうは問屋が卸さない、ということだ。調査報道と言えば大げさだが、調べ物は基本的に地味な作業の繰り返しである。

　能見から聞いた赤西峰子は、確かに垣内が残した資料に存在していた。八四年の九月ごろだ。峰子は当時二十九歳で、大阪市内の公立中学校で英語を教えていた。彼女には三つ違いの孝人《たかと》という兄がいて、この兄が未登録の貸金業社、いわゆる闇金で働いていた。乱れた字が踊るノートから読み取れるのは、これくらいだ。あとは孝人が行方不明であること、法定外の高利に苦しむ消費者やペット業者のコメントが記されているが、不鮮明な箇所が多すぎた。同じころのファイルにもヒントになる文書はなく、該当の切り抜き記事もなかったので、縮刷版を求めて図書館に来たのだった。

縮刷版は東京本社版しかないので、大阪本社限定の記事の場合は拾えない。完璧とは言えないが、可能性を潰していくしかなかった。幸い取材が九月なので、それ以降の記事を当たればいい。

九月下旬、朝刊の社会面トップの主見出しに目が止まった。

——**借金のカタに犬猫連れ去る**——。袖見出しに——**大阪のペットショップ　被害30匹超えか**——とある。ペットショップの写真が大きく掲載され、記事も全十五段中、九段を使うという特ダネの扱いだ。

発端は大阪市内のカメラ店だった。街の小さなカメラ屋を経営していた五十七歳の男が、集客のできる写真館を目指し、市内に撮影スタジオを建てた。だが、事業計画の甘さから一年と経たずに資金繰りが悪化。元あったカメラ店を処分しても全額返済には程遠く、あとは消費者金融から金を借り、ブラックリストに載ると闇金業者へ手を出すというお決まりのコースを辿《たど》った。

男の返済能力に見切りをつけた闇金業者は、念書を書かせて拇印を押させた。弟が経営するペットショップを担保にしたのだ。無論、弟に返済義務はなかったが、店先にハトの死骸《しがい》を置くといった業者の嫌がらせが連日続いた。取り立てに来た男たちに、弟が警察へ通報する旨を伝えたその夜、店内のケージで寝ていた計約三十匹の犬と猫が連れ去られ、安値で売り捌かれたという。

記事中の闇金業者「スマイルファイナンス」は、垣内がノートに記していた峰子の兄、孝人が所属していた業者だ。つくっては潰す闇金業者は組織ですらない。業者の少ない人数を考慮すれば、孝人がハトの死骸を置いた可能性は十分にある。記事は「警察が窃盗容疑で調べを始めた」と締め括っているが、同じ年の縮刷版に続報はない。赤西峰子に直接の関係はないが、また高利貸しにつながった。

疲れた目に目薬を落とし、こり固まった肩を回した。調べ物も体力勝負で、昔のように集中力が続かない。

しばらく考えた後、相賀はバッグから垣内のノートを取り出した。記事を読んでからノートを見返すと見えてくるものがある。意味の分からなかったコメントの羅列も「ペットショップ」や「カメラ店の周辺住民」など大体の種類分けができるようになり、解読しやすくなった。しかし、大半が相賀の必要とする情報ではなかった。不要な情報にレ点を入れていくと、結局振り出しに戻った。だが、取材において一周回って起点に帰ることは、決して無駄なことではない。

情報を得ることは捨てることから始まる。雑音が消えた後に浮かび上がる音。それが相賀の求めるものだった。

ノートに記された大阪市内の住所。苗字がズラリと並ぶ中、その一つひとつに書き込みがある。恐らく赤西家の近くで聞き込みをした時のものだろう。取材は六ページにわたり、五十軒以上のインターホンを鳴らしたことが分かる。コメントを拒否されるケースが目立つ中、地道に家族構成や職業などを聞き出している。

相賀が気になったのは「知らなかった」という旨の記述が多い点だ。主語がないためはっきりとしないが、同じ質問を重ねていることは想像できる。垣内は、孝人が闇金業者で働いていることを近隣住民に当てて回ったのではないか。だとすれば、かなり危うい取材をしている。

ざらついた現実に触れた気がして、相賀は胸騒ぎがした。

この事案から三十年以上経った今、ノートに書かれていた赤西家の住所を当たっても、収穫は期待できない。それより、垣内がどうやってこの住所を手に入れたかを考える方が現実的だ。

無論、答えは資料の中にある。


正午を過ぎると、陽はさらに荒っぽさを増した。

近鉄《きんてつ》沿線の最寄駅の改札を出たとき、セミはさらにやかましく鳴き、駅前のロータリーには陽炎《かげろう》が立ち上っていた。

図書館への往復を含め、今日三度目のタクシーに乗った。出費は嵩《かさ》むが仕方ない。手土産の日本茶が入った紙袋を脇へ置き、相賀は流れる景色に目をやった。

読書と音楽に包まれた静かな生活は、人の幸せ不幸せに関心がない自分の性に合っている。定年後に楽しみを探すのに苦戦する男たちが多い中で、相賀自身は退屈を感じたことがなかった。時折、暮らしの中で立つ漣《さざなみ》には無視を決め込んでいるが、ここ十日ほどは心と体が勝手に動いていく。今は微かな高揚感すらある。

同期の自殺と離婚を知り、遺品であるサラ金関連の取材ノートを回収した。そして、種類の異なる二つの録音音声——自ら命を絶つ二日前に留守番電話に吹き込まれたものと、大日新聞の誤報に対するクレーム——を聞いた。そこに赤西峰子の存在と闇金の卑劣な取り立てを報じた記事が混ざり合い、モザイクはより複雑になっている。

昔取った杵柄《きねづか》か、単なる記者ごっこか。いずれにせよ、うなぎの寝床のように奥へと続く真相への道のりは、後戻りのできぬ一方通行だった。

一軒の古い二階建て民家の前でタクシーを降りたとき、相賀はまず表札から確認した。「戸崎《とざき》」とあるのを見て、安堵する。だが、油断は禁物だ。この年になると、尋ね人が生きているという保証はない。

インターホンを押すと、落ち着いた女の声で返事があった。

「突然のお尋ね、恐れ入ります。私は元大日新聞の記者で相賀と申す者です」

「大日新聞……記者の方ですか？」

若干の戸惑いはあったが、声は柔らかだった。

「もう定年しておりますが。戸崎信三《しんぞう》さんはご在宅でしょうか？」

少し間を置いてから「えぇ」と、警戒する声が返って来た。

「以前、大日新聞で記者をしていました垣内のことで参りました」

「垣内さん……少々お待ちください」

妻と思しき女の声はそこで途切れた。もちろん垣内のことは認識しているだろうが、その行く末について知っているか否かは判断できなかった。

戸崎信三は元大阪府警の警察官で、垣内のネタ元だった男だ。経歴までは分からないが、一九八四年当時は大阪市内にある署で防犯課――現在の生活安全課に所属していた。刑法以外の特別法を捜査する同課は、刑事課と並び特ダネが転がっている重要な部署だ。サラ金関連では出資法や利息制限法違反での検挙が狙い目である。相賀は垣内のアパートから回収したヤサ帳と年賀状を調べ、ノートにあるT宅が戸崎宅である可能性が高いことを突き止めた。

小柄な男が玄関ドアを開けた。頭髪は薄く、顔の皺も深い。ひと回りまではいかないが、年上であることは分かる。

「戸崎さんですか？」

戸崎はドアノブをつかんだまま問い掛けに頷いた。その後、ほんの数秒相賀の顔を凝視した後「どうぞ」と低い声を出した。

小さな門扉を開け、苔の生えた飛び石を踏んで玄関へ辿り着くのに時間はかからなかった。清潔だが、収納や段差に気遣いのない古い造りの家だ。戸崎が襖を開け、玄関から近い和室に通された。

脚の短いテーブルを挟んで向かい合う。相賀が挨拶を口にしても黙って頷くのみ。顔に感情が表れないので言質《げんち》を取りにくい半面、一度信頼されると深い関係を築けるタイプだ、と相賀は推察した。

先ほどインターホンで対応してくれた戸崎の妻が、盆にアイスコーヒーを載せて入ってきた。相賀が礼を言って手土産を渡すと、彼女は丁寧にお辞儀して部屋を去った。

「私は垣内の同期の記者でした。戸崎さんは彼の件をお聞きになってますか？」

戸崎は一重瞼の目を相賀に向けて、静かに首を振った。

「今月の五日に亡くなりました」

大きく息を吸い込んだ後、戸崎は「そうですか」とだけ返した。

「自殺です」

相賀の言葉を耳にした瞬間、戸崎の眉間に皺が寄り、ポカンと口が開いた。

「大日新聞の関係者から私に連絡があったのは、垣内が亡くなって一週間後でした」

それから相賀はこれまでの動きを要領よくまとめて話した。話を聞くに連れ戸崎の表情から感情が薄れていくように見えたが、真剣に耳を傾けていることは分かった。

「昔、サラ金問題を一緒に取材していた私に連絡してきたこと、赤西峰子の焼死に関する誤報に激しいクレームを入れていること、その赤西峰子の兄が闇金の人間だったこと……私にはこれらの事柄がつながっているように思えてならないんです。しかし、全体像が見えない」

相賀はそこまで話すと、アイスコーヒーを口に含んだ。

「垣内の取材メモに戸崎さんと思われる方が度々登場するんですが、メモが断片的で内容が把握しづらい面がありまして。この赤西峰子について何かご存知ではないですか？」

普段は言葉少なに話す相賀だが、元警察官を前にして、少しずつ記者時代の会話の勘を取り戻していった。戸崎がダメなら、真相へ続く糸はかなり細ってしまうという気負いもあった。

束の間考え事をしていた戸崎は、一つ咳払いをすると「ちょっと失礼します」と言って立ち上がった。相変わらず表情から感情が読めない。彼が部屋を出た後、しばらくは姿勢を正したまま待っていた相賀だったが、一向に戻ってくる気配がないことから、次第に落ち着かなくなった。

十分ほどして襖が開いたとき、戸崎はビニールでコーティングされた、大きな紙袋を手にしていた。彼は再び対面に座ると、紙袋からスクラップ帳を出してテーブルの上で開いた。

「昭和五十九年の七月の記事です」

マジシャンが突然種明かしをしたようで、相賀は虚を衝かれたが、頭の中ですぐに年号を西暦に換算した。垣内とコンビを組んでいた一九八四年の記事だ。

――**借金苦で仮入学が倍増　取り立て逃れ転校繰り返す**――

見出しが目に入ったとき、相賀はハッとした。自分も同じ記事をスクラップしていたからだ。

「これは、私が書いたものです」

相賀が話すと、戸崎は「そうですか」と一つ頷いた。

小中学校の転校には、住民票の異動手続きと前に通学していた学校の在学証明書などが必要だ。だが、当時は第三者が簡単に住民票を取得できた時代。引っ越しても貸金業者はすぐに新しい住所を割り出し、取り立てにやってくる。転校後、ひと月もしないうちにまた転校を余儀なくされる児童が後を絶たなかった。そこで借金に喘《あえ》ぐ親たちが、内々に自治体の教育委員会に連絡し、住民票の異動をせずに仮入学を求めるケースが右肩上がりに増えたのだ。

借金する親に、問答無用で取り立てる業者。その狭間で身動きが取れなくなっているのは常に弱者だ。大人の身勝手のせいで翻弄《ほんろう》される子どもたちが不憫《ふびん》でならなかった。関係者の声を拾ううちに、怒りが増し柄にもなく強い筆致で執筆している。

「この記事が赤西峰子につながることになります」

「私の記事が……」

自分の記事が関係していた――。思わぬ方向から飛び込んできた新たな情報に、相賀の鼓動は早まった。

「決して話すまいと思ってましたが、垣内さんが最後にあなたへ連絡していたことを聞いて、考えを改めました。彼はもうこの世にいませんから」

戸崎は自らに言い訳するように漏らすと、スクラップ帳のページをめくった。そこには図書館でコピーしたペットショップの記事があった。

「このペットショップの記事は誤報です」

「はっ？」

「ペットショップから犬猫を盗み出した闇金業者は『スマイルファイナンス』ではありません」

相賀の心臓がさらに速いペースで波打つ。三十三年前の誤報……。

「別の業者ですが、『スマイルファイナンス』も別件で我々が追い込みをかけてました。だから赤西孝人は行方を暗ましていたんです。もちろん、記事に対して訂正云々《うんぬん》など言える立場ではありませんでした」

　やや声は嗄《しやが》れているが、戸崎の記憶ははっきりしているようだった。

「ひと月ほどして、垣内さんが誤りに気づきました。夜討ちに来た彼に、私が告げたからです。でも……」

　その先が読めて、相賀は胸が塞がれる思いになった。記者なら一度は誰だって考える。

　訂正を出したくない——。

「彼は赤西孝人本人から裏が取れない、そして、ペットを盗んだ闇金業者が未検挙になったということを隠れ蓑《みの》に、訂正記事を書こうとしなかった」

　名字がズラリと並んだ垣内の取材ノートが頭に浮かんだ。

「垣内さんは、赤西の自宅近くで聞き込み取材をする際、赤西が闇金業者であることと、ペットショップの犬猫を盗んだ容疑者かもしれない旨を言ってしまっていた」

　ノートの前半にあったコメント拒否。ネタが取れず垣内は焦ったのだ。住民たちの口を開かせるため、彼は不確かな情報をエサにしてしまった。

「赤西の妹、峰子は当時大阪市内の中学で教員をしていました」

　戸崎は少し間を置いてから、続きを語り始めた。

「垣内さんの聞き込みと掲載された記事が原因で、彼女の兄が闇金業者であると地元で知れ渡ってしまう。今から三十年以上も前の話です」

相賀は戸崎の視線に応えるように頷いた。仕事にしろ、結婚にしろ、皆が血縁をもっと重たいものと捉えていた。借金のカタに生き物を盗んで行った兄。時代に横たわっていた連帯責任という名の呪縛が目に見える。

「翌昭和六十年の三月のことです。勤めていた中学校で、赤西峰子が二人組の男に襲撃されました」

「襲撃……ですか」

嫌な話を聞いた。赤西家が地域で疎外されることは想像できたが、直接危害を加えられる、というところまで考えが及ばなかった。

「卒業式の二日前です。夕方、人気のない体育館の近くで、覆面をした男たちが峰子に近づきました。二人がかりで押さえつけ、カッターナイフで峰子の髪を切ったんです」

バラバラと不揃いの髪が散っていく様を思い浮かべた相賀は、胸が悪くなった。女の髪を切るという行為に、強い悪意を感じる。

「峰子が大声を出して暴れ続けたこともあって、二人組はすぐに逃走しましたが、現場には二十センチほどの髪が散乱してたということです」

無口な戸崎だが、実際に話し出すと、その語り口は理路整然としていた。それが却って、峰子の受けた心の傷を浮き彫りにするようで、迫力を持って迫ってくる。

「二人組の男は学校の生徒ですか？」

「……ええ」

八〇年代の非行問題が相賀の脳裡をよぎり、校内暴力のニュースや「積木くずし」という言葉が浮かんだ。相賀自身も教育関係の記事で取り上げたこともあった。だが、これがなぜ「仮入学の記事」に関係するのかが分からない。

「四月になって、少年たちが特定されます。同じ中学校の卒業生でした。峰子は薄々気づいてたようですが、警察には黙っていました。もちろん、教育者として少年たちのことを考えたという点もあるでしょう。しかし、最も大きな理由は、少年たちの犯行動機でした」

話が核心に迫っている感触があった。相賀は無意識のうちに、アイスコーヒーのグラスについた水滴を指で拭っていた。

「少年たちが二年生のとき、女子生徒が一人、転校してきます。この女子生徒は二ヵ月すると、別れの挨拶もなく消えてしまいます」

ようやく話の筋が読めた。被害に遭った峰子が押し黙った最大の理由――。

「彼女は父子家庭でした。父は借金で会社を辞め、取り立てから逃れるために知り合いの住む街から街へと転々としていました」

「その少年たちは彼女の家庭の事情を知っていたんですね？」

「ええ。具体的に三人がどんな関係にあったかは分かりません。しかし、若い正義感が引き金になったのは間違いありません。女子生徒の親を取り立てた業者と赤西孝人に直接の関わりはなかったんですが、怒りを爆発させたい少年たちは、サラ金や闇金そのものを標的にしました」

「垣内の取材と記事で赤西峰子の兄が闇金業者だと分かり、犯行に及んだ、と」

「ええ。その年の夏に兄の孝人の遺体が北海道《ほっかいどう》で発見されます。道南の海に浮いていましたが、自殺で処理されました。間もなく、峰子は教壇を下ります」

垣内は聞き込みの成果を得るためにいい加減な情報をエサにし、見切り発車の記事を書いた。だが、本当の過ちはその先にあった。訂正記事を出さなかったことだ。社会問題を報じるという使命の根底にあったのは、ジャーナリストとしての矜持《きょうじ》ではなく、個人的な見栄ではなかったか。「グリ森」取材班に対する強烈な対抗意識が、透けて見えるようだった。

戸崎はクリアファイルから、クリップで留めたＡ４用紙を数種、テーブルに置いた。

「これは平成四年の裁判記録です」

年号が変わったので少し計算が鈍ったが、九二年だ。峰子が退職して七年後、ということになる。

被告人の名を見たとき、相賀は息を呑んだ。赤西峰子だった。罪名、有印私文書偽造・同行使。

「垣内さんは何度も面会の申し入れをしましたが、峰子が全て拒否しました」

「結局、会えなかったということですか？」

「ええ。これが起訴状と冒頭陳述、こちらが論告と最終弁論、この厚みのあるものが判決文です。差し上げますので、あとはご自宅でご覧になってください」

戸崎は用紙をクリアファイルに入れ直すと「少し疲れました」と言った。

相賀は突然の訪問という非礼を詫び、暇《いとま》を告げた。

「残念です」

対面で正座する戸崎が目を伏せて言った。一本の記事が一人の人生を狂わせたことを、そして誤った記事が正されなかったことを、そして何より垣内の自死に対して発せられた言葉だと相賀は解釈した。

戸崎がスクラップ帳を閉じようとしたとき、紙面の余白に視線がいった。黒のボールペンで、日付が書かれている。恐らく、記事が掲載された日を記録したものだろう。

スクラップ帳の記事が写真のように頭に残り、記憶の底にあった事実が急激に迫《せ》り上がってきた。心臓が早鐘を打つ。

余白——。

相賀は取り乱すまいと意識して、静かに腰を上げた。戸崎は訪問者の異変に気づいたようだが、何も言わなかった。

戸崎宅を辞した後、相賀は足早に歩き出した。大通りに出てから流しのタクシーを見つけて手を挙げる。これから三十三年前の自らと対峙《たいじ》しなければならない。

垣内が連絡してきたわけが、今分かった。

5

一九八四年十月八日。

胸中でその日付を念仏のように唱えながら、自室の衣装ケースをひっくり返した。今ばかりは、と散らかるのも気にせず、クーラーが効き始めた部屋で胡坐《あぐら》をかいてファイルを開いていった。探しているのは切り抜きではなく、新聞そのものだ。逸《はや》る気持ちを抑えられず、次々とファイルに手を伸ばす。だが、目的の新聞は見つからなかった。残していなかったのか。苛立ちに小さな胃が反応し、相賀はうずくまるようにして痛みが去るのを待った。痛みが和らいでいくうちに、思い違いをしていることに気づいた。

新聞は自分が持っているのではない。垣内に渡したのだ。

今度は段ボールに向かった。ファイルを取り出していくと、「サラ金以外」に分類していた分厚い一冊に手が触れた。つかんで側面を見ると、新聞が挟んであった。これだという直感が働き、すぐに抜き取った。

一九八四年十月八日付、大日新聞朝刊。一面を開いてから、相賀は天を仰いだ。

一面、そして裏のテレビ欄まで、欄外の余白にみっちりと書き込みがある。ペットショップの店名、「スマイルファイナンス」の電話番号、赤西孝人の名と大阪市内の住所――。

全て自分の筆跡だった。

相賀は胡坐をかいたまま項垂《うなだ》れた。現物を見たことでモノトーンの記憶が色彩を帯びた。

三十三年前の十月八日の朝、在阪テレビ局の記者から入った電話。

学友だった男で、大阪府警本部を担当していた。当時、府警には民放の記者クラブのボックス席がなかった。大部屋が一つ用意されているだけで、レクも受けられなかった。テレビ局で薄い仕切りのボックスを与えられていたのはＮＨＫのみ。

学友の記者は、府警の捜査内容についてよく電話してきた。相賀は府警本部回りではなかったが、差し支えのない情報については垣内から聞いて、この記者に伝えていた。無論、タダではない。情報の世界の基本はギブアンドテイクだ。相賀も「人物もの」原稿のネタやインタビューの仲介などで世話になっていた。

この朝、大日新聞をはじめとする報道機関に「グリ森」の犯人グループ「かい人21面相」から「全国の おかあちゃん え」という宛名の挑戦状が届いた。

「しょくよくの 秋や かしが うまいで かしやつたら なんとゆうても 森永や で わしらが とくべつに あじ つけたった 青さんソーダの あじついて すこし からくちや」

青酸ソーダ入りの菓子は、前日の七日に大阪、京都、兵庫の三府県のスーパーやコンビニ計七店舗にばら撒かれていた。挑戦状が届いた八日、警察庁が届出のあった菓子から青酸ソーダが検出されたことを発表し、パニックが始まった。新聞各社もその日の夕刊から熾烈な報道合戦を繰り広げることになる。

この日は遅番だった。朝、社会部デスクから自宅に電話が入った。

「箕面《みのお》のダイエーに行ってくれ！」

毒入り菓子がばら撒かれるという前代未聞の展開に、新聞社も混乱していた。人数が足りず、サラ金取材班にも声が掛かったのだ。

そのすぐ後、例の放送記者からの電話が鳴った。非番だという友人から「週刊誌の知り合いから聞いてんけど」と、ペットショップのネタを教わった。手元に朝刊しかなく、情報を書き殴ったが、頭の中は森永事件でいっぱいだった。

「森永の菓子から毒が出たで」

話し終えた友人に伝えると「恩に着る」と、すぐに電話が切れた。全国の、少なくとも関西の社会部記者たちは、一線を越えてしまった「かい人21面相」の影を追った。だが、敢えてその戦列に加わらなかった記者がいた。

垣内だ。この慌ただしい日から遡《さかのぼ》ること十八日。ライバル紙に「森永製菓脅迫」を抜かれ、垣内は腹を立てていた。「敗戦処理はしない」とデスクからの呼び出しを拒否し、顰蹙《ひんしゅく》を買った。ますます部内で孤立することになり、意固地になってサラ金ネタを追い掛けるようになっていた。

「しばらくサラ金の取材はできそうにないから」

「グリ森」の応援に入った相賀は、待ち合わせ場所に現れた垣内に、情報が書き殴られた新聞を渡した。

「金利っちゅう毒も忘れたらあかんで」

垣内の粘り気のある視線をかわし、相賀は青酸パニックの取材に戻った。締め切りに追われていたこともあって、同期の負け惜しみを聞き流してしまった。

このとき、自分の託したネタが一人の女性教師の人生を狂わせ、以来三十年以上にわたり燻《くすぶ》り続けるとは知る由《よし》もなかった。その煙の向こうには、自分の知らない同期の人生が存在していた。火種はやがて、赤西峰子が住むアパートに燃え移る。

力なく新聞を握り締めていた相賀の視線は、デスク奥のCDラックに向いていた。平面にして置いていたチェリビダッケのCDジャケット。長年の時を経て発見された音源に思いを馳せる。記録、保管することの大切さは言うまでもなく、真実の尊さに変わりはない。だが、時の地中から発見される真実は、常に歓迎されるものとも限らない。見る角度によっては、正視に堪えないほど眩しいときもある。

垣内は又聞きの情報にすがったが故、取り返しのつかない事態を招いた。その後も表面上は社会人の役割を十分過ぎるほど果たしていたが、彼の中から誤報は消えてなくならなかった。峰子が逮捕された後、彼は何度も面会を申し入れている。

過酷な勤務から体調を崩し、再就職先の旅行代理店を辞めた後、峰子の生活は困窮を極めた。消費者金融に借金を申し込むとき、彼女の胸の内にあったのはまだ引き返せるという楽観か、ままならぬ人生へ匙を投げた絶望か。最終弁論要旨にも判決文にも載っていない想いについては想像するより他ない。皮肉にもあの誤報のカメラ店主と同じく、彼女は闇金へと身を落としていった。

闇金業者から紹介された男に言われた通り、峰子は知らない女に成り済まし、銀行で有印の文書をつくって窓口に提出。払戻金を受け取った。大半の金は男たちに吸い取られ、彼女の取り分も利息の返済に消えた。

公判を傍聴したであろう垣内は何を思ったのか。戸崎からもらった資料を一読した限り、教え子に髪を切られた話は載っていなかった。だが、峰子の報道被害への恨み節は強かった。

**——近所であることないことを言い触らされ、挙句の果てにまるで関係のない事件に、兄が関与したかのように報道されました。それがきっかけで私は教職を追われました。あの記事さえなければ、今も教壇に立っていると思います——**

最終弁論に記されていた峰子の言葉が、鋭い刃となって垣内の喉元に突きつけられたに違いない。執行猶予の判決を受けた後、峰子は姿を消した。

デスクの上に置いていた電話が鳴った。二つ折りの携帯を開くと、番号の上に能見健一と表示されていた。通話ボタンを押すと、相変わらず陽気な声が聞こえてきた。

「音楽鑑賞中でしたか？」

「いや、大丈夫や」

「すみません。ちょっとお耳に入れておきたい情報がありまして、例の赤西峰子の火災の件です」

わざわざ電話してきたことで予想はついたものの、それは口にしなかった。

「どうも放火の線が濃厚になってきたようです」

思った通りの内容に、相賀は「犯人は？」と短く返した。

「幾つか筋はあるそうですが、絞り込める段階ではない、と。そちらは何か進展がありましたか？」

「いや、特には」

考える間もなく口が動いていた。嘘に近い不親切だと思ったが、今の相賀には事情を話す気力がなかった。過ぎ去った歳月は、あまりに重い。

電話を切った後、以前能見が話していたことを思い出した。

「ゲルマン」の名付け親は垣内――。

留守電に残されていた同期の声が、頭の中で鮮やかに再生された。

一つの可能性が浮かんだが、それは愚にもつかない思いつきだった。しかし、他に選択肢がない中では、多少の恥は仕方がないかもしれない。

相賀は切ったばかりの携帯電話の電話帳を開いた。ほんの少し逡巡した後、発信の決定ボタンを押した。

クーラーの効きは悪かったが、汗が噴き出るほどでもない。

熱いソーキそばに疲れた相賀は、半分ほど残して箸を置いた。目の前に座る美枝子は、うまそうに豚の角煮をほお張っている。

垣内智成が住んでいた大阪市大正区のアパート。相賀がその向かいにある沖縄料理店に入るのは遺品整理のとき以来二度目だが、店の暖簾《のれん》を潜《くぐ》るのはこれが最後だろう。

つい今し方、物件の管理会社に部屋をチェックしてもらい、鍵を引き渡した。垣内が生きていた証が、また一つ消えた。

手元のスマートフォンを手にした。垣内の遺品。以前、美枝子に聞いた画面のロックを解除するパスワードは、数字とアルファベットの組み合わせだった。

昨日、相賀は美枝子に電話し、アルファベットは「german」ではないかと伝えた。垣内につけられたあだ名だと話したときは笑われたが、その後、すぐに折り返しの電話があった。

「ロック画面が解除できました」

「german」に垣内自身の誕生日の数字を組み合わせたシンプルなパスワードだった。サラ金の取材でコンビを組んだ男。誤報の元ネタを提供した男。自殺する直前に連絡を受けた男——。スマホを持った理由が赤西峰子にあるのなら「german」は決して端役《はやく》ではない。

発着信履歴はほとんど赤西峰子とのものだった。メールを含め、電話以外の機能はほとんど使っていない。唯一の例外がフェイスブックだ。

パソコンとスマホでフェイスブックの使い方が若干異なる旨、美枝子から説明を受けたが、煩わしさが先に立って頭に入ってこなかった。理解したのは二点だけ。スマホからフェイスブックを見る場合はパスワードが簡略化できること、非公開のメッセージのやり取りについては、パスワードなしで見られること。アプリ云々については今も分からない。

「そのメッセンジャーっていうアプリです。それをタッチすると、見られます」

いつの間にか定食を食べ終えていた美枝子が、スマホを覗き込むようにして言った。先ほど見たばかりだが、もう使い方を忘れていた。

言われた通り画面に触れた。

垣内と峰子のやり取りは一年前まで遡る。垣内が開腹手術を受けたころと重なるのは、偶然ではないだろう。

**――この度は申請を受けていただき、ありがとうございます。私は大日新聞で記者をしておりました垣内と申す者です。突然の連絡、ご無礼をお許しください。実は赤西さんにお伝えしなければならないことがあります――**

この最初のメッセージの後、二人は適切な距離を保ちながら穏やかにやり取りを続けた。いつも垣内から連絡する形で、メッセージを交換したが、峰子は会うことだけは拒んでいた。しかし、フェイスブック上で〝友達〟になってから二ヵ月して、彼女は会う意志を固めたようだ。

**――昨日はコーヒーをごちそうさまでした。いろいろとお話を伺い、垣内さんの誠実なお人柄に触れることができ、何より過ちを忘れずにいてくださったことで、心が軽くなりました。あの記事は私にとってとても大きなものでしたが、こういう日を迎えられてよかったと思います――**

峰子からのメッセージを読む限りでは、垣内は年月による赦《ゆる》しを得たように感じられる。相賀は彼女の言葉に安堵したが、すぐに厳しい現実を認識した。二人は既にこの世にいない。一人は火に焼かれ、一人は首を吊った。

月に二、三度の、それも活字を介しての緩やかな交流のために、垣内はスマホを持っていた。

「こんなにもったいない使い方をしてた人、いないと思いますよ」

少し前に美枝子が話した通り、垣内にとってスマホはＣＤやレコードを自由に交換できないオルゴールと変わりはない。一つのハコに一つの機能しか有さない不器用な物は、これからこの世界から消えていく。垣内や自分が舞台袖に捌けるのは、高低差を流れる川のように自然なことだ。

今年の二月ごろ、二人の関係に変化が訪れる。それまでは垣内から連絡するケースが多かったが、この時期から峰子も積極的にメッセージを送るようになっていた。

――やはり女は寂しさに弱い生き物かもしれません――

――時々思うんです。このままぽっくり逝って、誰にも見つからないまま放っておかれることはないかな、と――

――片隅でもいいから、誰かの部屋にいたい――

独居の孤独を感じさせる一方、相賀は微かな引っ掛かりを覚えた。これをやもめの男に送るという危うさが、女に分からぬはずがない。

対する垣内の返答は隙の多いものだった。誤報の被害者と加害者という境界線が曖昧になり、やがて男女特有の始末の悪さが目立ち始める。画面上で展開される緊張感のない会話に、相賀は次第に居心地の悪さを覚えるようになった。そして、三月に入って垣内が大正区内のアパートに引っ越した辺りで、脳内の警戒ランプがけたたましく鳴り始めた。

四月、峰子から「ご相談があります」というメッセージが入ってからは、二人で会うケースが増えたようだ。

――本当に地獄で仏でした。お借りしたものは、必ずお返しします。このたびは本当にありがとうございました――

「ご相談」の中身はすぐに分かった。離婚後、病を抱えて金銭的に余裕がなかったはずの垣内が、借金に応じた背景にあったのは誤報の負い目か、それとも男の性か。峰子から発せられる度重なる無心の依頼に気前よく応じていく様は、ゆっくりと蛇に丸呑みされるような不気味さがあった。

「仲のいい父娘《おやこ》じゃなかったけど、それ見るとやっぱり悔しいです。曲がりなりにも新聞記者をしてきた人間が、最後にそんな色ボケ爺さんみたいになってたやなんて」

苦笑いする美枝子の言葉に返事をせず、画面に視線を戻した。

肉親によって六十五年の人生を軽々に片付けられた男に、相賀は同情した。インターネットを通して峰子がフェイスブックに登録していることを知り、使いこなせもしないスマートフォンを買って接触を試みた。フェイスブック上の一人きりの〝友達〟。誤報から三十年以上の歳月を経て、垣内は峰子に直接謝罪した。

恐らくここが分岐点だった。このけじめをもって引き返さなかったことで、垣内は地面の薄氷を割ってしまう。メッセージとともに送られた峰子の写真の数々。目の前のアパートから回収した遺品の中にも、若かりし日の峰子の写真が何枚かあった。

ただ罪悪感につけ込まれた、という単純な結論に、相賀は納得できなかった。長年の後ろめたさがいつしか、峰子への偶像視につながった可能性は十分にある。かつてあれだけサラ金の悲劇を取材した男が、峰子のために保証人不要の金利の高い借金を重ねた。自らの余命を計算に入れていたとすれば、貸金業者に一矢《いっし》報いようとする垣内の意志は明らかだ。

昭和のあのころと比べれば、銀行傘下となった消費者金融の金利は格段に低くなった。だが、手軽なカードローンが跋扈《ばっこ》し、世の中には新たな借金砂漠が出現している。果たして金利の値で問題は解決するのだろうか。

〈記者やったら、しっかり確認せぇ！〉

垣内の怒鳴り声が聞こえるようだった。ネットの定着により、メディアにも新たな誤報の形が現れている。より早くニュースを掲載した方にページビューが流れ、それが広告費に跳ね返るという構図。正確さよりスピードが求められる結果、ネットの速報はある程度訂正を前提にしていると聞いたことがある。

高利貸しもマスコミも根本的には何も変わっていないのだ。

火事の件を知り、垣内は峰子へ宛てずっと生存を確認するメッセージを送り続けていた。相賀はぎこちなくスマホの画面をスライドさせ、その最後のコメントを表示した。

——どうか返事をしてください。峰子さんにお伝えしたいことがあります——

能見が言うように、火事が放火であれば事情は変わる。峰子の借金は本当に彼女自身のものなのか。赤西峰子というフィルターを通して金をかき集め、そのまま煙の向こうに消え去った者たちがいたのではないか。垣内はその構図に気づいていたかもしれない。

今、このときも放火犯は逃げている。

誤報に時効はない。

「この電話、ちょっと預かってもいいかな？」

相賀がスマホを掲げると、美枝子は不意を衝かれたような顔をした。少し首を傾げた後、考えるように目を伏せた。お冷を口にし、コップについた紅を親指で拭う。

「何か分かったら、連絡してくださいね」

相賀は礼を言って、両手で包むようにしてスマホを持った。

メモを殴り書きしたあの新聞が、多機能の電話になって返ってきた。ペンを使って原稿を書くジャーナリストがいなくなり、紙でニュースを読む人も減っている。だが、社会には相変わらず悪人がいて、その悪行を知りたがる読者と伝える記者がいる。

誤報に時効がないのなら、記者に引退もない。目の前に調べたい事柄があれば、納得するまで追及すればいい。ひとまず、年のことは忘れよう。

「行こか」

相賀は伝票をつかんで立ち上がった。店を出た瞬間、セミの鳴き声とともにムッとする外気に包まれた。青く透き通る空に梅雨の記憶はない。

美枝子は束の間、父親が最後に住んでいたアパートを眺めた。丸い顎と皺の深い目尻を持つ女も、かつては棒切れのような手脚をした少女だった。せめて彼女の胸に去来するものが、幸せの形を帯びていればと願う。

もし、最後の電話に出ていたら、もし、久方ぶりに酒杯を交わしていたら、垣内は自分に何を告げただろうか。誤報の元凶とも言える情報を渡した同期を詰っただろうか。それとも昔話に終始するだけだっただろうか。いずれにせよ、今、バッグの中にあるスマートフォンを鳴らしても、垣内の声は聞こえない。

美枝子が大通りに停車しているタクシーを見て、視線を送ってきたが、相賀は首を横に振った。

「ちょっと寄るところがあるから」

大通りで美枝子と別れた後、相賀は駅とは正反対の道を歩き始めた。

現場百回。まずは全焼したアパートから。

イヤホンを耳に着けた相賀は、音楽プレイヤーの再生ボタンを押して瞼を閉じた。記憶の中で色褪せることのないブラームスの交響曲第四番。会場の静寂に満足した銀髪のチェリビダッケがオーケストラを一瞥した後、ゆっくりとタクトを振り下ろす。

セミの鳴き声の中から浮かび上がったのは、澄みきったヴァイオリンの高音ではなく、どこかで鳴った風鈴の音だった。

# ゼロの影

ツイッターでお悩み相談を続けている左京区《さきょう》の岸田光枝《きしだみつえ》さん（76）がこのほど、自伝『お好きになさい』を出版した。

京都市出身の岸田さんは65歳まで市内で税理士を務めていた。６年前、70歳を機にツイッターを始めたのと同時に「よろず相談所」を〝開業〟。岸田さんはその理由を「いざツイッターを始めてみても、毎日書くことがなかった」と振り返る。元税理士らしく回答は「理詰め型」だが、最終的には「お好きになさい」と突き放す「荒ぶり型」で、主に叱られたい大人層にウケた。上は80代から下は20代まで、現在も日に20件ほどの相談が寄せられる。

戦争で父を亡くした岸田さんは、母と姉と３人で戦後の混乱期を生き抜いてきた。自伝では、看護師として娘を育て上げた母への感謝や29歳で急逝した姉への思い、２度にわたる結婚と離婚、32歳で税理士資格を取得し、一人息子を育てた苦労など波乱に満ちた人生をつづる。税理士事務所にいたころに出会った個性豊かな顧客たちのエピソードなど、ユーモアあふれる筆致も魅力だ。

**岸田さんは「何を成し遂げたわけでもない人生だが、生きているだけで人様の役に立つこともある。悩める人はこの本を読んで、あとはお好きになさい」と話す。大文堂《だいぶんどう》出版刊。１３００円（税込み）。京都市内の書店で販売。**

1

親指の爪が濡れた。

眺めるだけで気分がよかったシルバーのラメは、マニキュアが剝げて半分以上消えている。右の親指だけではない。ウイルスが伝染するように、他の指の爪もラメがなくなっている。手入れを怠った疲れた爪。それが今の生活を象徴しているようで気が滅入った。

野村美沙《のむらみさ》は親指の滴を拭い、そのまま右手を庇《ひさし》にして空を見上げた。いつの間にか白一色となり、西の彼方《かなた》に色濃い雨雲が浮かんでいる。また降るのかと思うと、さらに気が重くなった。今年は梅雨の雨が均等に割り振られたようで、夏から秋にかけてスッキリしない空模様が続いている。

アーケードが続く大通り沿いの歩道を右折し、小路に入った。年中ホテルの稼働率が高い京都の繁華街は、平日も賑々《にぎにぎ》しい。大きなリュックを背負った若い白人カップルとすれ違う。最近では街で外国人を見かけない日はない。観光客が増え続けているという実感はあるが、それが語学学校で働く人間にとって追い風になるわけではなかった。

次第にはっきりと雨が感じられるようになり、美沙は足を速めた。黒ずんだ白壁の五階建てビル。授業中、教師に当てられないようにずっと目を伏せている——この雑居ビルには、そんな冴えないイメージが当て嵌《は》まる。昔いた会社の本社とは比べ物にならない。

申し訳程度のエントランスから中に入ると、すぐ目の前がエレベーターだ。上昇を示す正三角形のボタンを押し、腕時計を見る。午前十時半。授業開始まで、まだ三十分ある。

父が商社に勤めていた関係で、美沙は小学校のうち四年間を韓国で過ごした。現地の日本人学校ではなく、ソウルの地元の小学校に通った。外大出身で四ヵ国語を操る父の考えだったが、当の本人も娘のことが心配でならなかっただろうことは、親になった今ではよく分かる。差別的な言葉を全く聞かなかった、と言えば嘘になるが、韓国で暮らした日々は、その後の美沙の人生に大きな影響を及ぼした。

帰国後も幾度となく友人を訪ね、大学時代には一年間の交換留学でソウルの大学に通った。韓国人の彼氏がいた時期もある。失恋のほろ苦さも含め、隣国には美沙の青春が詰まっていた。

エレベーターから降り、無意識のため息をついた。鈍い蛍光灯の光が、細長い廊下を弱々しく照らす。圧迫感のある低い天井は、この雑居ビルが持つ淀みの一因だ。四階には三部屋あるが、うち一室が空きテナント。もうひと部屋の司法書士事務所も開店休業の状態である。唯一、ドアの磨《す》りガラスから光が漏れるのが、美沙の働く「Kーコミュニケーション」だ。

「おはようございまぁす」

美沙はいつも通り、自己暗示の意味合いも兼ねて明るい声を出した。ドアの左手、短いカウンターの奥にある事務室から下林亜矢子《しもばやしあやこ》が顔を出した。

「あら、先生、早いわね」

丸い輪郭に黒縁メガネの亜矢子は、お菓子でも食べているのか、口をもごもごと動かしている。

美沙は事務所に入り、中央の長机に重たいバッグを置いた。机には封の開いたチョコレート菓子の箱がある。

「あれ、亜矢子さん、ダイエット中なんじゃ……」

「そうよ」

亜矢子は事も無げに、ひとつまみ分のチョコレートを口に放り込んだ。もはや、言い訳をするつもりもないらしい。彼女は「K－コミュニケーション」のオープニングスタッフで、韓国語を話さない事務員だ。十五年間、在日韓国人の学長の右腕として、経理から広報まで幅広く裏方仕事に徹してきた。事実上の大黒柱だが、年齢不詳でいつも飄々《ひょうひょう》としている。講師も含め、日本国籍を持つのは、この亜矢子と美沙の二人だけだ。

「美沙先生は元記者だけあって、真面目やねぇ。いつも早く来て準備してる」

「いえ、いつまで経っても慣れないだけで。それにほとんどの新聞記者はちゃらんぽらんですよ」

「そうかしら。いつも忙しそうにしてるイメージがあるけど」

「忙しいんですけど、ダラダラ働いてるって感じで。自由な分、サボったもん勝ちって側面もありますから」

やや誇張して謙遜《けんそん》すると、亜矢子はさして興味もなさそうに相槌を打った。ここで講師の職に就いて二年。少なくとも同じ旨の話を五回はしている。

机の上でテキストを開いた美沙に、亜矢子が「今から谷崎《たにざき》さんね」と声を掛けてきた。目に笑いを含んでいるのを見て、美沙は渋い顔をした。

「この前、美沙先生のメールアドレスを聞いてきたわよ」

「えっ？」

背筋がゾクッとして、自分でも表情が歪むのが分かった。小太りでお調子者。軽薄な男の笑みが浮かぶ。

「大丈夫よ。きちんと注意しといたから」

抜かりはない、とばかりにベテラン事務員が頷いた。

谷崎は京都市内で三店舗を構える不動産店の三代目だ。わがままで粘着質。授業中、少しでもミスをすると、執拗にからかってくる。よくいる不出来な跡取り息子だ。

「いまいち分からないんですけど、谷崎さんって、何で韓国語を習ってるんですか？」

週に一度、教え始めて三ヵ月になるが、ほとんど成長が見られない。予習も復習もしない。

「一応、仕事で使うってことだけど、絶対嘘よね。美沙先生が目当てなんじゃない」

「やめてくださいよ」

美沙は質《たち》の悪い軽口に身震いして見せた。

「まぁでも、お客さんには変わりないんで、そつなくお願いします」

冗談めかしてはいるが、亜矢子の言葉にはビジネスの冷たい響きがあった。

準備してきたことがバカバカしく思えるほど、その日も谷崎は授業を脱線させようと躍起になった。「Netflix」で観た韓流ドラマの感想、女性アイドルグループの新曲――饒舌《じょうぜつ》な谷崎の姿に、日ごろの鬱憤《うっぷん》が透けて見えるようだった。会社で周囲が自分の扱いに困っていることぐらい分かっているだろう。平日に趣味で語学学校に通い、責任を負うべき妻子もいない。案外、孤独なのかもしれない。

「美沙先生って、ウンジョンに似てますよね？」

アイドルグループの誰か。十人並みの容姿であることは三十四年の人生で嫌というほど自覚している。見え透いたお世辞に辟易し、イラストが豊富に載っているテキストを開いた。

「じゃあ、まずは先週のおさらいから。否定形ですけど……」

「これ、何て書いてあるんですか？」

美沙の言葉を遮るように、谷崎がホッチキスで留めたA4用紙を差し出した。ネット記事をプリントアウトしたものだ。ハングルで書かれた、取るに足らない芸能記事。五十分のうち、三十分はこういった不毛な会話に奪われる。月謝を払うのは谷崎だが、やる気のない生徒を教えるのは苦痛でしかない。

文句の一つでも言いたいところをグッと我慢し、用紙に目を通す。「お客さんには変わりないんで」という亜矢子の冷たい声が甦る。生徒からクレームをつけられるだけでも嫌な顔をする学長のことだ。辞められでもすれば、それこそどんな形で責任を取らされるか分からない。

韓流ブームが過ぎ去って久しい今、なかなか韓国語の需要は増えない。「K－コミュニケーション」でも、火、木の午前中を休みにし、人件費削減の時間短縮を図ったばかりだ。自分を守ってくれる労働組合もない。あれほど遅れていると思っていた新聞社だったが、零細の語学学校に来てみれば、吹けば飛ぶ屋台のような脆《もろ》い経営に心細さを覚える。

「何て書いてあります？」

目の前で谷崎が薄ら笑いを浮かべていた。明らかに悪ふざけがエスカレートしている。

プリントのハングル記事は、韓国芸能人の枕営業に関するものだ。谷崎は恐らく内容を知っている。セクハラ紛いの記事を読まされるのは、これが初めてではない。美沙は再びプリントに目を落とした。

間髪《かんはつ》を容れずのタイミングで、粘り気のある視線を感じた。

胸を見られている――。

――この前、美沙先生のメールアドレスを聞いてきたわよ――

再び亜矢子の言葉を思い出し、美沙は嫌悪感で鳥肌が立った。記事を読ませるのも、気兼ねなく欲望を駆り立てるために違いない。

大きな胸は中学生のころから抱くコンプレックスだ。ごく普通の容姿を持つ女として、結婚までの一時期は武器にしたこともある。だが、子どもを産んだ後にさらにサイズアップし、目立たない服を選んでも隠しきれなくなった。周囲の無遠慮な視線、慢性的な体の張り。何より風呂に入るときに鏡で見る、形の崩れた乳房を目にするのが嫌だった。世間が能天気に使う「巨乳」という言葉に苛立ち、本気でバストの縮小手術のサイトを見ているときもある。

谷崎に対する腹立たしさが増した。語学を身につける意志もないのに、自宅か職場でくだらないお色気記事をせっせと印刷している。妄想を膨らませるためだけに。

「待て！」

突然、外から男の大声がして、美沙はハッと顔を上げた。廊下を駆ける大きな足音が続き、男の怒号が聞こえた。

身を強張らせる美沙とは対照的に、谷崎はブースを飛び出した。

「ちょっと……」

勢いに呑まれる形で美沙も立ち上がった。鼓動が乱れ、自然と早足になる。ブースの外に人はいなかった。出入り口のドアが開け放たれている。

身の危険を感じながらも美沙は外に出た。すぐ近くに亜矢子が立っていた。その視線の先には三人の男——谷崎と制服を着た警備員。そして、その二人に組み伏せられ、足をバタつかせている男。

「ええ加減に観念せぇ！」

警備員が怒鳴ると、興奮した谷崎が「しょっ引くぞ！」と調子に乗って叫んだ。

男は唸りながら足を動かすのを止め、うつ伏せのまま頰をリノリウムの床につけた。

「ほら、立てっ」

男は往生際が悪かった。警備員に抵抗するように、一切の力を抜いた様子で立ち上がろうとしない。無精髭《ぶしょうひげ》を生やしたセンター分け。鼻筋の通った整った顔立ちだが、さすがに色を失っていた。

「もう諦めろや」

男に凄んだ後、谷崎はチラリと美沙を見た。

警備員の助勢をした程度だろうが、捕物という非日常の出来事に浮き立っている。笑いを含んだ目に幼さを覚え、美沙は仲間意識を強要されているようで不快になった。

「すんませんけど、下の警備室までいいですかね？」

警備員に頼まれた谷崎は、二つ返事でエレベーターの降下ボタンを押した。

このまま他の警備員なり、警察なりに連絡した方がよさそうに思えたが、三人の男はすぐに扉が開いたエレベーターの箱に消えた。

「何事かと思いました」

美沙は動悸《どうき》の鎮まらない胸を手で押さえた。

「谷崎さん、また美沙先生のこと見てたね」

「えっ」

「ほら、あの男を立たせた後」

嫌なことを言う、と思った。少なくとも騒ぎの後、最初に話すことではない。

「先生にいい格好見せようと思ったんじゃない？」

亜矢子は状況を楽しんでいるように見えた。単なる感覚のズレなのか、それとも確信的に突き放しているのか。美沙は彼女に嫌われているのではないかと怖くなった。

「あの男の人、何をしたんでしょうね？」

「盗撮らしいよ」

「盗撮？」

先ほどの谷崎の視線を思い出した。同種の嫌悪感で寒気がする。だが、同時に疑問が浮かんだ。なぜ、亜矢子は知っているのだろうか。

「女子トイレにカメラを仕掛けてたみたい。結構な男前やのに、もったいないわ」

亜矢子は事前に聞いていた……。

だったら、なぜ教えてくれなかったのか。不審人物がセキュリティのないビルをうろついている。同性として、この恐怖感が分からぬはずがない。

「大丈夫よ。実際、カメラにはあの男しか映ってなかったみたいやから」

亜矢子はそう言うと、踵を返して部屋へ戻った。

釈然《しゃくぜん》としない思いを抱えながら、美沙は腕時計を見た。授業の残り時間が十分を切っていた。今日はもう一コマ、マンツーマンのレッスンがある。気持ちを切り替えるため、両手を腰に当て、しばらく目を閉じた。

娘に会いたい、と思った。

2

エスプレッソを飲んだのはいつ以来だろう。最近は何にせよ、体が濃いものを欲する。

美沙は小さなカップをソーサーに置き、腕時計を見た。そろそろ保育園のお迎えだ。「自分の時間」は流れる速さが違う。

「美沙、時計ばっかり見てるね」

対面に座る絵里《えり》がからかうように言った。

無意識だった美沙は「そう？」と笑い返し、また時計に目をやった。夫の新一《しんいち》からのプレゼント。もらったのは結婚前。家族になった四年間で、新一からの贈り物は数えるほどしか記憶にない。誕生日だって、家族旅行や食事で済まされる。

「何か、あっという間に一日が終わるねん。朝起きて、ご飯の支度して保育園の準備、杏《あん》を送ってから仕事に行くでしょ。帰りに食材買って、お米を炊いてから保育園にお迎え。それからご飯つくる……。やめとこ、キリないわ」

「新一さんは一切家事せぇへんの？」

「うぅん……、たまに洗い物と、朝の娘の世話と、あっ、でも、休みの日は結構やるか」

「それでも、釣り合ってない感じやね」

「まぁ、新聞記者は忙しいからね」

「そんなもんかぁ」

絵里は腑に落ちない様子で、カップを口に運んだ。絵になるな、と見とれそうになる。目鼻立ちがはっきりした華のある顔。大学時代からずっと会っている数少ない友人だが、性格がまるで異なる。絵里は美人の御多分に洩れず、勝気で思ったことをすぐ口にする。羨ましいと思う反面、最近では彼女が結婚できない理由がよく見える。

「でも、美沙は結局、勝ち組やもんね」

「私が？　こんなヘトヘトな勝者おらんわ」

絵里が笑って首を振る。

「まず、就職活動を勝ち抜いて全国紙の記者になったやろ？　大日新聞は給料がいいから、旦那さんは自ずと高給取り。かわいい子どもができて、第一志望の保育園にも入れた。しかも、美沙には語学という手に職もある。完璧やん」

持ち上げるように言った絵里だが、特に悔しそうでもなかった。自分にはもっといい人生がある、と確信している顔だ。だが、嫉妬というほどはっきりしていなくても、年齢を重ねるにつれ、こんなはずではなかったとの思いはあるのだろう。

これまで、ずっと絵里が陽で、美沙が陰だった。恋愛話一つ取っても、絵里が話して美沙が聞く、という関係を続けてきた。それが「就職、結婚、出産」という節目で、いずれも美沙が先んじる形になり、三十代半ばにもなると、その差は埋めがたいものになっていた。いくら長い付き合いと言っても、少しずつ関係に変化が生じるのは仕方がない。

だからこそ絵里は信じている。一発逆転の玉の輿《こし》を。昔、もっと輝いていたころの自分を引きずって。

「ちゃんと職があって優しい人、それだけでええのになぁ」

絵里がハンドバッグを膝に置いて、ため息混じりに漏らす。でも、実際に選ぶとなると妥協できない点が多々出てくるのが、いつもの彼女だ。

「私はネイリストみたいな世界に憧れるわ。新聞社なんか加齢臭しかせぇへんもん。子育てしながらなんか、絶対無理」

先ほど、絵里が勤める美容院で仕上げてもらったネイルを見て、美沙が言った。男のことは言わず、仕事の話を振った。

「この業界ももうあかんわ。プリンターの精度がどんどん上がってきてるもん。今は負ける気がせんけど、差がなくなってきたら、みんな機械の方に行くわ。安いし、早いし。ほんま、それまでにええ男見つけな」

確かにネイリストは、ネット記事で読んだ「消える職業」の最上位に入っていた。家事の配分云々を話していたことなど早忘れ、女の依頼心が顔を出す。機械にできないネイルの技術を追い求めるなり、異業種に就くための準備をするなり、独身の人間が一人で生きていくための術《すべ》を身につけるつもりはないらしい。新聞社で男社会の苦汁を嘗《な》めた分、同性の甘えには人一倍敏感になってしまう自分がいた。

実際、公私の両立が不可能だと追い詰められたときの悔しさは、今でも忘れられない。離れて初めて気づいた。記者という仕事にやり甲斐以上の誇りを持っていた、と。

今日の夕食は外で済ますので、下ごしらえの心配はいらない。絵里と別れた後、最寄駅から電動自転車に乗って保育園を目指した。

ハンドルを握る手の光沢ある爪を見て、少し心が軽くなった。何だかんだ言って、やはり絵里はプロの技術を持っている。一方で、一ヵ月半ぶりの友人とのお茶が、さほどのストレス解消になっていないことが不満だった。今の美沙にとっては、友だちと無駄話する時間も貴重なものだ。

絵里は親友に違いない。しかし、年々、彼女に対するNGワードが増えていくにつれ、気遣いが煩しくなっていた。長年の友だちより、共通の苦労を持つママ友と話している方が気楽だ。

赤信号に反応してブレーキを握る。杏は今日、楽しく過ごしただろうか。ほんの数時間でも離れていると、無性に顔が見たくなる。恋愛感情よりもっと深い、家族としての愛情は、母親になるまで分からなかった。

ふと「勝ち組」という絵里の言葉が頭をよぎった。

確かに夫の収入があるので、飢《う》えることはないだろう。だが、住宅ローンに加え、娘の教育費や夫婦の老後を考えると、お金はいくらあっても足りない。語学学校が潰れて職を失えば、娘も保育園に通えなくなる。待機児童の解消など、都市部に住む人間には絵空事だ。義父母との同居は考えるのも嫌だが、自分の年老いた両親をそう何度も家に呼びつけるのも気が引ける。子どもを抱えたまま、就職活動などできるわけがない。

先ほど、絵里は「母親のスケジュール」にピンときていないようだった。

朝から慌ただしく子どもを園に送り、洗濯と洗い物を終えるとすぐに家を出る。仕事の帰りにスーパーに寄り、夕食の最低限の支度をして洗濯物を取り込んだ後、園に娘を迎えに行く。ご飯をつくって食べさせ、お風呂に入れる。

言うことを聞かない娘と仕事のことしか頭にない夫に苛立ち、当然、夜に友人と飲みに行く時間もない。それどころか、美容院ですらまともに行けない。

これのどこが「勝ち」なのか。

夫婦それぞれに職がある。子どもを保育園に入れられた。それすら、当たり前ではないと受け止められ「あなたは恵まれている」と決めつけられる。そんなに後ろめたさを感じるほどのことなのだろうか。

一体、この息苦しさは何なの——。

保育園の駐輪場で、重たい電動自転車のスタンドを立てた。顔見知りの母親たちとすれ違いざまに挨拶をして、園庭横の通路を進む。夕方になると、子どもたちは教室から一階のホールに移動し、遊んだり、歌ったりしながらお迎えを待つ。

玄関口で低いヒールを脱いだとき、杏の手はきれいだろうかと、気になった。今着ているブラウスは汚されたくなかった。子どもができてから、持っている服はほとんどどシミだらけだ。クリーニングに出しても手遅れな物も多く、組み合わせの選択肢が少ないのでいつも外出の際に困る。休日に買い物に行っても、子どもがいるとゆっくり服を選ぶ時間もない。

ホールでは、子どもたちが自由に走り回っていた。遠くから娘を探していると、担任保育士の笠原美月《かさはらみづき》が気づいて「杏ちゃーん」と声を掛けてくれた。マグネットで遊んでいた杏がすぐに顔を上げ、美沙を見た。上着を着替えている。今日も給食のおかずをこぼしたか。

「ママ！」

マグネットを置いて、杏が全速力で走ってくる。しゃがんで両手を広げると、杏が真ん中に飛び込んできた。心底嬉しそうに笑う娘を見ると、胸の内側からじわっと愛情が滲み出てくる。

「今日はお絵描きしましたぁ」

大学の新卒だという美月が、若い笑顔で美沙に告げる。美沙はさりげなく杏の手を確認した。幸いクレヨンなどで、手は汚れていないようだ。

「プールかいたぁ。ママとパパかいたぁ。おどりもれんしゅうしたぁ」

そう言って、杏は運動会で披露《ひろう》する忍者のダンスを踊り始めた。三つになって、さらに体も言葉もしっかりしてきた。

「上のお着替えがなくなったんで、またお願いします」

保育園にストックしていた着替えのシャツがなくなったらしい。ここのところ雨が続いていたので、少し洗濯物が溜まっている。

杏が美月とタッチして別れの挨拶を済ませると、美沙は小さな手を引いて外に出た。

「今日、ハンバーグ食べに行くで」

杏が歓声を上げて走って行った。前方のオートロック式の門が開いたので、美沙は娘に止まるように言って駆け出した。そのまま道路に飛び出したら大変だ。

杏を捕まえて、しっかりと手をつなぐ。門から入ってきたお迎えの父親とすれ違った。

「さようなら」

挨拶をしてその横顔を見た瞬間、美沙の胸に強烈な既視感が芽生えた。脳内に刻み込まれた光景が、弾けるように再生された。

慌てて振り返り、後ろ姿を目で追う。やや右足を引きずるように歩く男は、背を向けたまま視界から消えた。顔を見たのは一瞬だった。それでも、疑惑は確信に変わった。

「ママ、痛い」

無意識のうちに杏の手を強く握っていた。

「ごめんね」

しゃがんで目線を合わせると、自《おの》ずと体が震えた。

不思議そうな目をして自分を見つめる杏をおもいきり抱きしめた。美沙はそのままの体勢で、再び男が消えた方を振り向いた。

間違いない。あれは盗撮の男だ。

3

二階の寝室を出て階段を下りる。

リビングに入ると、新一がソファでタブレットを見ていた。

「今日はなかなか粘られたわ」

美沙はソファ前のテーブルに置いてあるベビーモニターのスイッチを入れると、ダイニングに向かった。

「前何やったっけ？　杏の寝言」

タブレットから目を上げた新一が笑い掛けてきた。

「形あるものは～、壊れる～」

「あっ、そうや、そうや」

夫婦揃って笑い声を上げる。ひと月ほど前、ベビーモニターから杏の寝言ならぬ寝歌が聞こえてきたのだ。幼子と格言めいた詞とのギャップがおかしかった。

「誰かが保育園で言うてたんやろな」

夫の言葉に頷いた美沙は、キッチンのラックを見て心が軽くなった。水滴のついた食器が、几帳面《きちようめん》に並べられている。

「洗い物してくれたんや。ありがとう」

再びタブレットに視線を落としていた新一は「うん」とだけ返した。気性の激しい人間が少なくない新聞社で、新一はかなり穏やかな方だ。

美沙は現在の家事の配分に不満はなかった。労働時間の違いなど、器はそれぞれの家庭によって異なる。さすがに昔ながらの亭主関白を相手にするつもりはないが、基本的に炊事、洗濯が嫌いなわけでもなく、ただ時間のなさがストレスの根源になっているだけだ。

美沙が夫の隣に座ると、タブレットを読むのに集中している新一が、指二本分ほどの距離を取った。無意識の行動かもしれないが、美沙は慣れることなくまた少し傷ついた。寝室でも同じ――夫婦水入らずの時間に気まずさを覚えるのはつらい。

画面から視線を外した新一が、天を仰ぐようにして目頭を押さえた。横にいるだけで疲れが伝わってくる。大日新聞では地方銀行合併の特集を定期的に報じているが、大阪本社で経済担当をしている新一は地銀取材のキャップを任されている。

「仕事、大変そうやね」

「うん。やっぱり探偵ごっこは僕の性分に合わんわ」

探偵ごっこ。詳しくは話さないが、大体のところは分かる。

関西の地銀合併の動きに絡んで、週刊誌が動いている。東京経済部からの情報で取材を進めたところ、バブル期に暗躍した大物事件師、安大成《アンデソン》の影がチラついた。大阪の在日韓国人であった安は、いわゆる「バブル紳士」として巨額の金を操ったことで知られる。つまり、その安大成を捜し出せ、ということなのだろう。

関西の在日ネットワークを調べる上で、新一は美沙にも話を聞いてきた。「Ｋ－コミュニケーション」の学長に会った際、それとなく話を振ってみたが、まるで当たりの反応がなかった。あれから半年、韓国にいるという曖昧な情報だけで未だ居場所が分からない様子だ。ルーティンワークに加え、接触が難しい人物の割り出しを命じられ、夫は疲弊している。

「何読んでんの？」

美沙は話題を変えるようにタブレットを指差した。気がかりなことは別にあったが、疲れた顔を見るとなかなか切り出せない。

「あぁ、相賀さんって憶えてる？　相賀正和」

白髪の鼈甲メガネの顔が浮かんだ。美沙が大阪社会部にいたとき、社内で見かけたことがある。直接話したことはないが、変わり者だという噂は聞いたことがあった。

「クラシック音楽好きな人よね。何か横文字のあだ名があったような……」

「ゲルマン」

「そう、ゲルマンっ。彫りの深い顔してはったわ。新一は付き合いあったっけ？」

「駆け出しのときのデスクやってん」

「じゃあ、お世話になったんや」

「独りでいるのが好きな人やねんけど、僕はよく支局近くのおでん屋に連れて行ってもらったな。お互いに松本清張《まつもとせいちょう》が好きやから、それでかわいがってくれたんかもね」

おでん屋で、上司と生き生きと話す若かりし日の新一を想像すると、微笑ましかった。

「変わった人っていうのは聞いたことあったけど、優しかってんね」

「優しいというより、正しい。愛想はないけど、言うてることは的を射てて、無茶も言わんし、休みも取らせてくれる。僕にとっては理想的な上司やったな」

「なかなかおらんよね、大日には」

男社会と言われる新聞社においても、大日新聞は特に考えが古かった。派閥を軍団と呼び、女性の離職率は未だ高い。まだパワハラという言葉が浸透していなかった美沙の新人時代は、上司の指示は命令だった。必要のない〝事実確認〟のため、ネタ元に何度も連絡をさせられ、信頼関係を失ったこと、デスクの思い違いで鼓膜が痛むほど怒鳴られ、後に過ちが明らかになっても一切謝罪がなかったこと、セクハラ紛いの経験も数えればキリがない。だが、美沙にとって決定的だったのは、新一と婚約したときに異動させられたことだ。

社会部生活も丸二年になろうとしていた冬。美沙は公私ともに充実していた。一年の期限付きで東京経済部に出向していた新一からプロポーズを受けたその時期、ネット上でヘイトスピーチを撒き散らす集団「ドレイン」を追っていた。「ドレイン」は差別的な集会の様子をYouTubeで流すようなグループではなく、主戦場はあくまでネット。一人が複数のアカウントを使い分け、SNSやニュースサイトのコメント欄で排他的発言を繰り返す、という特徴を持っていた。

美沙は当初、個人が好き勝手に発信していると思っていたが、韓国人のネタ元から「それぞれが連絡を取り合っているグループがあるらしい」と聞き、匿名という座布団の上で胡座をかく人間を現実世界に引きずり出してやろうと、身元の割り出しを始めた。

デスクが企画書を面白がってくれ、取材班が組まれると、東京の私大でメディア学を教えている知人の准教授から、耳寄りな情報が届いた。岡山《おかやま》県内に「ドレイン」らしき男が一人いる、と。准教授がメールで粘り強く説得してくれ「既に足を洗った」という男と接触できることになった。

これは話題になる——そう思ったのは美沙だけではなかった。准教授とともに倉敷《くらしき》市内のカフェで会う段取りになっていたが、取材の三日前になってデスクから会議室に呼び出された。

「取材は望月《もちづき》が行く」

望月は大阪府警捜査一課担当キャップを務めたこともある遊軍記者だ。その実力は誰もが認めるところだが、ニュースの端緒を拾ってきたのも、准教授から情報を引っ張ってきたのも美沙だった。最終盤になって無関係の人間がおいしいところを持って行くなど考えられなかった。

「おまえは来月から文化部や。くらし班を担当してもらう」

突然の異動内示に、美沙は混乱した。「この件はまだ伸びるから、早めに引き継いでほしい」「社内結婚の場合は、人事のバランスを考えないと」。

美沙は、デスクがこのネタへの並々ならぬ情熱を理解してくれているものと信じていた。昨日まではまるで違う組織人の顔になって言い訳を連ねる存在に、言い様のない気持ち悪さを覚えた。

結婚するから異動？　いつの時代の話だ――。

美沙は柄にもなく、強い口調で食ってかかった。初めは宥《なだ》めようとしていたデスクも、終いには怒り始め、大喧嘩になった。その途中、准教授から電話が入った。

――例の件、今晩にでも動いた方がいいかもしれません――

倉敷に住む元「ドレイン」の男が取材に消極的な姿勢を見せ始めたという。一度心が離れてしまうと、再度の説得は難しい。

直当《じか》たりしかない、と記者の勘が告げた。准教授の話では、男の実家は老舗の和菓子屋を営んでいるらしい。名前までは分からないが、これまでのメールのやり取りを総合すると、大体の地域は分かるはずだ、と准教授が教えてくれた。

現場で聞き込みをすれば何とかなる。

事情を説明すると、デスクは舌打ちをして、携帯電話を片手に会議室を出て行った。なぜ、この場でかけない。密室の社内政治の片鱗《へんりん》を見た気がして、苛立ちが募った。

「明日、朝イチで望月を向かわせる」

戻ってきたデスクの言葉に耳を疑った。明日では間に合わないのだ。

「それでも新聞記者ですか！」

美沙が外のフロアに聞こえるほどの大声を出すと、「誰に口きいとんじゃ！」とデスクも怒鳴り返し、収拾がつかなくなった。何人かの社会部員が仲裁に入っても、美沙の怒りは収まらなかった。

別室で呆然としていた美沙が、社会部の同僚たちから「帰って休むよう」に声を掛けられたとき、もはや取材どころの精神状態ではなかった。まだ一人暮らしだった大阪の狭いマンションの一室で、泣き続けた。何度考えても納得いかなかった。結婚すれば女だけが異動対象になり、まだ社会部員であるにもかかわらず、取材すら禁じられる。「ドレイン」の特ダネを報じた後、社会部の男たちが自らの手柄にして武勇伝を語るのは目に見えていた。

入社六年、それまでにも様々な場面で我慢を重ねてきたが、分厚い壁をつくる男社会に憎しみまで覚えたのは初めてだった。

これは、差別だ。

一睡もできないまま、ひと晩中泣き明かした美沙は、自らへの仕打ちをそう解釈した。シャワーを浴びてスーツに着替えると、泊まり用の荷造りをして新大阪駅へ向かった。倉敷の男を捜し出すまで帰らない。それは「ドレイン」と「大日新聞」という内外二つの差別に対する美沙の戦いだった。

しかし、岡山駅で新幹線を降りたとき、無情のノーサイドが鳴り響いた。社会部の同僚からかかってきた電話。

「抜かれた……」

美沙はヘナヘナとその場にしゃがみ込んだ。やはり昨晩行っておくべきだったのだ。後悔とともに、美沙が感じたのは新聞が直面する時代の流れだった。倉敷の男に接触したのは新聞社でも週刊誌でもなく、ネットメディアだった。

そのまま駅のベンチに座り、スマートフォンで「ファクト・ジャーナル」にアクセスした。全六ページにも及ぶ記事で、排外主義への傾倒、グループのシステム、顔も知らないメンバーの特徴、身の回りに起こった不幸と過ちへの気づき、強い後悔……。新聞ではとても収まりきらないボリュームと、きちんと編集されたプロの文章に圧倒された。見やすいレイアウトと効果的なイメージ写真にもセンスが光っていた。

完敗──。

昨夜、現地に入ったぐらいで何とかなる差ではなかった。美沙は虚脱してうな垂れ、帰りの新幹線の中で語学学校の求人を探した。新一の実家がある京都の学校……。

「でも、ほんまに驚いたわ」

新一の言葉で我に返った。適当に相槌を打つと、新一はタブレットを見て話し続けた。

「六十五歳の男が一人でここまで迫ってんから」

タブレットの画面には相賀が書いた記事が表示されていた。

相賀の取材は、大日新聞で同期だった記者の自殺から始まった。遺品整理で見つかった昭和の「サラ金」取材ノート、相賀宅に残された留守番電話、独居の女性の命を奪ったアパート放火事件、その背後に蠢《うごめ》いていた詐欺グループ。自殺した元記者は、亡くなった女性を通して金を掠め取られていた。

今になって自分が同期の死に無関係ではなかったと気づいた相賀は、大日の後輩や旧知の編集者を頼って独自取材を進め、詐欺グループの一人の身元を割り出した。「ドレイン」の取材を経験した美沙は、相賀の労力が相当なものだっただろうと肌で感じることができる。

暑い中、老体に鞭打って聞き込みを続け、情報を更新し続けた。昨年、胃の摘出手術をした、との一文もある。元記者とはいえ、新聞社の名刺を持たず真相に近づいたのだ。割り出した被疑者が既に死亡していたのは残念だったが、それでもその執念には頭が下がる。

「でも、こういう記事を拾えるのは新聞やなくて、ネットニュースなんやな」

美沙は「ファクト・ジャーナル」のことを思い出し、古傷が痛むような感覚に陥った。今でも新聞の力を信じている。だが、岡山駅で受けた衝撃で完全に心が折れてしまった。

「自分にはあそこまでの取材力はない」「社内にいる夫に迷惑をかけてまで仕事をしたくない」「手に職の世界が一番強い」——。新聞社を辞めるために用意した言い訳の種々は、実によくできていた。今思い返しても嘘はない。だが、心の奥底にある後ろめたさは、なかなか拭えなかった。本当は逃げ出しただけではないか。

「今日は疲れてると思ったけど、杏はグズったんか」

タブレットの電源を切った新一が、マグカップを手にしてミルクティーを口に含んだ。もう相賀の話は終わったようだ。

「何であんなに忍者が好きなんやろな？」

「運動会で忍者のダンス踊るんよ」

「あぁ、何か言うとったなぁ。そら、楽しみや。今日は杏も結構な取材ができたやろ」

土曜日の今日、杏を連れて太秦《うずまさ》の映画村へ行った。忍者の衣装を貸し出すサービスがあり、杏はずっと忍者の格好ではしゃいでいた。夫婦で行ってもあまり盛り上がらないだろうが、子どもが一人いるだけで、途端に魅力あるテーマパークに様変わりする。空腹は最高のスパイスと言うが、テーマパークでは子どもが最高のアトラクションだ。

和やかな雰囲気になった。美沙はタイミングを計り、切り出すなら今しかない、と判断した。疲れているとは思ったが、やはり聞かないわけにはいかない。

「新一、例の盗撮の件やけど……」

新一は「あぁ」と思い出したように言うと、マグカップをテーブルに置いた。

「あれね、警察に盗撮事案の記録がないみたいやねん」

「記録がない？」

警備員と谷崎は、確かに男を警察に引き渡したと言っていた。一方で、二日後に何事もなかったように保育園を歩いていた。事件化されなかった可能性がある。

「まだ詳しくは調べられてないんやけど、記録がないことには取っ掛かりがな。もちろん、美沙を信用してないってわけやないけど」

新一はかつて京都府警本部を担当していたので、府警に多少の人脈があるようだった。だが、通常の仕事に人捜しまで託されている身では、あまり気乗りしないのかもしれない。今日、洗い物をしていたのは、その罪滅ぼしだったのだろうか。

保育園で見掛けてから三日。娘を預けている親として、盗撮男が園に出入りしている現実は、考えただけでも背筋が凍る。あまり悠長に構えられても困る。

「記事にもなってないみたいやし、変よね」

盗撮事件の逮捕なら、地元紙の地方版には載っていても不思議ではない。美沙は図書館で新聞を調べたが、該当《がいとう》する記事はなかった。

「よほど手の込んだ手口か有名人でない限り、記事にはならんかもね。語学学校の人は、何も映ってなかったって言うてはるんやろ？」

「でも、盗撮行為だけでも条例違反にはなると思うけど。男の顔は映ってるみたいやし。新一は気持ち悪くない？　そんな男が園にいたら」

「そら、気色悪いわ。まぁ、もうちょっと調べてみるから、時間ちょうだい」

新一は長い息を吐いた後、疲れた様子で首を回した。あまり深刻に捉えていないように見える。美沙は自分が神経質になっているのか、と自問してみたが、答えは同じだった。

盗撮の現行犯で取り押さえられた男が、同じ保育園の保護者と分かった。なぜ落ち着いていられるのか。

夫に見られないようにため息をついた美沙は、頭の中で「男」のリストアップを始めた。

## 4

腕時計に視線を落としたとき、クラクションが鳴った。

驚いて顔を上げると、すぐ近くの府道で年季の入った国産車がハザードを焚《た》いているのが見えた。美沙は助手席の窓越しに頭を下げると、そのままドアを開けた。

「久しぶりやな」

運転席の長島宗男《ながしまむねお》が笑い掛ける。美沙より二つ年上だが、肌に艶《つや》があり相変わらず若い。

「すみません。お忙しいのに」

「いや、他でもない木下《きのした》記者の頼みとあらばな」

久しぶりに旧姓で呼ばれ、美沙は懐かしさを覚えた。

「ご無沙汰してます。今は京都市役所の担当なんですね」

「そう。でも、次の異動で残留やったら、そろそろサブデスクかな」

「何か時代感じますねぇ」

美沙の駆け出しは滋賀《しが》県の大津《おおつ》総局だった。年次が近かった長島が指導係を務め、彼から警察回りや街ネタ取材のイロハを学んだ。

「木下も母親やもんな。信じられへんわ」

「長島さんは結婚されたんですか？」

「いいや、まだ独身。誰か紹介してくれよ」

「私の周りもほとんど結婚しちゃったから」

　本当は独身だらけだったが、そんなことは曖《おくび》にも出さず、笑ってごまかした。幼い子を持つ親に人の世話を焼いている時間はなく、長島のために骨を折る気はさらさらなかった。

　新人時代、長島とは一度プライベートで食事したことがあった。二軒目のバーの帰り、駅までの道中で手をつなぎたいと言われ、直属の先輩だったので断りきれなかった。それから何度かデートに誘われたが、はぐらかすうちに冷たくされるようになり、初めて人間関係で悩んだ。すぐ後に長島が異動になったので安堵したが、大阪社会部で再会してなし崩し的に氷解するまでは、気まずいままだった。

「木下は辞めて正解やったかもな」

「何でですか？」

「今なんか人数足りなくて、みんな疲れてるもん。女性記者なんかすっぴんの奴もおるぐらいや」

「さすがにすっぴんはいないと思いますよ」

「今の二十代の記者と比べても、木下の方が断然若いよ」

褒めているつもりだろうが、子持ちの人妻でもお構いなし、といった見境なさが透けて見えていた。美沙は「もうおばさんですよ」とオーソドックスに切り返し、女癖が直らない長島に胸中で嘆息した。

「でもまぁ、野村さんは勝ち組やで。木下を嫁さんにしたんやから」

まだ続くのかと思うと、うんざりした。勝ち組と言われるのにも辟易する。頼みごとをしているのである程度我慢するつもりでいたが、やはり長島とは波長が合わない。

「旦那さんは特に嬉しそうでもないですけど」

「何でや、もったいない」

「まぁ、いろいろありまして」

少し隙を見せると、長島の頬が緩んだ。期待を持たせるようにしてから、美沙は「で、例の件ですけど……」と切り出した。

「あぁ……。これ、妙な話やなぁ」

長島は後部座席のバッグを取って、クリアファイルを抜き出した。

地方版の署名記事で長島が京都総局にいることは分かっていた。接触するには面倒な相手だが、その裏返しで「役立つ」とも思った。男社会で学んだこと。「組織」を切り離せば、男は扱いやすい。

連絡を取ってまだ三日だが、短い時間の中で調べてくれたようだ。

「……モニターですか？」

モニターとはデスクのチェックが入っただけの、第一段階の原稿のことだ。記者が印刷したモニターで事実関係の確認を済ますと、デスクが紙面をレイアウトする整理部に原稿を送る。

「これ、逮捕原稿じゃないですか」

「そうや。木下が言うてた盗撮事件の記事や」

やはり、あの男は逮捕されていた。

美沙は原稿の第一段落に目を落とし「正田昌司《しょうだまさし》……」と、被疑者の名を口にした。名前が分かったことで、あのセンター分けの男が現実味を持って迫ってくる。三十七歳、新一と同い年だ。

職業は飲食店経営とあるが、新聞記事の飲食店はカフェから水商売まで幅広い。京都市内の雑居ビルに侵入し、盗撮目的で女子トイレにカメラを設置した建造物侵入容疑。カメラの存在に気づいたビルの関係者が取り外し、後日、回収に来た正田を警備員が取り押さえた。容疑を認めているという――。

記事は簡潔なものだった。被害者が映っていなかったからか、盗撮を罰する迷惑行為防止条例違反の文字は見当たらない。「カメラの存在に気づいたビルの関係者」とは亜矢子のことだろうか。少なくともその時点で警察に通報しているはずだが、美沙には何の説明もなかった。「Kｰコミュニケーション」の生徒は八割が女性だ。風評被害を嫌ったのかもしれないが、職員には話しておくべきだと不快に思った。

「この記事って、載りましたっけ？」

美沙の問い掛けに、長島はなぜか笑った。

「妙っていうのはそこなんや。この原稿、デスクパソコンに残ってたんやけど、未送信やった」

「未送信？　つまり整理部には送られてない、と？」

「さらに警察広報が見当たらへん」

美沙は眉を顰《ひそ》めた。事件の発生や逮捕を知らせる警察の広報文は、今の時代もFAXで届く。そのFAXをファイルに綴じるのは、新人サツ回りの大切な仕事だ。長島はそのファイルを見てくれたのだろう。

「でも、記事があるってことは広報されたってことでしょ？」

「そうやろうな。ここにも裏付けがある」

長島がクリアファイルからA4用紙を一枚差し出した。

「当日の京都版出稿メニューや。一番下のベタ記事の一覧見てみ」

五本ほど候補がある中「雑居ビルで盗撮　男逮捕」の文字が二重線で消され、下にある「元税理士の女性　自伝出版」に矢印が向いている。

「これ……差し替えってことですか？」

長島は後部座席にある新聞を取って、地方版を開いて見せた。

「ここ、自伝出版の記事があるやろ？　ちなみに、この原稿は俺が書いてんけど」

盗撮の原稿が、まるでニュース性のない「人もの原稿」に差し替わった……。地方版のベタ記事とはいえ、この価値基準の逆転はあり得ない。サツ回りの記者が原稿を送った時点では紙面化の予定があったということだ。

モニターの右端に印字されている出稿時間を確認する。午後二時十分。ここから地方版校了までの数時間のうちに何かが起こった。整理部に原稿を送っていないとすると、総局内で事態を処理したということになる。

なぜ、盗撮原稿は闇に葬られたのか――。

スマホが鳴った。深淵を覗《のぞ》いた、まさにそのタイミングで耳に響いた電子音に身を震わせた。保育園からだった。

「お忙しいところ申し訳ありません……」

担任保育士の美月の声を聞くと、美沙は電話口を手のひらで覆い、無意識のうちに頭を下げていた。

「杏ちゃん、熱があるみたいで。一応、左右で測ったんですけど、三十八度以上あって」

「すみません、すぐに迎えに行きますっ」

美沙が電話を切ると、長島が問い掛けるように片眉を上げた。

「娘が熱を出したみたいで」

「あぁ、それは大変や。保育園まで送ろか？」

「いえ、近くに自転車を停めてるんで」

美沙はクリアファイルと新聞を受け取って車から降りた。

「またお礼はさせていただきます」

「別に気にせんでええよ。俺らの問題でもあるし。ただ、韓国系で取材するときはヘルプを頼むかもしれん」

今後に含みを持たせる長島に「遠慮なくおっしゃってください」と笑みを返し、美沙は駐輪場に向かった。

今日はたまたま午後の授業が入っていなかったので助かった。記者を辞めて呼び出しのない生活に解放感を覚えたが、今では保育園からの電話にビクビクしている。

教室に入ると、杏が隅に敷かれたふとんで横になっていた。たとえただの風邪であったとしても、具合の悪そうな子どもの顔を見ると、胸が締めつけられる。

「杏ちゃん」

声を掛けると、すぐに杏が気づいた。心の底から嬉しそうな笑顔を見せて、むっくりと起き上がる。熱があるということだが、しっかりとした足取りで歩いてきた。抱っこすると、甘えるように小さな顔を胸に擦りつけてきた。

「あんまり食欲もなくて」

美月が園の黄色いカバンを持ってきてくれた。

「今、ＲＳウイルスが流行り始めてるので……」

「病院で検査してきます。ありがとうございます」

杏を抱えたままカバンを肩に引っ掛け、美月に別れの挨拶をする。一旦、保険証と診察券を取りに自宅へ戻らねばならない。あれこれ段取りを考えていると、下駄箱の前で杏が「おちた」と言った。

視線を下げると、下駄箱の簀子《すのこ》に紙が落ちていた。

「これ、杏ちゃんの？」

腕の中で下りたい素振りを見せたのでしゃがんでやると、杏はペタッと割座《わりざ》になって四つ折りの紙を拾い、美沙に差し出した。

「おてがみ、もらった」

「そうなん。よかったねぇ」

「アンちゃんしんどいから、リクくんがくれてん」

「リク君？　同じクラスにいたっけ？」

「ちがう。あかぐみさん」

赤組なら二歳上のクラスだ。学年は違っても、迎えの遅い園児同士はホールで一緒に遊ぶ。そこで仲良くなったのかもしれない。

「読んでいい？」

娘が頷くのを見て、美沙は紙を開いた。斜めに歪んだ大きな字で「がんばれ」と書いてある。今日、しんどそうな杏の姿を目にして手紙をくれたのだろうか。子どもの優しさに心が和む。

だが、メッセージの下にたどたどしく書いてある名前を見た瞬間、美沙の全身が強張った。

——あかぐみ　しょうだ　りく——

5

胸元への視線が苛立たしかった。

テキストから顔を上げると、谷崎はスッと視線を逸らした。

「谷崎さん、もう少し単語を憶えていかないと、文法のルールだけ習っても限界がありますよ」

「まぁね……。いや、すんません」

いつものように「四十近くになると記憶力が」などといった言い訳がなく、谷崎は素直に頭を下げた。意外に思った美沙はテキストを机に置いて、前を見据えた。

「以前私がつくってきたプリントがいまひとつなら、別の方法を試しますから」

「いえいえ、いまひとつやなんて……。ところで、つかぬ事を伺いますけど、先生は英語も話せるんですか？」

思わぬ切り返しに言葉が詰まった。

「……そうですね。ネイティブほど流暢《りゅうちょう》ではないですけど、話せますね」

「映画なんか観ても理解できるんですか？」

「ええ。専門的なもの以外なら」

語学のセンスは父親譲り、と美沙は思う。子どものころから英語教室に通っていたこともあって、単語や文法が自然と身についていた。高校のときにオーストラリアで三ヵ月間の短期留学を経験したが、現地の癖のある英語に耳が慣れると、コミュニケーションに苦労しなくなった。記者になってからも海外のニュースサイトで情報を集め、フェイスブックでも英語圏の「友達」と積極的に交流している。

「実は仕事で英語を習わなあかんようになりましてね」

谷崎の「仕事で必要」は信用できない。四十路《よそじ》近くのおぼっちゃまが今さら英語を始めてどうすると、美沙は鼻白んだ。

「だから、先生の授業は今日で最後です」

「えっ？」

唐突に幕を引かれ、美沙は動揺した。こんなにあっさりと自分の授業を放り投げるとは思っていなかった。

「でも、今月はあと一回残ってますよ」

「もうそれはいいです」

疎《うと》ましく思っていた生徒から、思いもよらぬ否を突きつけられ、美沙は面食らった。心の片隅で、ダラダラとした授業がずっと続くものだと思い込んでいた。谷崎が自分目当てに受講しているという見当違いに、身の置き所がなかった。

いずれにせよ、生徒を一人逃したことになる。学長も亜矢子もいい顔はしないだろう。

「もう韓国語は諦めるんですか？」

直截《ちょくせつ》な物言いだとは思ったが、谷崎との三ヵ月がまるで無駄になったような気がして後味も悪かった。

「元々物覚えがよくない上に年齢的なものもあって、ハングルが記号にしか見えないんですよ。これでも、先生からもらったプリントを憶えようとはしてたんです。でも、からっきしダメでした」

信じるべきか迷うところだが、彼なりに挑む気持ちがあったのかもしれない。そう考えると、講師としての力量不足を指摘されたようで気が塞いだ。

「先生には感謝してます。ちょっと怖いときもあるけど」

美沙は苦笑いをして、腕時計を見た。

「あと十分弱ですね。授業、どうします？」

「もう韓国語は挫折したんで。それより、この前の盗撮男なんですけど、その後どうなったんですかね？　全然新聞に載らへんから」

警備員の奮闘に手を添えた程度だったが、一応、谷崎も正田を取り押さえたことになる。警察から賞状の一枚でも貰いたいのかもしれない。

「あまり珍しい犯罪でもないですし、新聞紙面にも限りがありますから」

長島から聞いた話に蓋をして、美沙は何食わぬ顔で調子を合わせた。

「ちゃんと逮捕されたんやろか？　変態野郎でしたからね」

「でも、盗撮の被害者がいなかったのは、不幸中の幸いでした」

「いや、ここだけじゃないですよ。あいつ、余罪がありますから」

うことか。

「余罪？」

こめかみの血管が疼いた。谷崎はあの日、正田から何らかの告白を受けていたとい

正田が出入りする場所。真っ先に保育園が浮かんだ。

「具体的に話したんですか？」

「いえ。ただ、スマホを壊そうとしてたから、慌てて止めたんです。携帯の方にも画像が入ってるってことでしょうね。完全に証拠隠滅でしたから」

「スマホに盗撮の画像、もしくは映像が入ってた、と？」

「最終的にそれは認めてました。もう常習犯ですよ。執行猶予中でもない限り、刑務所に行くことはないでしょうけど、あんな奴がすぐに野放しになるのは気持ち悪いですね。まぁ、男のトイレには仕掛けないでしょうけど」

谷崎の冗談につくり笑いで応じた美沙だったが、内心は気が気でなかった。逮捕されたはずの正田は、二日後には日常生活を取り戻し、保育園に息子を迎えに来ていた。時間帯によっては、教室や廊下で親が一人になることもある。カメラを設置する隙がないとは言えない。

谷崎との呆気ない別れの後、美沙は久しぶりに繁華街をうろうろとした。杏のお迎えを考えると一時間もなかったが、気が滅入っていたので久しぶりにウインドウショ

ッピングをすることにした。

谷崎が辞めることを知ると、亜矢子は露骨に顔を顰《しか》めた。経営が思わしくないことは知っているが、亜矢子は年々気難しくなっているような気がする。かと言って簡単に再就職先が見つかるわけではなく、今ある職場にしがみつくしかなかった。

カバンの中のスマホが震えて、ショートメールの受信を知らせた。長島から「まず見てみて」という思わせぶりな一文が届き、画面を見ている間に写真が貼りつけられた。進展の予感を抱いて写真をタップする。拡大された写真は、警察広報文の接写だった。

――建造物侵入事件被疑者の逮捕について――

逮捕日時や被疑者の個人情報、事案の概要のほか、記者のものと思われる手書きの書き込みメモもコピーされている。基本情報に関してはこの前もらったモニター原稿の通りだった。だが、乱筆の記者のメモに気になる文字があった。

正田則夫《のりお》弁護士の次男――。

正田弁護士……。

刹那《せつな》の後「高山《たかやま》事件」が浮かんだ。

京都の大学教授殺人事件で捕まった無職の高山兼《けん》被告。逮捕当初から自供も物証もない事件で、検察の公判維持が危ぶまれていた。任意段階での取り調べ音源が流出し、高山に罵詈雑言《ばりぞうごん》を浴びせる刑事と、消え入りそうな声で否認を続ける若い被疑者との構図が対照的で、全国放送のドキュメンタリー番組が「疑惑の逮捕」として放送したことから世間の事件を見る目が変わった。その後、実況見分調書の捏造も明らかになり、一審判決に注目が集まっている。

捕まった昌司は正田弁護士の息子……。

美沙はすぐに長島に電話した。

「おっ、ちょっと待ってくれ」

記者室にでもいたのか、長島の靴音が聞こえた。

「広報見たか?」

「正田弁護士の次男なんですか?」

「『高山事件』のな」

「主任弁護人ですよね? 各社が報じなかったのは、正田弁護士からネタがもらえなくなると困るからってことですかね」

「『高山事件』だけやないからな」

そう前置きして、長島は十五年ほど前の覚せい剤取締法違反の無罪判決について、概要をかい摘んで話した。

地元紙ですらチェックしていなかった元暴力団員の覚醒剤事件。記者クラブで事前に判決文のコピー配付を頼んでいなかったことから、地裁と地検に判決文の譲渡を拒否され、頼みの弁護人もマスコミ嫌いで対応なし。無罪判決を報じられないとなると、報道機関の恥だ。そのとき、担当弁護人を説得して判決文を手に入れてくれたのが正田則夫だった。

　弁護士といえど、今の時代は商才がないとそこそこの暮らしはできない。特に刑事弁護人は金にならない。現状、公的文書への開示意識が低い日本では裁判取材が難しく、記者の弱点を知り尽くした正田は、マスコミをコントロールする術を心得ていた。

「まぁ、各社困ったら正田弁護士を頼ってるって状況や。共有のネタ元ってとこやな」

「冤罪疑惑の案件に加えて、ネタ元でもある、と。それで記者クラブで徒党を組んだってことですか？」

「それもそうやけど、一点解《げ》せんことがある」

　長島は興奮しているのか、早口になっていた。

「さっき送った広報文、実は各社にＦＡＸされてないんや」

　言っている意味が分からず、美沙は「でも、広報文に記者の書き込みがありますよ」と要領を得ない様子で聞き返した。

「広報前の試し刷りや。府警本部の広報課と擦り合わせする前のやつ」

「じゃあ、警察はこの逮捕を広報してないってことですか？」

「そうや。サツ回りの一年坊主に聞いたから間違いない。署で取材した地元新聞社の記者クラブしか知らん。この一年坊主もデスクから『この件は対応せんでええ』と言われたらしい」

「それ、口止めじゃないですか！」

美沙は混乱した。正田弁護士の息子が逮捕され、地元記者クラブが仕事に支障を来すのを嫌って、一切報道しなかった。ここまでは分かる。だが、なぜ警察もマスコミに協力するように広報をしなかったのか。本来、冤罪案件を抱える弁護人とは対立する関係だ。

「まさか『高山事件』に手心を加えろとか、そんなことじゃないですよね？」

「それやったら、大問題やで。クラブがきなくさい動きをしている以上、俺も開けっぴろげには動かれへんけど、もうちょっと調べてみるわ」

警察とマスコミが結託して盗撮犯を野放しにした。その結果、被害を受けるかもしれないのは、女性や子どもといった力の弱い者だ。そんな理不尽《りふじん》が許されていいわけがない。

犯罪者は今このときも、娘の近くで息をしている。

## 6

ホームページで確認すると「正田法律事務所」には、七人の弁護士が所属していた。正田則夫は刑事事件専門の弁護士だが、事務所では民事も扱っているようだ。

美沙が電話で正田との面会を希望すると、女性の事務員からきっぱりと断られ、代わりの弁護士で応対する旨を告げられた。想定の範囲内だったので、念のため「DVの相談」という形でアポイントを入れておいた。

法律事務所は、繁華街からひと駅離れたオフィスビルの中に入っていた。京都の中心街はこぢんまりとしているため、語学学校から歩けない距離でもない。午後一番の授業を終えた美沙は、大通りを北に渡って商店街を目指した。今日は新一が休みなので、保育園の送り迎えを頼んでいる。

何を着地点にするのか。

アーケードの商店街を歩きながら、美沙の心は迷い続けていた。マナーを無視して無遠慮に走る自転車や、道に迷う外国人観光客。目の前を通り過ぎていく光景は、ただ視界に入るだけの意味をなさない静止画だった。

常に腕時計を気にする余裕のない生活に流され、小さな語学学校で気を遣いながら機械的に働く自分に、嫌気が差しているのかもしれない。優先順位の第一は、娘の安全だ。しかし、果たしてそこで思考を止めてしまっていいのだろうか。

何を目的とするのか。

思案の行き着く先は、いつも同じような答えだった。自分は何を望んでいるのか。盗撮事件を明らかにすることなのか、警察とマスコミの癒着にメスを入れたいのか。それともただ単に目の前の脅威を取り除きたいだけなのか。

新聞社にいたころは、少しは誇りを持って働いていたつもりだった。だが昨日、長島との電話を終えた後、美沙は釈迦《しゃか》の手のひらをグルグルと回っていただけではなかったのかと疑問を抱き、体の芯を通っていた軸をねじ曲げられたような感覚を味わった。

現役時代、美沙は記者クラブが当然のシステムだと思っていた。しかし、大半が民間企業である新聞社や放送局は、一体何の「資格」があって第一級の情報を独占しているのか。情報を発信する人とそれを受け取る人が、直接結びつく時代。双方向性と透明性が求められる中で、記者クラブのような問屋の存在が、美沙には浮いているように見えた。

一方で「資格」と考えること自体が危ういとも思う。税金の使い方から戦争の参加まで、政治家の決定は自分たちの暮らしに直接影響する。何も悪いことをしていないのに捜査のミスで逮捕される人がいて、たった一つ法律が変わるだけで仕事が激減する人もいる。ルールを決める側に「資格」を与えられる〝大本営発表〟の怖さを知っているからこそ、公の機関に取材拠点を築き、強い力を持つ人たちを驕《おご》らせない存在は必要だ。

記者クラブが「正しい」とは思えない。だが「不要」とも言い切れない。メビウスの帯を歩く美沙は、自らの身の丈に合わない命題探しに強いストレスを覚えた。

結局、答えが出ないままアーケードを抜けた。

秋とは思えない陽射しに目が眩んだ。大通りを渡ったところにあるガラス張りのオフィスビル。信号の前で陽射しを跳ね返す立派な構えのビルを見上げると、足が竦んだ。けんもほろろに追い返されるイメージが浮かび、新聞社の名刺がない心細さを思い知った。少なくとも正田則夫と一対一の状況をつくり出さない限り、勝負には持ち込めない。

エントランスは気後れするほど広かった。左手の細長い窓には折り重なるようにガラスが嵌め込まれ、奥にちょっとした砂利の庭があった。ロビーのソファはほぼ埋まっていて、何らかの打ち合わせをしているのか、男女ともにスーツ姿が目立つ。見たところエスカレーターはなく、エレベーターも受付の向こうにあるようだ。

愛想のない警備員の一瞥を受け流し、受付の女性に来訪の意図を告げた。すぐに内線で連絡した女性は「二階へどうぞ」と入館証を差し出した。入館証がないと入れない法律事務所は初めてだった。アポイントを入れておいてよかったと、胸を撫で下ろす。

エレベーターで二階へ上がり、フロア案内に従って事務所を目指した。「正田法律事務所」のドアは深い色の木製だったが、ガラスの筋が縦に入ったスルーガラスだ。職種を考えれば嫌味なほどオシャレで、端《はな》から依頼人を選別するような雰囲気が漂っている。

ドアの向こうはちょっとした待合スペースだった。左手の受付カウンターに座っていた女性が立ち上がる。濃いめのメイクだが、目鼻立ちが華やかだ。この待合スペースの奥にもう一つドアがあった。

「二時に予約を入れました野村と申します」

「野村様、お待ちしておりました」

声を聞き、今日電話で対応した女性だと分かった。彼女が手元にある受話器に手を伸ばそうとしたところで、美沙は「あのっ」と声を掛けた。

「正田先生に会えませんか？」

女性は怪訝《けげん》な顔をして、触れたばかりの受話器から手を離した。

「先ほども申し上げましたが、正田は先約がありまして……」

つかまれたように縮んだ。

「可愛らしい顔して、なかなか強引な手を使う人ですな」

正田はソファの背もたれに体を預け、大儀そうに脚を組んだ。

「申し訳ありません。大変失礼なのは承知の上で、こちらに参りました」

「あなたは何者？　法曹関係者ってわけじゃないでしょ？　フリーライターか何か？」

「四分の一ぐらい当たってます」

美沙の言葉に正田は短く笑った。

「元新聞記者です。辞めて三年ほど経ちますが」

「やっぱりね。普通の人にはできひんわ、こんな厚かましいマネ。どこの新聞にお勤めやったんですか？」

「大日新聞です」

「そうですか。『事件の大日』ですから、ようさん知り合いがいますわ。で、ご用件は？」

美沙が訪ねてきた理由については勘づいているはずだが、正田は余裕の構えを崩さなかった。

「先生のご次男、昌司さんのことについてです。昌司さんの事件については、もちろんご存知だと思います」

「事件？」

笑みを絶やさないままシラを切る正田を無視し、美沙は話を続けた。

「昌司さんは盗撮、正式には建造物侵入容疑で逮捕されています」

正田の表情が引き締まり、睨むように美沙を見た。美沙は一気に追い詰めようと、バッグに入れていたクリアファイルから、印刷した警察広報文を抜き出した。テーブルの上にそれを置くと、正田は視線を外して広報文を手にし、一読した後静かに元に戻した。記者による「正田則夫弁護士の次男」というメモも目にしたはずだ。

「実はこの広報、マスコミ各社には流されてないんです。それどころか、府警の広報課とも擦り合わせをしていない。もっと不思議なのは、新聞社がこの事件のことを知りながら、記事にしていないんです」

正田はじっと美沙の目を見るだけで、頷きもしなかった。かなりの威圧感を覚えたが、ここまで来て引く気はなかった。

「その発生場所のビルですけど、私が勤める語学学校が入ってるんです。もっと言えば、学校の目の前のトイレに、カメラが仕掛けられました」

美沙が視線を跳ね返すと、正田は組んだ脚を戻して背もたれから身を起こした。

「私は警備員に取り押さえられている昌司さんを見ております」

「それは……倅《せがれ》がご迷惑をお掛けしました」

先ほどまでとは打って変わり、正田が神妙な顔をして頭を下げた。

「今日、私が姑息な手を使ってまで先生に会いに来たのには、理由があります。事件の二日後、娘を通わせている保育園で、昌司さんを目撃しました」

さすがの正田もこれには驚いたらしく、口をポカンと開けて美沙を見上げた。

「じゃあ、娘さんがリクと同じ保育園に……」

正田陸の名は、赤組の名簿で確認している。美沙が頷くと、正田は大きく息を吐いて再びソファにもたれた。

「昌司さんを取り押さえる際、実はうちの学校の生徒が警備員を手助けしてるんですが、その生徒によると、昌司さんが自分のスマホを壊そうとしたそうです」

余罪の証拠隠滅。弁護士にはすぐにピンときただろう。正田は「そうですか……」と唸って天井を見上げた。

「この際ですから、はっきり申し上げます。私は自分の娘が被害に遭わないか、気が気でないんです。昌司さんにはどんな処罰が下ったんですか？」

「……倅は、微罪処分で即日釈放されました」

「でも、逮捕されたんですよね？」

「盗撮で初犯の場合、当日に釈放されることはよくあります。今回は、現場が不特定多数の方が出入りできるビルであること、映像に被害者が映っていなかったことなどが考慮されました」

伏し目がちに言い訳をする正田を見ながら、美沙は未だ迷っていた。自分は何を求めているのか。いや、どこまで踏み込むのか、と言った方が正確かもしれない。

「即日釈放の件は分かりましたが、腑に落ちないのは警察とマスコミの姿勢です。本来、捜査機関にとって『高山事件』を扱う先生は、煙たい存在のはずです。言葉は悪いですが、昌司さんの件が公になれば、先生の信用に傷をつけることができます。一方で、著名な弁護士の息子の犯罪とあらば、普通マスコミは飛びつきます。しかし、今回はそれもなかった。結果、事件から二日後、昌司さんは何事もなかったように保育園に来てるんです」

美沙は一気にまくし立てた。今や立場は完全に逆転していた。ここに乗り込んできたのは無論、娘のためだ。その一方で、警察、マスコミ、正田の間で何が起こったのかを純粋に知りたい気持ちもあった。全てが明らかにならない限り、着地点など決められない。

「先生、教えていただけませんか？　先生は一体、何をされたんですか？」

正田はしばらく目を瞑って押し黙った。時折、眉間に皺を寄せて苦しそうに表情が歪む。話すか、話すまいか。息子と孫を守るため、最善手を探しているに違いなかった。

「分かりました。話します。ただ、正直に、包み隠さずお話ししますので、そこのところは重く受け止めていただきたいと存じます」

両手を膝に乗せた正田は、視線を合わせないまま語り始めた。

「今から三ヵ月ほど前のことです。京都のある警察署と地元記者クラブのメンバーで親睦会が開かれました」

「警新会ですか？」

「そうです」

警新会は、警察署の課長以上の幹部と地元の警察担当記者が酒を飲みながら関係性を深める宴だ。美沙も何回か出席したことがある。現実の警察組織を教わるいい機会で、この会で仲良くなった警察官も少なくない。

「宴会が終わった後、一部の警察幹部と記者たちが二次会に繰り出しました。ラウンジで酒とカラオケを楽しんだそうです。皆、かなり酔っ払ったようで、最後まで残った警察幹部の二人は、泥酔状態だったといいます」

美沙は頷いた。警察官はストレスの塊のような仕事だ。特に古い世代だと、酒とカラオケを好む者が多い。

「彼らは車で帰りました」

「えっ?」

美沙は驚いて声を上げた。

「飲酒運転ってことですか?」

「二台に分乗したんですが、一台は素面《しらふ》の記者が、もう一台は酒量の少ない記者が運転したということです」

このご時世に……。飲酒運転が厳罰化され、大らかだった認識が改まって久しい。美沙が入社したころは、既に飲酒運転は重い犯罪だった。まさか警察と記者が一緒になってその罪を犯すとは、考えられないことだった。

「一台が巡回中のパトカーに止められ、酒気帯び運転が発覚しました。車を呼び止めた地域課の警察官が、中に同じ課の課長が乗っていることに気づき、すぐに本部に連絡しました。タイミングが悪いことに、このひと月前に飲酒運転による死亡ひき逃げ事件が発生していて、当時、犯人は未検挙やったんです」

「それで隠蔽《いんぺい》しようと動いたわけですか?」

「でも、そこに男たちがビデオカメラを回して近づいてきました」

男たちとビデオカメラ。予期せぬ展開に、美沙は眉間に皺を寄せた。

「男らは主にネズミ捕りを監視するグループに所属していました」

「そんなグループがあるんですか?」

「左翼崩れが数人、という程度です。ビデオカメラを持って警察に絡んでYouTubeに投稿しています」

美沙は、昔絵里が話していたことを思い出した。彼氏とドライブ中にスピード違反で捕まったときのエピソード。

車を止められたすぐ後、二人組の男が近づいてきて「こんな取り締まりは違法だから、切符にサインする必要はない」と警察に絡み始めたという。関わり合いたくないので、絵里たちはさっさとサインして出発した——。

同じ男たちではないだろうが、警察に恨みを持つ人間がいることは事実だ。サツ回りをしていたとき、犯行現場を冷やかしに来る粘着質な男を見たことがある。

「私はグループのうち一人を弁護したことがあって、それからその男が定期的にビデオを持ち込むようになったんです」

「YouTubeには流さなかったんですか？」

「間抜けなことに、彼は警察と新聞記者が捕まったことに気づいてなかったんです。ただ単に絡みに行っただけで。でも、勘だけは働くから警察官の動きがおかしい、と。でも、私は全員の顔を知ってました。捕まってない方の車に乗っていた人も含めて」

話の筋が読めた。警察とマスコミが結託した理由。正田則夫が持つ映像にひれ伏したのだ。

「要するに、先生が丸く収めたってことですね。警察とマスコミに貸しをつくった、と。先生が酒気帯び運転の事実をこの世から消し去ったことで、息子の盗撮事件をなかったことにできた、と」

男社会の馴れ合い——新聞社だけでなく、世の中がそうできているのだ。虫唾《むしず》が走るような感覚とともに芽生えたのは、強烈な怒りだった。

特権を持つ者同士が、身勝手にルールをねじ曲げている。飲酒運転の車で事故が起きなかったこと、盗撮カメラに被害者が映っていなかったことは、単なる偶然だ。誰かが犠牲になっていたかもしれない。職業倫理に乏しい男たちが、その下地をつくった事実は変わらない。

ようやく着地点が見えた。報じないこともまた、誤報。

美沙は差し替えられた「自伝出版」の原稿を思い出した。本来、あのスペースに載せるべきは、正田昌司の逮捕原稿だった。不都合な現実に蓋《ふた》をして、あったことをゼロにする。そんなことが許されていいはずがない。

「先生、そのビデオの映像を観せてください」

戸惑う正田に、美沙は頭を下げた。

今は裏付けを取ることしか考えていなかった。「ゲルマン」と呼ばれていた記者は、六十五歳の体に鞭打《むちう》って今も事件を追っている。かつて同じ会社にいた先輩が、大新聞には書けない原稿を書いたのだ。この癒着《ゆちゃく》を白日の下に晒して初めて、半端なまま投げ出した「記者」を卒業できる。

視線を外さない美沙に根負けしたのか、正田は立ち上がってデスクに向かった。引き出しの中からＳＤカードを取って、デスクトップパソコンに差し込んだ。マウスを数回クリックした後、ディスプレイの向きを変えて美沙に画面を見せた。

手ブレのひどい映像。赤色灯を焚いたパトカーの前で、制服の若い警察官がバインダーのような物で顔を隠している。

「何を撮ってんねん。止めろっ」

「何を撮ろうと私の自由でしょ。取材ですよ」

「肖像権があるやろが！　警察に取材許可取れや！」

「本来、取材は許可されてするものではありません。これは何の取り締まりなんですか？」

正田の話した通り、パトカーのほか、二台の車が停まっていた。その周りに数人のスーツ姿の男がいる。これが記者だろう。その記者の前で取材云々のやり取りがあったのは、何とも皮肉だ。向こうでは、野次馬がスマホで写真を撮っていた。

画面の揺れもひどいが、警察と得体の知れない男の口論も聞くに堪えないほど品がなかった。観ていて気持ちのいい映像ではない。

「こんな感じの喧嘩が延々と続きます」

正田は画面を閉じようとマウスに手をかけた。美沙もブレ続ける映像に酔いそうだったので、これ以上正視するのは難しかった。後は、この記録を入手するための交渉が山場だ。取材では、証拠資料の確保が最も難しい仕事の一つだ。

「先生……」

美沙が話し掛けた瞬間、二台ある車のうち、奥の一台の運転席ドアが開いた。細身の男が画面に近づいてくる。背格好に見覚えがあった。波打つ映像に目が吸い寄せられる。一瞬、男たちの口論の声が止み、画面の揺れが収まった。

「そろそろいいですかね」

正田の声が聞こえると同時に、細身の男の顔がはっきりと映った。

美沙は驚きのあまり、強く息を吸い込んだまま絶句した。震える両手で口を覆い、現実から逃れるためにきつく目を閉じた。だが、瞼の裏にも焼きついた残像が消えることはなく、美沙は苦悶《くもん》に喘いだ。

「なぜ」の言葉とともに、心の中で男の名を呼ぶ。

新一——。

# 7

集会用テントの天幕が風に揺れ、プログラム用紙がベンチから落ちた。美沙が身をかがめるより早く、新一が用紙を拾った。

「上着持ってくればよかったなぁ」

剝き出しの腕をさすりながら、新一が身震いする。

保育園の運動会は毎年、近くの小学校が会場となる。昨日までは雨の予報だったものの、午前中、何とか天気は持っている。雨天の場合は体育館で決行になるが、狭くて蒸す上にプログラムが短縮されるため、子どもたちがかわいそうだ。

テントの隙間から曇り空を見上げた美沙は、今年は本当に雨が多いと嘆息した。

陽のない中で吹く風は、確かに秋の始まりを告げていた。杏は病み上がりだ。寒くないだろうかと、園児たちが出番を待つ集合スペースに目をやった。

グラウンドを挟んで向こう側に、カラフルな忍者の衣装に身を包んだ子どもたちがいた。顔までは分からないが、大半が行儀よく座っている。

「あぁ、おった、おった」

双眼鏡を持つ新一が杏を見つけたようだ。

「あいつ、緊張してるぞ」

新一から双眼鏡を受け取った美沙は、レンズを覗いた。ピンクの衣装を着た我が子はすぐに分かった。確かに顔が強張っている。家でもよくダンスの練習をしていた。あんなに明るく踊っていたのに、本番の重圧を感じているのか今にも泣き出しそうだ。運動会の出し物一つでも、心配になる。

「三歳でも緊張するんやな」

能天気な新一に双眼鏡を返し、水筒のお茶を口に含んだ。

一歳児クラスの「おやつ競走」が終わった。きちんと歩く子もいれば、泣いて親に抱きかかえられる子もいる。ほんの二年前、このグラウンドでよちよち歩きをしていた娘が、人前で踊るという。

「続きまして、桃組さんによるダンスです」

手づくりのアーチ状のゲートから、桃組の園児たち約三十人が出てきた。音楽に乗って行進する子どもたちの中から杏を探す。新一がカメラで、美沙がビデオ。と言っても二人ともスマホだ。手を振ったが、杏は気づいていないようだった。

各々の位置に着くと、子どもたちはしゃがんでスタンバイした。間もなく曲が流れ始め、小さい忍者がドロンのポーズで一斉に立ち上がった。脇を締めてスマホを構える美沙は、娘の姿を捉えて巧みにズームした。手裏剣を投げる素振りをした後、小さくジャンプして小走りに移動する。ちゃんと練習通りにできている。

音楽に合わせて懸命に踊る娘を見ていると、自然と頰が緩む。以前、語学学校の生徒だった女性に聞いたことがある。最近の小学校の運動会は流れが機械的で、お弁当も一緒に食べない。保育園の運動会が一番楽しいですよ——。そう言われれば、俄然《がぜん》張り切ってしまう。

子どもたちが中央に集まって、もう一度ドロンのポーズを取ると曲が終わった。会場から拍手が起こり、美沙も手を叩いてやりたかったが、撮影を優先した。園児たちが退場して停止ボタンを押した後、きちんと録画ができているかを確認する。

正田昌司の影がチラついた。

せっかくの運動会の日に水を差されたくない、と存在を意識の外へ追いやっていたが、映像を見ると、どうしても「盗撮」に反応してしまう。そして、心の中で連鎖反応が起こり、もう一つの真実が浮かび上がる。

美沙は隣で写真の確認をしている夫を見た。

三日前、美沙は逃げるようにして法律事務所を後にした。幸い新一が自分の夫であると、正田に気づかれることはなかった。ただ、美沙の異常な反応は目の当たりにしている。海千山千の男が、元大日新聞記者と名乗った女の素性を調べないはずがない。遅かれ早かれ、正田は美沙の正体を知ることになる。

大阪本社の経済担当が京都の所轄の警新会に参加することなどまず考えられない。京都総局のサツ回りに手引きを頼み、二次会から顔を出したと推察するのが妥当だ。恐らく、警備課辺りにお目当ての警察官がいたのだろう。新一はかつて京都府警本部を回っていたとき、キャップを手伝って警備・公安を担当していた。

バブル期に最後の大物フィクサーと呼ばれた安大成。彼は京都にも根深い関係を持っていた。安の行方をつかむため、所轄の宴会にまで顔を出す。記者としては見上げた根性でも、あの場にいては全てが台無しだ。たとえ新一が素面で運転していたとしても、仲間の車が飲酒運転だったことには気づいていたはず。

地を這うような「ゲルマン」の取材に感銘を受けていた男が、癒着の権化になってどうする――。

「これ、結構いい写真じゃない？」

新一が無邪気にスマホを差し出す。杏のきれいな笑顔が撮れている。「それ、送って」と言って夫の顔を盗み見る。

自分が知っていることを新一に告げるべきか否か。

真面目な夫の性格を考えると、極端な行動に出る可能性がある。全てを洗いざらい告白し、新聞社を辞める。それは全くあり得ない話ではない。

間違いなく生活が成り立たなくなる。ローンを残す家も売却することになるだろう。

一方で、このまま真実が闇に葬られてもいいのかという気持ちも強い。男たちに好き勝手をさせて、その歪んだ枠組みの中で自分のように新聞社を去らねばならない記者が出てこないとも限らない。

あの准教授とは今もメールのやり取りを続けている。先日、美沙が「ゲルマン」についで書いて送ると、目を疑うような返信がきた。

**――近畿新報の記事捏造事件で悪名が轟いたフェイクニュースサイト「メイク・ニュース」ですが、「ドレイン」の残党が関係しているとの話です――**

絵里が話していたネイル業界の危機は、決して対岸の火事ではなかった。プリンターで自動的にネイルが完成することと、ネットメディアの登場で情報の制御ができなくなったことは、逆のベクトルを示しているようでいて根本は同じ、雛形《ひながた》の崩壊だ。

今、自分の手の内にある真実を腐らせることは、ジャーナリズムを腐らせることに等しいのではないだろうか。

「ママ！」

保護者でひしめくテント内のベンチに、杏が飛び込んできた。

「頑張ってたねぇ」

髪をくしゃくしゃにして撫でてやると、杏が甘えて張りついてきた。新一も両手を広げて構えているが、なかなか父親の方へは行かない。

周りに桃組の子どもたちが増え始め、自ずとお菓子の交換会が始まる。子どもに恥をかかせないため、親はイベントの際、友だちに渡すためのお菓子を用意しておかなければならない。

「シンちゃんにあげてくる!」

ラムネの小袋を持って杏が膝の上から下りた。ゼロ歳児クラスからずっと一緒なので、杏の友だちの成長も間近で見ている。皆の成長が嬉しく、美沙は子を持つまでこんな心境になるとは思わなかった。

会場に歓声が沸く。グラウンドでは赤組による障害物競走が行われていた。プログラムで「赤組」の文字を見たとき、美沙の脳裏に「あかぐみ　しょうだ　りく」という幼い字が浮かんだ。美沙は陸の顔を知らなかった。

今この瞬間、この会場で正田昌司がビデオカメラを回している。

そう思うとゾッとした。昌司にも親の顔はあるだろう。だが、間違いなく盗撮犯の顔も持っている。本当に息子だけを映しているのだろうか。何かあったとき、自分の娘に被害はなくとも、ここにいる誰かが犠牲になるかもしれない。

これからもずっとこんな思いを抱えて過ごしていくと考えると、強い抑圧を感じた。

やはり、うやむやにできない。

グラウンドを見る新一の横顔を見たとき、後ろで桃組の母親たちの会話から「正田さん」と聞こえ、美沙は思わず振り返りそうになった。

「転園したみたいよ」

「そう。正田さんって、正田陸君？」

「えぇっ、ショックぅ。近くやったから結構食べに行ってたのに。引っ越さはったん？」

「そうみたい。昨日前通ったら……」

正田が引っ越した――。

美沙は落ち着くよう自らに言い聞かせ、混乱する頭の中を整理した。

この三日で正田則夫が自分の身元を確認した可能性は十分にある。則夫ならその弱みをどう活かすだろうか。万事丸く収まると考えるほど甘い人間ではない。弁護士事務所にまで乗り込んでくる女を脅した際のリスクと、母親が抱いている最大の懸念を取り除く労力。次善策を探る中で、則夫はより確実な方へ天秤《てんびん》を傾けた……。

正田昌司はもういない。

その事実が現実として受け入れられると、大きな痼《しこり》が取れたようにスッと心が軽くなった。もう杏が狙われることはないのだ。胸の内にかかっていた霧が晴れ、安堵が広がっていく。

陸君はお好み焼き屋さんの子どもだったのか。

住所を割り出しておきながら、現場確認を怠っていた。記者失格だと自嘲した美沙の頭の中に再び「あかぐみ しょうだ りく」という字が浮かび上がった。

顔も知らない男の子。ボヤけた輪郭を描いたとき、風邪をひいた杏に手紙をくれた優しい子だったとの思いが込み上げ、胸が苦しくなった。突然引っ越しを告げられ、友だちにさよならも言えず、どんなに悲しかっただろうか。

飲酒運転の真相が明らかになれば、杏も同じ目に遭う。

SNSで広まる無数の悪意。誰にもお菓子がもらえず、一人寂しげな杏を想像すると、居たたまれなくなった。地域にいられなくなったら、一体、どこに引っ越せばいいのか。また保育園に入れるだろうか。いや、それ以前に食べていけるだろうか。

安堵の反動か、恐怖心の広がりは歯止めが利かなかった。

突然、娘が飛びついてきて、美沙は思わず声を上げた。

「もらったぁ」

スナック菓子の袋を見せる杏から、フッとイチゴの匂いが漂った。その存在の愛おしさに、胸が潰れそうになって苦しかった。不意に訪れた昂りをどうすることもできず、美沙はおもいきり娘を抱きしめた。

何があっても、この子を守る——。

一人の母親として、ありふれた生活に感謝の念が込み上げた。愛情も情けなさも全て子どもに預け、自身で導いた着地点に舞い降りる。

美沙は杏を抱えながら、誰にも気づかれないよう涙を拭った。

# Dの微笑

――それは何年前の話ですか？

「ちょうど十年前です」

――当時の彼は、関西の劇団員でしたよね？

「ええ。看板役者で、関西ではかなり人気がありました」

――あなたもファンだった？

「はい。追っかけってほどではないですけど。よく観に行ってました」

――彼とはなぜ連絡を取り合うように？

「私が連絡先を書いた手紙を彼に渡したんです。それですぐにメールが届いて」

――被害に遭ったのは、初めてのデートのときと伺いましたが。

「はい。一緒に食事をして、バーに行って。私は帰るつもりだったんですが、彼が『部屋を取ってある』って」

――ついて行ったんですか？

「すごい強引だったんで、根負けしてしまって。それに私もファンでしたし、嬉しい気持ちもありました。でも、いきなり深い関係になることは考えてませんでした。今考えたらバカみたいですけど、ちゃんとお付き合いしたかったんです」

――ホテルについて行って、男は勘違いしませんか？

「当時は男性と付き合ったことがなくて……。よく分からなかったんです」

――部屋についてから何があったのか教えてください。

「あんまり、思い出したくないんですけど、部屋に入ってしばらく雑談をして、それから急に変な雰囲気になって、キスされました。必死に抵抗したんですけど……どんどん服を脱がされていって、体を触られました」

――男女の関係になったんですか？

「いえ、最後までは。私、途中から涙が止まらなくなって……。彼も白けた感じになって『帰れ』と。それで慌てて服を着て、逃げるようにして部屋を出ました」

――その後、彼から連絡は？

「一切、ありません」

――謝罪は？

「ありません」

――今、テレビで彼の活躍を見て、どんな気持ちですか？

「あのときの恐怖を思い出してしまうので、すぐにチャンネルを変えます。でも、ネットニュースで名前が目に入ってしまうのはどうしようもなくて。十年経っても、まだ夢に出てくるぐらいです」

――彼に言いたいことは？

「謝ってもらいたい気持ちが半分と、もう会いたくない気持ちが半分です。とにかく、他の女性を悲しませないようにしてもらいたいです」

1

総局の奥にある重たいドアを開けると、硬く冷たい風が舞い込んだ。

頭上を淡いグレーに染めていた雲はとうに消え失せ、今は夜空に浮かぶ星々がはっきりと見える。今日、街に初雪が降った。目の前にある階段の踊り場に薄く積もっていた雪は、古い鉄板の上で不揃いな水たまりに姿を変えていた。

「OKでぇす」

少し離れたところから若い女の声がして、吾妻裕樹《あづまゆうき》は静かにドアを閉めた。振り返ると、荒井瑞穂《あらいみずほ》がA3大のゲラ用紙をヒラヒラと振っていた。吾妻は軽く右手を上げて「了解」を伝えると、身震いした。

「ナチュラルヒートテックの吾妻さんでも、今日は寒いんですか？」

「その通り。人間床暖房の俺でも雪には勝てん」

サブデスク席に座る佐久間健《さくまけん》の冷やかしに、吾妻は突き出た腹をポンと叩いた。

「いやぁ、でも僕も人のことは言えんようになってきましたよ。やっぱり四十近くなると、脂肪が落ちませんね」

「俺は生まれてこの方ずっとこの体型やから、そもそも脂肪が落ちるもんやとは思ってない」

吾妻はデスク席の椅子に大きな尻をねじ込むと、年季の入った電話の受話器を取り上げた。地方版原稿をレイアウトする「地報部」の担当者に「ゲラ、ＯＫです。降ろしてください」と短く伝えて電話を切った。

顔の下半分を隠すような無精髭を撫でながら、支局の柱に掛けられた時計に目をやった。午後十時前、これで今日の仕事は終わりだ。

「確認、手間取っちゃってすみませんでした」

ペットボトルの緑茶を手にした瑞穂がデスク席まで来て頭を下げた。

「いや、よくあることや。ええトップ記事があると紙面が引き締まる。助かったわ」

瑞穂は素直に嬉しそうな表情を見せると、応接セットのソファに腰掛けた。

中核市の上岡市を中心に、計三市三町を担当エリアに持つ上岡総局は、県紙「近畿新報」の中でも、本社、支社に次ぐ重要な取材拠点である。吾妻はこの夏から総局の編集主任――いわゆるデスクを務めているが、四十二という年齢は歴代のデスクより五歳ほど若い。

総局には吾妻を除いて記者は七人。サブデスクの佐久間も遊軍扱いでよく取材に出る。市役所や町役場、警察署に地裁支部、そして街ネタ。地元紙としてローカルニュースに徹するにはやや心許ない陣容だが、もはや職場の人員増を求められる時代ではない。いかに効率よく記者を回していくか。それが現代の新聞社デスクの腕の見せ所である。

「夜の寂しさにも慣れてきましたねぇ」

先ほどからしきりにキーボードを叩き、週末のイベント情報の入力を続けている佐久間が、ため息混じりにつぶやいた。今、編集室は三人のみで閑散としている。

「日付変わらな帰られへんかった業界は、今やいずこ、ですね」

デスク補助業務に取材、執筆。この総局で最も働いているのは佐久間か、新人の警察回りか。深いため息は、三十八にもなって一人だけ便利使いか、との恨み節に通ずる。

昔は刑事宅への夜討ちを終えたサツ回りたちが総局に戻ってきて、社会面の降版時間まで、各警察署へ事件・事故の発生がないかを確認する警戒電話を入れていたが、今は夜勤と宿直勤務の記者が分担してかけるようになった。

ここ数年でかなり分業化が進んだ。人手不足の折、そうでないと皆が持たないのは分かっている。だが、先輩が警電をかけているのを横目に「お先に失礼します」と帰っていく新人を見ていると、やるせなさが込み上げる。働き方、もっと杓子定規《しゃくしじょうぎ》な言い方をすれば、人権上、現状のやり方が最善ではあるだろう。だが、頭の片隅に、油汚れのようにこびりついている昔気質の考えが疼《うず》くときもある。

記者は理不尽を捌いて何ぼやろ——。

同僚や後輩は、吾妻のこんな胸の内を知れば驚くだろう。新聞記者にしては希少種だが、声を荒らげることも、武勇伝を語ることもない。大学まで重量級で柔道を続け、その巨体をからかわれても笑みを絶やさないことから「吾妻えびす」との異名を取る。もっとも「温和な関西人」というキャラクターなので、本来の東　夷《あずまえびす》とは正反対なのだが。

「私が入社したときより、さらに早帰りが進みましたよね」

「荒井は今何年目や？」

吾妻が聞くと、テレビを見ていた瑞穂は「四年目です」と答えた。顎のラインがはっきりと分かる横顔を見て、若いなと思う。そういう吾妻自身は二十代のころから顎の脂肪を蓄えてはいたが。

「電通の件は対岸の火事やないからな……さて、今日はこれぐらいにしといたろか」

つい今し方までの恨み節もどこへやら、佐久間は大きく伸びると、テレビの近くにある冷蔵庫から缶ビールを三本取り出した。それが合図となって酒盛りが始まった。各々がソファに座り、総局にあった柿の種を肴にテレビを見る。

「荒井、泊まり代わってくれや」

「嫌ですよ。最後の警電かけたら、さっさと帰りますから」

「今日は佐久間が泊まりで荒井が夜勤か。ほんなら大丈夫やな」

「最近の大木《おおき》の引きは尋常やないですからね。ひと月前が殺人で、二週間前が強盗ですよ」

大木は中堅の市政担当だ。記者の中には宿直のときに大きな事件・事故を引き寄せてしまう者が少なからずいる。

「しかも普通のタタキやなかったからな。現場が馬場《ばば》の家やったから……」

著名なプロ野球選手の家に二人組の男が押し入り、現金と貴金属を奪って逃走した。被害金額が二億円を超えたことでも、真夜中の現場取材は必須であった。けが人がなく、犯人もすぐに捕まったことが不幸中の幸いだった。

新聞社は話のネタに困ることはない。

「総局の酒盛りも久しぶりやなぁ」

柿の種をハイペースで口に放り込み、ビールをちびちびやるうちに、吾妻はすっかり落ち着いてしまった。いつの間にか地方版を降ろして一時間が過ぎ、関西ローカルと思しき深夜バラエティ番組が始まった。

「あっ、谷垣徹《たにがきとおる》。私、結構好きやったんですよぉ」

夥《おびただ》しい量のカメラのフラッシュを浴びせられた男が、大型バンに乗り込む。サングラスにマスクをかけてはいるが、その雰囲気から俳優の谷垣徹だと分かる。バンの後部座席の窓は、黒いカーテンが幕となって内部の様子が窺い知れないようになっている。

「谷垣さぁーん」

「何かひと言！」

「島田《しまだ》さんに連絡は！」

大きなクラクションを鳴らしたバンがやや強引に発進すると、マスコミの群れが車から離れた。画面右上のテロップには「谷垣氏にセクハラ疑惑続々」「新たな被害者を独占取材！」とある。

「何や、これ。ワイドショーみたいやな」

吾妻が呆れたように言うと、瑞穂が首を縦に振った。

「一応、バラエティなんですけど、冒頭に時事ネタとか、ちょっと懐かしいニュースなんかを持ってくるんですよね。その映像に関係あることをスタジオでいろいろ展開するんですよ」

「いろいろって？」

「柔らかめのネタやとコントで解説したり、硬めのものやと再現Vを連発して出演者があれこれトークする感じですかね」

やっと番組タイトルのＣＧが画面に現れた。「よろず屋ジャーナル」という番組らしい。

「荒井は毎週観てんの？」

「いえ。何回か観ただけですけど、先週は『あの人は今』みたいなことしてましたね」

司会のベテラン女性漫才師が番組の始まりを告げた後、コメンテーターの芸人とグラビアアイドルを紹介した。全国的に知名度が高いピン芸人や関西ローカルでしかお目に掛かれないだろう若手もいる。

ハリウッドで火がついたセクハラ告発運動「#MeToo」の概要について、司会の女性芸人が台本を読み上げる。これまで告発されたハリウッドスターやプロデューサーがモニターに映ると、解説役の芸能レポーターがどこかで聞いたような情報を口にした。

「まるっきりワイドショーやないか。金がかからんのか知らんけど、最近は一日中こんなもんばっかり流してるな」
佐久間がステレオタイプのテレビ批判を口にしたが、吾妻と瑞穂は軽く頷く程度だった。

三人の女性に相次いでセクハラ被害を訴えられた谷垣徹の経歴が、簡単なＶＴＲにまとめられて流された。関西の小劇団出身で、今流行りの塩顔男子。二年前、ＮＨＫの朝ドラに脇役で登場したのをきっかけにブレイクし、民放の連ドラでも準主役級にまで上り詰めている。関西人らしくトーク番組を苦にせず、出演中の家庭調味料のＣＭもよく目にする。

被害者の一人である元アイドルの島田奈央《なお》が、朝ドラの放送期間中に大阪・梅田のカラオケボックスで「下着に手を入れられた」と、ツイッターに投稿したことから騒ぎになった。

番組では四人目の被害者を見つけ出したらしく、匿名のインタビューが始まった。顔を映さずに音声を変えているのは当然にしても、セクハラ被害を告白するというのに、胸の膨らみがよく分かるニットセーターを固定カメラで映している点に、吾妻はスタッフの脇の甘さと狡猾さを感じた。

女性は大阪市内で働く美容師で、今から十年前、谷垣が関西の小劇団で活動していたころのファンだったという。大阪のシティホテルの一室で「どんどん服を脱がされていって、体を触られました」と美容師が告白すると、画面のワイプに映っていたグラビアアイドルが大げさに眉を顰めた。

「こんなん、十年経って言われてもなぁ。昔の出来事を今の感覚で裁くのはフェアじゃないよ」

佐久間が漏らすと、瑞穂が「何年経っていようが、犯罪は犯罪です」と口を尖らせた。

「『#MeToo』って、何か危なっかしいねんな。大半が記憶による告発やろ?」

「基本的に告発している人は実名ですから、嘘をつくメリットはないと思いますけど。こうでもしないと、認識が変わらないってことじゃないですか?」

「いや、そういう前提は分かってるねん。俺が言いたいのは、被害者の証言が即証拠として採用される空気が怖いってこと。これ、裏取りが相当厄介やで。ネットは一生残るから、実名で告発されたら社会生命を奪われる可能性だって十分ある」

「でも、現に認めている加害者だっていっぱいいますよ」

佐久間は缶ビールをテーブルに置いて、考え事をするように目を閉じた。

「えーっとね、どう言うたらええんやろ……。正直、俺はセクハラでもパワハラでも金銭トラブルでも何でもよくて、実名告発による被害者が出るんじゃないかって思うわけよ」

「だって、数が違いますよ。セクハラは日常茶飯事なんですから、『#MeToo』が与えるプラスの効果の方が大きいと思います」

「これが当たり前になったら、当事者間の話し合いなんて面倒なことがすっ飛ばされて、投稿するハードルが下がるで」

「話し合いにならないから、最後の手段でってケースが多いと思います」

「だから、定着したらの話や。最後の手段が最初の手段になり得る」

瑞穂はむしゃくしゃした様子で長めの爪をテーブルに打ち、耳障りな音を鳴らした。吾妻はテレビを観るフリをしつつ、噛み合わない議論に聞き耳を立てていた。

「女性だって、できれば告発なんてしたくないですよ。でも、方法がないからみんなで思いを共有しようとしてるんです」

「でも、やっぱり俺は同調圧力が息苦しいし、私的なトラブルを蒸し返して世間を巻き込むって、何か品がないねんな」

「セクハラする奴が一番下品ですよ」

一本取られた形になり、佐久間が苦笑した。だが、佐久間の言う通り「#MeToo」運動のやり方がセクハラ以外にも使われるようになれば、私刑の横行が始まる可能性もある。

この運動に関して吾妻は「セクハラ被害」と、告発による「情報被害」を別のフォルダに入れて考えていた。瑞穂と佐久間が歩み寄れないのは、それぞれが別の焦点にレンズを当てているからだ。部下を束ねるデスクとして「セクハラ被害」は重要な問題だ。しかし職業柄、吾妻は「情報被害」も疎かにできなかった。

ネットが社会インフラになったとはいえ、自分たちは実名で攻撃される恐怖や誤報に対し、あまりに無頓着《むとんちゃく》だ。匿名性の悪意が牙を剝けば、情報の拡散力や記録性が裏目に出て、個人の人権など軽く弾き飛ばされる。

「こんな昔のことまでほじくり返されたら、うちの偉いさんなんか、みんないなくなりますよね？」

助けを求めるように笑い掛けてきた佐久間に、吾妻は髭に手をやって「そうでんなぁ」と興味なさげにかわした。

「新聞社は遅れてますよ。未だに採用人数の男女比もむちゃくちゃやし」

吾妻は黙ったまま缶ビールに口をつけ、漫然とテレビを観た。美容師は涙ながらに過去を訴えていたが、明るい栗色をしたストレートの髪が妙に印象に残った。一方で毛先が傷んでいるようにも見えた。

画面が切り替わって今度はスタジオに弁護士が登場し、セクハラの境界線をテーマに出演者たちが笑いを交《まじ》えながら話を進めていく。吾妻はあくびを嚙み殺してから柿の種を口に放り込んだ。

「ご苦労さん」

何の前触れもなく、出入り口の方から声がした。慌てて振り返ると、意外な男がドアを開けて立っていた。吾妻は驚いて、決して軽いとは言えない体を浮かした。

「安田《やすだ》さん……」

2

氷の上を滑るように、プリウスが夜の国道を進んでいく。

師走《しわす》の一日が終わりに向かう中、街は寒さと静けさを深めている。コートを着たままハンドルを握る安田隆《たかし》の横顔を見て、吾妻は時の流れを思わずにいられなかった。

近畿新報の入社面接。二次選考の面接官の一人が、この安田だった。内定をもらった後の食事会で、当時社会部デスクだった安田に掛けられた言葉が忘れられない。

「組織っていうのは結局、君のような人間を頼りにするんや」

十五人いた同期の記者は、男女問わずそれぞれ個性的な面々だった。事件記者になりたい、スポーツ現場の最前線で取材したい――。食事会でのアピール合戦の空気に呑まれてしまった吾妻は、大柄な体を小さくして伏し目がちにビールを口にしていた。

態のような体型と親しみやすい性格から人に好かれるタイプであっても、吾妻自身は群衆の中から突出する才が何もないことをコンプレックスに感じていた。それ故に安田の言葉に救われた。今や同期は半分しか残っていないが、辞めた人間にまで連絡を取っているのは吾妻だけだ。

「お疲れのところ、送っていただいて恐縮です」

吾妻が頭を下げると、安田は首を振って笑った。

「帰り際に君が上岡でデスクしてることを思い出してな。それにしても、今日はようさん懐かしい人に会うたわ」

昨年、入社面接をしていたときの安田と自分が同じ年になったと気づいて愕然としたものだが、その恩人がもうすぐ定年で社を去る。今日は昔世話になったネタ元に挨拶回りをしていたという。

信号が変わりアクセルを踏んだ安田が「大変なときにおらんようになるんも気が引けるわ」と声を硬くした。

「なかなか逆風が止みませんからね」

今年二月に明るみに出た近畿新報の虚報問題は、まさに嵐となって創刊百年を超える老舗地方紙の屋台骨を揺るがし、十ヵ月経った今も苦境に喘いでいる。

トップダウン方式で編集予算を組み、鳴り物入りで始めた調査報道企画「プロジェクトＩＪ」だったが、蓋を開けてみれば調べるべきネタすら見えない体たらくで、事実上、担当デスクと記者、二人だけで企画を回していた。結局、市長選やひき逃げ事件の報道で、捏造記事を掲載する事態に陥り、ウェブニュースサイトにすっぱ抜かれたのだ。

歴史ある新聞社の記者が、フェイクニュース専用サイトの情報を利用して記事を作成していた点も大きく取り上げられ、部数と広告の大幅減の影響で、労働組合は定期昇給の凍結と一時金の引き下げを呑まざるを得なくなった。

社では弁護士やノンフィクションライターらによる第三者委員会を設置し、会議の結果を詳しく報じるなどしているが、このネット時代、一度離れた読者を取り戻すことは容易ではない。

「吾妻君は中島君と同期やったな」

中島有一郎は「プロジェクトＩＪ」のデスクだった。騒動が勃発してから何度か連絡を取ろうと試みたが、これまでのところ電話には出ず、メールに返信もない。中島と同じく懲戒解雇となった記者の桐野弘も音信不通だという。

「どこで何してるんやろな」

「引っ越しはしてないみたいですし、離婚したっていう話も聞いてないんですが……。かと言ってどこかで働いてるんなら、耳に入るはずですし」

内定者が集った食事会のとき、まだ学生だった中島は「地元紙の記者として生まれ故郷のことをもっと知りたい」と熱く語っていた。全国紙の試験に落ちて滑り止めで入る者が大半を占める中、中島は最初から皆と視点が違った。

「年間二百万の予算に押し潰されたんかもしれません」

「真面目な子やったからなぁ。社長賞を獲った地域経済の連載はよかった」

「本になりましたからね。中島も今年の正月には、こんなことになるとは思ってなかったでしょ。ほんま人生、一寸先は闇ですね」

ため息混じりに吐き出すと、右折のためにハンドルを切った安田も同意した。

「デスク業務は性に合うか？」

やや声を高くして話題を変えた安田に、吾妻は「どうでしょうねぇ」と首を傾げた。

「他の同期は酒飲むたんびに『おもろない、おもろない』の合唱ですけど、僕はそれほどでもないですね。一緒に働いてる若手が伸びていくのを見るのも好きですし」

「吾妻君はどこへ行っても大丈夫や」

「逆を言えば、他の記者みたいに『これだけは誰にも負けん』ってもんがないんですよね」

「いや、それも才能やで」

「安田さんは、現場で取材したいって衝動に駆られることないんですか？」

安田は「もう年やからなぁ」と笑って、停止線の前で車を止めた。

「ただ、最近ちょっと気になることを耳に挟んでな」

吾妻が「はぁ」と間抜けに相槌を打つと、安田はしばらく考えをまとめるような間を空けてから話し始めた。

「君は僕が在日二世やということは知ってるよな？」

「はい、存じ上げてます」

「この前、テレビで安大成《アンデソン》について特集してたんや」

「安大成ですか。懐かしいですね」

バブル期に「闇社会の帝王」の異名を取り、政財界にただならぬ人脈を築いた巨漢の大物事件師。同じ在日韓国人二世の安田の口から名前が出たことに、吾妻は興味をそそられた。

「確か裁判の途中で逃亡しましたよね？」

「そうや。韓国の親戚の葬儀に出るって言うて、特別に出国許可が出たんやけど、現地で突然入院してな。その後、病院からおらんようになったんや」

韓国で謎の失踪《しっそう》を遂げた後、安は日本国内に潜伏して別の経済事件を起こした。結局、都内のホテルにいるところを逮捕され、裁判で実刑判決を受けることになった。

「今は韓国でしょ?」

「刑期の途中で移送されたからな。それで特別永住者ではなくなったはずやねんけど」

「はず?」

「この前、テレビで安大成が国内で目撃されたって特集がやってて」

「えっ、それは知りませんでした」

「安大成は私の親戚なんや」

吾妻は絶句した後、やっと「そうなんですか……」と言葉を漏らした。

「もう新聞社から去るし、安と親戚っていう因縁もある。最後の取材対象としては申し分ないぐらいの大物やから、インタビューをしたいんや。ただ、連絡先が分からん」

後ろの車にクラクションを鳴らされ、信号が変わっていることに気づいた。再び車が動き出す段になって、吾妻は安田の来訪意図を理解した。

「吾妻君は昔、文化部で放送担当してたやろ?」

やはりそうだと思い、吾妻は「まだ何人か連絡取ってますよ」と、先回りして答えた。

「忙しいとこすまんけど、ちょっと当たってみてくれへんか?」

何十年と記者をして、心残りのない者はいないだろう。あの大物が親戚なら、なおさら取材したいという安田の気持ちが理解できた。それに、内定の食事会のときに掛けてくれた言葉に恩義を感じていた。

「僕もそろそろ現場に出たいと思ってたところなんで」

吾妻が本音を滲ませると、安田は「恩に着るわ」と頭を下げた。

昔から偉ぶることのない人間だったが、還暦を迎えても変わらないらしい。吾妻は恐縮するように手を振った。

自宅マンションまで送ってもらった吾妻は、助手席のドアに手をかける際に確認事項を思い出した。

「あっ、そうや。手始めに、その安大成を特集したテレビを見たいんですけど、何ていう番組ですか？」

ハザードランプを消した安田が、頬に笑みを湛えたまま答えた。

「『よろず屋ジャーナル』や。バラエティ番組らしいけど」

## 3

節の太い無骨な指でうまく巻くもんだ、と吾妻は感心した。

極上ハラミを包んだサンチュを口に放り込むと、黒縁メガネの男が満足そうに何度も頷いた。

「そう言えばこの前、『ドデスカデン』の内田《うちだ》と焼肉行ったんですよ」

「一緒に番組してるんですか？」

辻義昭《つじよしあき》が「日曜朝の『おひさまロンド』ですわ。全国ネットの」と答えて、ビールジョッキを手にした。

大手お笑い事務所に属する「ドデスカデン」は、もともと関西の若手コンビで、数年前に上京した。最近はキャラクターが際立っているボケの方がピンで活動する機会が増え、ネットニュースにもたびたび取り上げられている。辻の言った内田はそのツッコミの方だ。

「もう大変やったんです。演者とスタッフで打ち上げしたんですけど、内田が荒れましてね。酔っ払って事務所の後輩をどつき始めたんですよ」

「うわっ。今の時代やと、際どい話ですね」

「上京するまでは男前の内田人気で持ってたコンビですけど、最近は相方との収入格差がシャレにならんぐらいになってきて、ご機嫌ナナメでしてね。番組の数字も悪いし」

辻は自嘲《じちょう》気味に笑い、トングを持って網の上の肉を次々に裏返した。

「芸人が男前で持つのは、子どもがキャーキャー言うてくれる二十代までですわ。それ以降はほんまにおもろなかったら、淘汰《とうた》されます。内田本人もその辺は気づいてるんですよ。『おひさまロンド』も生やから映ってますけど、収録もんやったらヤバイですよ。編集したら内田が出てへんことになる」

吾妻が文化部の放送担当だった十二年前、深夜のバラエティ枠でヒットを連発していたのが、この辻だ。地元の県出身ということもあり、夕刊で彼の仕事ぶりを連載にしたのが縁で、連絡を取り合うようになった。ほとんど家に帰らず、編集室に閉じこもっていたような男なので、プロデューサーになった今、不甲斐ないディレクター陣を叱り飛ばしている絵が容易に想像できる。

「それに内田はね、大麻でズルズルやられてる芸能人人脈の中に名前が挙がってて、そろそろ潮時かなって。でも、事務所がうるさいねんなぁ」

この業界は、こうして〝内密〟の話が拡散していく。吾妻は久々に業界人の毒に当てられ、ついていくのに必死な反面、懐かしさも感じていた。

「まっ、人気商売の悲哀ですな。ところで、今日はこんなごちそうになって申し訳ないですわ」

辻が探りを入れてきたので、吾妻は本題に入ることにした。

「ちょっと教えてもらいたいことがありまして、上方《かみがた》テレビの『よろず屋ジャーナル』っていう番組なんですが……」

辻は毎朝《まいちょう》放送の人間だ。外堀から埋めるのは取材の鉄則で、本丸に迫る前にある程度の情報を持っていなければ、相手の信用は勝ち取れない。

「あぁ、あのおもんないやつね」

実際、辻は面白くなさそうな顔でカルビを二切れ同時に頬張った。

「あれ、完全に朝と夕方にやるワイドショーの焼き直しでしょ。企画自体に新鮮味がないし、キャストもしんどい。この前のセクハラ特集もよくなかったですね。セクハラの境界線なんて古いテーマ、よっぽどの仕込みがないときついですわ。案の定、予定調和の『男の勘違い路線』でしょ。あれやったら、ネットの書き込みの方が真に迫るもんがありますよ」

テレビマンが最も嫌うのはネットではなく、ライバル局の人気番組だ。『よろず屋ジャーナル』はじわじわと数字を上げていて、前クールから同じ時間帯の毎朝放送の視聴率を抜いている。

「あの番組を取り上げるんですか?」

辻が白けた視線を寄越してきたので、吾妻は慌てて否定した。

「いや、個人的に気になる特集がありましてね。先々週のやつなんですが」

「何でしたっけ？　あの番組、似たようなもんばっかりやってるから……」

「安大成です」

「あぁ！　あれね。まぁ、あの回はちょっとマシやったな」

今ブームのバブルを振り返るというテーマで、冒頭のＶＴＲが「最後の大物フィクサー　安大成」だったのだ。

東京オリンピックを前に上昇を続ける地価と、官製相場と揶揄《やゆ》されながら高い水準を維持する株価。現在の経済状況とバブル期との共通点を見出し、その象徴として安大成の足跡を振り返る映像になっていた。先日のセクハラ特集とは異なり、なかなか見応えのある内容だった。

「結構、細かくVをつくってましたよね？　手形乱発騒動から『イノショウ事件』まで」

「あれ、数字よかってんなぁ。まぁ、あんまりよそのこと褒めたないけど、あれは負けたな」

「でもやっぱり最後の展開ですよね。安大成が極秘来日してて、接触寸前までいくっていう」

このフリが今日のハイライトだった。ここで何かしらの情報を得られれば、上方テレビの関係者にネタを当てやすい。

「あぁ最後のやつね……。僕はあれ、違和感があってね」

「違和感？」

「ちょっと『制作』のニオイがするというか……基本的に僕ら報道局やないからね。もちろんちゃんとしたリサーチ力のある作家が入ってることもあるんやけど、安大成を見つけるのは至難の業やし、最後に見つけてしまうっていう展開が、いかにも制作的というか」

自身の経験を元にしているのか、辻には考えをまとめながら慎重に話している雰囲気があった。

「確かに、私も出来過ぎのような気はしてて、しかも、映像上は安大成のそれっぽい後ろ姿しか捉えられてないんですよね」

「そうなんです。安が入っていった雑居ビルを当たったら、既に消えてしまってた、と。あれ、作家誰が入ってたかな？　ちょっと聞いてみたろ」

辻はバッグからタブレットを取り出して、画面にタッチし始めた。

「吾妻さんは安大成の取材をしたいってことですか？」

「ええ。実は世話になった上司の頼まれごとでして」

「お互い、宮仕えはつらいですね……おっ、きたきた」

連絡した人間から返信があったのか、辻は再びタブレットを手にして画面をタッチした。

「あっ、カヤマか！」

辻の興奮具合から、何かしらの発見があったのが分かった。男くさい指で画面に触れる速度が増していく。

「カヤマさんというのは、構成作家ですか？」

「ええ。こいつなんですけど」

辻が傾けたタブレットを覗き込むと、内部資料のようなPDFのスタッフ一覧表が表示されていた。その作家のカテゴリーに香山久男《かやまひさお》という名があった。

「うち、夕方にワイドショーしてるでしょ。半年ぐらい前やったかな、そこで千田《せんだ》病院事件を取り上げたんです」

滋賀の病院で、入院患者八人が相次いで死亡した事件。いずれも点滴に消毒剤が混入された形跡があり、発生から一年半が経った今でも犯人が捕まっていない。

「いろんな犯人説が出てましたけど、うちはね、事件が明るみに出た直後に退院した、ある男に焦点を当てたんです」

全国紙や週刊誌に目を通すのはデスクとして当然の日課だが、千田病院事件に関して入院患者が容疑者として浮上した話は聞いたことがなかった。

辻によると、番組では男が被害者のうち二人と同じ部屋に入院していて、消灯時間やその他細かいルール上のことでトラブルになっていたと報じた。日本ランカーの元プロボクサーという男は、カメラの直撃に声を荒らげて怒りを表し、容疑については肯定も否定もしなかったという。

「退院した男の記事は読んだ記憶がないですね。各社、毎朝さんの放送を追い掛けなかったんですか？」

「全然。ただ数字はよかった。僕も直接担当してる番組やないから詳しいことは知らんけど、その元プロボクサーの話を掘り下げる方向で続報の準備をしてたらしい」

「準備っていうと、実際放送はされなかったんですか？」

「この疑惑のA氏は、軽量級の日本チャンピオンを懸けたタイトルマッチに出たことがあるってことやってんけど、ボクシングファンから『一体誰や？』と。このファンたちが日本ボクシングコミッションに連絡して、コミッションからも局に確認の電話が入ってから雲行きが怪しくなってきた」

「そのA氏はもちろんモザイク処理ですよね？」

「音声も変えて。でも、普通タイトルマッチまでいったボクサーやったら、大体身内には分かりますよね？　日本のボクシングジムの大半が資金繰りに喘いでますから、タイトル戦級の興行やったら憶えてる人多いでしょ」

「嘘やったんですか？」

「プロライセンスは持ってたらしいですけど、六回戦の選手やったようです。A氏の勘違いやったと」

「六回戦で勘違いなわけないですよね。つまり、このネタが香山さんの企画やったと？」

「そうです。内部調査に入ったって話はあるんですが、それきり聞かないですね。その後どないなったんやろ」

辻の話が本当なら、八人の命が犠牲になっている事件を扱うのに、あまりに杜撰《ずさん》な内容だ。その同じ構成作家が「よろず屋ジャーナル」にも入っている。

ハイボールを口にした吾妻は、香山の感覚に違和感を覚えた。虚偽が発覚するリスクよりも、面白さを選んでしまう箍《たが》の外れようが怖かった。

「あれ、YouTubeに載ってたんちゃうかな」

辻がタブレットを操作する間、吾妻は既に安大成捜しとは別の問題が浮上している、との予感を抱いていた。

「これですわ。すんませんけど、ちょっと一本、電話入れますわ」

タブレットを預けると、辻はスマホを持って慌ただしく席を立った。吾妻はバッグからイヤホンを取り出し、ジャックに差し込んだ。

毎朝放送夕方の情報番組。司会の男性アナウンサーがＶＴＲを振ると、一人の小柄な男を追い掛けるシーンから始まった。Ｔシャツに綿パンというラフな格好の男が、カメラを見るなり怒鳴り出す。モザイク越しの表情は分からず、甲高く加工された声は迫力不足だが、相当の怒りであることが伝わってくる。画面右上のテロップには「捜査難航の千田病院事件」「疑惑の元ボクサーを直撃！」とある。

事件の経過を簡単にまとめた後「事件直後、一人の入院患者が逃げるように退院していた」とナレーションが入った。吾妻の視界の端に入ったYouTubeのコメント欄には「誰だよ」「転落しすぎwwww」「ていうか、こいつ何で捕まんないの」などと書かれていて、現時点で三万人以上が視聴していた。

CMをまたいで元ボクサーの経歴を振り返り、現役時代のモザイク写真を背景に、タイトルマッチに挑戦した旨のナレーションが流れる。男はタイトル戦に敗れた後、網膜剝離《もうまくはくり》で引退を余儀なくされ、飲食店の厨房や訪問販売など職を転々とする。一方で荒れた生活から借金を増やしていき、匿名の元同僚の男が「いつも夜逃げのような形で仕事を失ってたみたいやね」と話しているのを聞くに至り、吾妻は先ほど辻が言った「制作的」という言葉を実感した。

いわゆる「人物もの」のインタビューで感じる「生身の人間」の引っ掛かりがない。いかに平坦な人生であろうと、記者は取材中に一度は未知の扉を開けるものだ。他者である以上、自分の知らない経験と知識があり、そこに「生身の人間」を強く意識するのだが、この元ボクサーの転落人生は、あまりに整いすぎている。「とにかく分かりやすく」というテレビ番組の諸刃《もろは》の剣を考慮しても、立体感のないハリボテを前にしている感覚があった。

二年前に「肝臓を壊して」千田病院に入院するも、次々とトラブルを引き起こす様もわざとらしいほどだ。

これは危ない、との直感が胸の内で大きくなる中、同じ病院に入院していたという女性のインタビューが始まった瞬間、吾妻はハッとしてタブレットの画面に触れた。

顔のモザイクと音声を変えている点はいつもと同じだが、いや、だからこそ際立つ不自然な〝共通項〟が、吾妻の目を捉えた。

胸のラインが浮き彫りになるTシャツに、明るい栗色をしたストレートの髪。傷んだ毛先、会話のリズムに語尾。数日前、総局のテレビで同じ女を観たという思いが鼓動を早める。

タブレットから視線を上げると、スマートフォンを手にした辻が戻ってくるところだった。だが、視覚から入る情報は色をなくし、吾妻の思考はまるで別のところで激しく渦巻いていた。

この入院患者の女は、「よろず屋ジャーナル」のセクハラ特集に映った美容師と同一人物ではないか――。

# 4

取材には「動」と「静」がある。

インタビューや直当たりなど自らの言動により選択肢が刻々と変わる状況が「動」なら、資料の読み込みやまとめの文書を作成する時間が「静」だ。経験の浅い記者は「動」に目を奪われがちだが、記事や映像の説得力に必要なのは圧倒的な「静」の厚みだ。

自宅マンションのポストを開け、厚めの茶封筒が寄りかかるように倒れてきたとき、吾妻は静かな時間の始まりを予感した。

以前、妻と暮らしていた3LDKのマンションは、独り暮らしには広すぎた。食器やペットボトルで散らかっているダイニングテーブルの隙間を見つけて、A4大の茶封筒を置いた。四年前、このテーブルの椅子に座っていたときに、妻の心変わりを告げられた。

当時は社会部で教育担当のキャップをしていた。ファミリー層の取り込みに必死な会社の命を受け「こども新聞」の創刊に多忙を極めていたころだ。結婚して八年、共働きで子どもを授かれなかったので、不妊治療を受けるべく話し合ったこともあったが、互いに忙しない生活の中で時間に流されてしまった。

妻に「好きな人がいる」と言われたときは、頭が真っ白になったものの、単なる同居人の関係へと成り下がった二人に、未来を見出せなかったのも事実だった。四十前になって、惹かれ合うときも心が離れるときも、感情が溢れてしまった後の女の気持ちはどうにもならないことを学んだ。

財産分与は行わず、ただ妻が出て行くという呆気ない別れ。離婚した当初は気が張っていたが、「こども新聞」の目処《めど》がたち、元妻が再婚したと聞いたころから、独りでいることに虚しさを覚えるようになった。だが、ニュースに追われて孤独を飼い馴らす日々を過ごすうちに、別れ話を切り出されたテーブルで食事を取ることが日常と化したのだった。

吾妻は安田の依頼を受けてから、仕事を早めに切り上げる生活を続けている。毎朝放送の辻と会って既に十日が経っていた。この間、吾妻は、ある男を〝落とす〟ことに全力を注いでいた。差出人不明の贈り物は恐らく、その答えだろう。

手を洗ってからウイスキーのロックをつくった吾妻は、封筒を持ってリビングに移動した。大儀そうに胡座をかくと、膝にこたつ布団をかけた。ハサミで慎重に封を切り、中身を取り出す。分厚いコピー用紙とラベルのないＤＶＤが一枚。手紙や一筆箋が入っていないことに、男の恐れと苛立ちが表れている。

ここ数日、吾妻は上方テレビ広報部の河合《かわい》を追い掛け回していた。もともとラジオ番組制作にいた男で、文化部の放送担当のときに、彼がディレクターを務めるラジオ番組について何本か記事を書いたことがある。そのうちの一本が放送前の宣伝原稿だったが、土壇場になってオンエアできなくなり、新聞社としても訂正記事を掲載するハメになったのだ。

業界人を絵に描いたような男なので言動が軽く「いつか埋め合わせさせていただきますから～」との手形は、当たり前のように蒸発した。今回、吾妻は相手が音を上げるまで、夜討ち朝駆けを繰り返すというやり方で、約十年ぶりにその貸しを回収した。年齢を重ねるごとに世の中の狭さを実感するようになったが、河合がテレビ制作にいたころに香山と仕事をしていたことを知ったときは、さすがにツキを感じた。「頼むから書かないでくれ」と頭を下げる河合に「単なる人捜しですから」とはぐらかし、相手を宥めながらも重圧をかける戦術で〝ほしいものリスト〟を手渡した。

吾妻はウイスキーを口にし、リストに挙げていた香山のプロフィールを紙の束から探して目を通した。

一九八二年、和歌山《わかやま》県出身。地元の高校卒業後、大阪の小劇団「トランジスタ同盟」に役者として入団。劇団が観客動員数を伸ばす中、香山は二十代半ばで本公演の主演を務める。だが、東京公演でキー局のプロデューサーの目に留まったのは、後輩の谷垣徹だった。

「谷垣……」

総局で瑞穂がファンだったと話していたのを思い出した。香山と谷垣が同じ劇団に所属していたのは驚きだったが、そのフィルターを通してから状況を見ると、香山という男が少し分かる気がした。

淡々と書かれた経歴の途中に改行があり、河合の個人的な書き込みが数行挿入されていた。

――「トランジスタ同盟」は当時、関西の有望なエンタメ劇団で、こちらも企画が通りやすい時代だったこともあって、彼らに番組を任せたことがあります。結局、箸にも棒にもかからない数字だったので、ワンクールで打ち切りになりましたが、打ち上げの席で香山が谷垣に絡んでいたのをよく憶えています。「おまえ（谷垣）のは演技であって、芝居じゃない」だの、「同じ舞台に立っていて恥ずかしい」だの据わった目で言い始めたので、僕が慌てて二人の席を離しました。谷やんと飲むときは、今でもこのときの話が出ます――

売れっ子になった谷垣と制作現場を離れて久しい河合が、今も酒杯を交わしているとは思えないが、香山が言ったとされるセリフは妙にリアリティがあった。

谷垣への執拗な嫌がらせや同じ劇団の女優に対するセクハラ行為が原因で孤立を深

めた香山は、三十歳を機に劇団を去る。だが、上京して二年ほどすると地元に帰ってきて、面識のあった関西の放送人を頼り、構成作家として局に出入りするようになった。東京時代の空白に何があったかは不明だが、何もなかったから帰郷したと考える方が自然かもしれない。

ネタ出しに強く、リサーチ力もあったため、局や制作会社のディレクターから重宝され、役者の経験を活かした気遣いが演者にもウケて、三年が経った今はレギュラー番組をいくつも抱える売れっ子になっている。

吾妻は経歴メモをもう一度読み直し、改めて河合の記憶にある、谷垣と「同じ舞台に立っていて恥ずかしい」という香山のセリフに心がざわついた。結果的に香山は谷垣と違う舞台に立ち、先を越していった後輩の役者が躓《つまず》くや否や、追い打ちをかけるような特集を企画した――。

記者として数多くの事件を見てきた経験から、嫉妬や執着が犯罪の動機に結びつくことを吾妻は知っている。だが、たとえ深夜の三十分枠のバラエティであっても、テレビは人員を要するメディアだ。香山一人で好き放題できるわけがない。

続いて吾妻はクリップで留められた、タイプ打ちの文書を手にした。「分科会メモ」と書かれた表紙に、箇条書きのようにスタッフの名前が並んでいる。チーフを入れてディレクターが五人、ADが二人、作家が香山を入れて四人。テレビは絵づくりに苦労するというのは素人の吾妻にも容易に想像ができる。毎週、全てをこの人数で賄うとすれば心許ないだろう。もちろん、それぞれ掛け持ちの番組もある。テレビ番組の質の低下が叫ばれて久しいが、恒常的な人員不足はその主因の一つかもしれない。

分科会はいわゆるスタッフたちの打ち合わせで、読む限り企画やリサーチ対象、カメラ技術、美術などについて事細かく話し合っている。

セクハラ特集は当初、芸能人の不倫問題を取り上げる予定だったが、「#MeToo」運動が国内で報道され始めたのを機に企画を切り替えたようだ。不倫の回でも最初から谷垣の名前が挙がっているのが引っ掛かる。吾妻はこたつの上のノートパソコンで検索したが、少なくとも谷垣が不倫で週刊誌やスポーツ紙に書かれた形跡はない。

一読して吾妻は不満のため息をついた。企画展開やインタビューの対象、美術小道具のアイデア、カンペ案まであるのに、谷垣にセクハラをされたという美容師のことが書かれていなかった。記録できない事情でもあったのか。或いは河合が都合の悪い箇所を編集したのか。バブル特集に至っては分科会のメモすらない。

厚みのある用紙はセクハラとバブル特集の台本で、取り立てて目を引くものはなかった。肩透かしを食らった吾妻はウイスキーを注ぎ足すと、ペンを取ってメモ用紙を引き寄せた。そして、詰めの質問を記していくうちに、自らが「人捜し」の枠をはみ出しつつあると意識した。

残るはラベルのないDVDだけだ。吾妻はパソコンの外付けドライブにDVDを入れた。自動再生されたのは「よろず屋ジャーナル」のセクハラ特集の映像だった。スタジオカットはなく、VTRが粗くつながっている。ナレーションもテロップもない、むき出しの素材。谷垣によるハラスメントの既報を寄せ集めた面白みのない動画は、酒の肴にもならない。画面上部に経過時間が示され、秒以下の数字が忙しなくカウントされていくごとに苛立ちが募った。

早送りしようかとトラックパッドに手を伸ばしたとき、画面が切り替わって椅子に座る女が映った。吾妻はひと目で気づいた。〝例の女〟だ。

映像を一時停止し、スマホをタップして辻から送ってもらった入院患者の女の写真を表示した。見比べるまでもないと思いつつ、吾妻はスマホをノートパソコンに近づけて「一致」を確認する。

頭の中を霧のように漂っていた仮説が裏付けられたことで、一介の記者として湧き上がってくるものがあった。上司からの思わぬ依頼が端緒となり、いつの間にか特ダネが転がり込んできたのだ。吾妻はデスクという立場を忘れ、メモ用紙をめくって記事化に最低限必要な要素を書いていった。

この女は何者なのか――。

涙ながらにセクハラ被害を訴える女に、吾妻は恐ろしさを覚えた。モザイクを隠れ蓑に、美容師のときは三十代で、入院患者のときは四十代の女になる。もはや証言に信憑性はなく、香山かディレクターか、誰の指示かは知らないが、こんな詐欺まがいの行為を平然とやってのける神経が理解できない。

女の証言が終わると少し画面が暗くなって、バブル特集のVTRが始まった。経済ジャーナリストによる当たり障りのないバブル期の総括が十分ほど続くと、飲食店と思しきテーブル席が映った。木製の格子窓を背景に、大きめのテーブルの前で中年の男が一人座っている。薄いナイロン製のジャンパーを着た男は猫背で、顔色が悪い。

吾妻は店の様子から、韓国取材のインタビューだと気づいた。バブル特集のとき、安大成を追ってスタッフがソウルまで飛んだのだ。放送された番組では、男にモザイクがかけられていたので、これも編集前の素材だと分かる。

騒がしい店内の雑音が入る中、男はカメラの横に視線を向けて一度頷くと、薄笑いを浮かべながら何やら話し始めた。

「クレソ、ムォアシ、イヤギハメンチョア？」

吾妻はイントネーションですぐに韓国語だと理解した。全く意味は分からなかったが、男は上機嫌で和やかな雰囲気だった。放送ではこの男は安の知人として登場し、ボイスオーバーで日本語をかぶせ、安が「日本でやり残したことがある」と話し怒っていた、というエピソードを語っていた。だが、注意して耳を傾けても「アン・デソン」というキーワードが一度も出てこない。

疑念が深まる中、吾妻は信じられない言葉を耳にした。慌ててトラックパッドを押し、映像を巻き戻して音量を最大限に上げてから再生した。韓国語が分からないからこそ、水墨画に真紅が滲むようにして、その声が浮き上がった。

「いらっしゃいませぇ」

若い女の声は明らかに日本人と分かる発音だった。「何名様ですか?」と続くのが聞こえ、吾妻は強く髪を握ったまま固まった。

スタッフは韓国になど行っていない。

一体この連中は、どこまで嘘を重ねるのか。まるで闇鍋だと思うに至り、吾妻は安大成の極秘来日やカメラが捉えた後ろ姿も全く虚偽であると悟った。「よろず屋ジャーナル」に関わるスタッフの捏造気質は相当に根深い。

もはや「演出」と「やらせ」の境界云々といった次元ではなく、一人の俳優の罪をでっち上げ、別人の背中を映しながら「彼こそが闇経済界の大物だ」と喧伝する羊頭《ようとう》狗肉《くにく》は、公共の電波を扱う人間にとって背徳そのものだ。

バラエティであることが虚偽放送の免罪符にならないことは、十年前に看板バラエティ番組がデータ捏造問題を起こした準キー局の例を見れば明らかだ。局は一時的に民放連から除名され、総務省から行政指導を受けるなど社会問題に発展した。

考えられない意識の低さに、吾妻はめまいがした。だが一方で、フェイクニュースの紙面化を許してしまった近畿新報の記者が、捏造問題を報じることの難しさも感じていた。

パソコンの画面に大きな背中を見せるスキンヘッドの男が、雑居ビルの中に消えていく様が流れた。それからカメラマンが漫然と歩いて映像が途切れる。次のカットでビルの内部を映し、窓の外の景色を撮って一丁上がりだ。安大成とされるスキンヘッドの男を本気で追い掛けた跡はない。

もちろん、香山だけでなくディレクターもＡＤも承知の上だろう。彼らは何のために番組をつくっているのだろうか。

安田には申し訳ないが、吾妻の中ではもう人捜しどころではなくなった。どんなに「ブーメラン」と揶揄されようと、谷垣徹のような冤罪被害者がいる以上、ペンを持つ者としてこの捏造問題を書くしかない。近畿新報の人間だからこそ、この記事を仕上げなければならない。

吾妻がロックグラスに手を伸ばそうとしたとき、スマホが振動した。タイミングよく辻からの着信だった。例の女について詰めに入る必要があった。

「あっ、吾妻さん！」

辻は随分と慌てているようだった。吾妻が事情を尋ねる前に、待っていられないとばかりに大声が耳に入ってきた。

「谷垣がね、俳優の谷垣徹がね、香山を刺しました！」

5

何年ぶりの朝駆けだろうか。

午前八時前に大阪市内のマンションに着くと、吾妻はまず、身を潜める場所を探した。夜討ちの場合は日没後の闇に紛れることができるが、朝日に照らされた状態で一ヵ所に立ち続けるというのは、案外難しい。

だが、そう都合よくコンビニやカフェが見つかるわけもなく、結局、開店前の携帯電話ショップの前をうろうろするハメになった。見ているだけで嘆息しそうな鈍色《にびいろ》の空を見上げ、吾妻はスマホにつながるイヤホンを耳に入れた。

四十路を過ぎ、いつの間にかradikoでAM放送を聴く癖がついていた。若いときは大人の雑談が心地よく思える日が来るなど想像もできなかった。今では忙しない日常の中でラジオが止まり木のような存在になっている。

「関西の朝の顔」と呼ばれて久しいパーソナリティが、朝刊からいくつか記事をピックアップして、独自の見解を述べていく。男の聞き慣れた声を聞くうちに、吾妻の頭の中はいつの間にか仕事のことで満たされていった。

　昨日、辻から連絡を受けたのは午後十一時前。発生が大阪市内の路上ということで、近畿新報の管轄外だった。取材拠点になる記者クラブに所属していないため、正攻法で攻めるのは圧倒的に不利だ。事件を扱う警察署に電話をしても、延々と保留音を聞かされるだけ。それに毎朝放送からの情報なので、既に特ダネにはならない。その他に分かっていることは、死亡事件ではないということのみである。

　吾妻は念のため社会部に連絡したが、案の定当直デスクの反応は鈍かった。発生が大阪で、谷垣も香山も県内出身者ではないため、共同通信に連絡して記事を待つという方針になった。

　このとき、吾妻は上方テレビと毎朝放送の捏造問題については敢えて話さず、傷害事件が明るみに出て世間の耳目を集めた、その瞬間に特ダネを放つことに決めた。警察から連絡を受けた在阪メディアは一斉に事件の動機について探りを入れるだろう。大阪の記者クラブに属する全国紙の記者に総動員でかかってこられれば、吾妻のイニシアティブなど一瞬にして波にさらわれるだろう。

　猶予は今日の夕刊、運が良ければ明日の朝刊まで。それまでに一連の捏造事件の裏取りをし、概要を伝える「本記」と背景を掘り下げる「雑感」、問題の本質に迫る

「解説」記事――の三本を用意しなければならない。

吾妻は早朝、仮眠から目覚めるとそれぞれの予定稿を書き、車で上岡総局に向かった。宿直勤務の記者が目を丸くする中、朝刊全紙に目を通したが傷害事件を報じている社はなかった。三十分に一度はヤフーニュースとツイッターのリアルタイム検索に目を通したものの、世間は未だ事件を知らなかった。

吾妻は幸運を感じつつも、マスコミの出足の遅さを訝しんでいた。発覚から十時間近くが過ぎても波風一つ立たない事情とは何か。被疑者が人気俳優ということもあり、警察が慎重に証拠を固めているのかもしれない。ただ、情報がない中で推測を積み重ねるのも限界があるので、吾妻は腕時計を見て現実を直視した。

もし、夕刊で打てる場合は、差し替えの混乱を避けるため、遅くとも午前十一時までには紙面を空けてもらう交渉をしなければならない。先出しするウェブのことも考えると、一刻も早く事実確認を終えたかった。

マンションに着いてから約一時間、〝待ち人〟以外の住人を見送り続け、吾妻の焦りは募る一方だった。マンションが大通りに面しているため、通報まではされないだろうが、周囲から不審な目で見られている可能性は十分にある。それでも、インターホンを鳴らすリスクは取れなかった。物理的に距離がある状態ではまともな答えが返ってこないだろうし、警戒して外に出てこないかもしれない。やはり直当たりで動揺させるのが最善策だ。

スマホを見て、まだ傷害事件が伝えられていないことに苛立った。予定稿は事件を前提にして書いてある。このまま何事もなく時間が過ぎれば、捏造問題のみの記事に変更しなければならない。そうなれば、無理をして夕刊に突っ込む必要はなくなる。

吾妻は今すぐノートパソコンを開き、別種の予定稿を書きたい衝動に駆られた。日々直面するニュースには常に新しい側面があり、いくら経験を積んでもその都度迷いや苦悩が生じる。

前方のマンションに視線を向けると、エントランスの自動ドアが開いて男女が出てきた。通りを挟んで男の顔を見た吾妻は「おっ」と声を漏らして、スマホに保存していた写真を表示した。男が勤める制作会社のホームページからダウンロードしたものだ。駅へ行くにはこの大通りを渡るはず。吾妻は平行に歩いて横断歩道の前で待機した。

信号が変わって男女が近づいてきたとき、吾妻は女を見て目を見張った。

虚偽インタビューの女——。

美容師として谷垣からのセクハラ被害を訴え、入院患者として元プロボクサーの病院内でのトラブルを証言した、あの女だ。このディレクターとつながっていたのか……。驚きとともに、吾妻は事件の本丸に近づいているという実感に興奮を覚えた。

ここが最大の山場だ。

吾妻は微笑を浮かべながら、それでいて行く手を阻むように男の前に立った。

「和泉理《いずみおさむ》さんでいらっしゃいますか？」

小柄な男は何も言わずに眉を顰めた。吾妻より二つ年上ということだが、ツーブロックの髪は黒々として三十代の雰囲気がある。女は和泉の後ろに隠れるようにして、同じような表情を見せた。

「近畿新報記者の吾妻と申します」

丁寧にお辞儀をして名刺を渡すと、和泉は条件反射のようにそれを受け取った。

「担当されている番組について、教えていただきたいことがありまして」

「ちょっと……何で家を知ってるんですか？」

「まぁ、こういう商売をしているもんで。和泉さんもマスコミ業界におられますから、何となくその辺の事情は察していただけるかと」

吾妻が曖昧に切り返すと、和泉は女と目を合わせたきり固まってしまった。

「そちらの女性にもお話を伺いたい、と申し上げれば、私がここに来た意図を汲んでいただけるかもしれません」

吾妻の視線を受けると、黒いコートを着た女は目を伏せた。

「彼女のこと、というと？」

上方テレビの河合から聞いたのは、和泉の住所だけだ。女の名前は今も分からない。だが吾妻は、大半の記者がそうであるように、手持ちのカードを多く見せるように頬を緩めた。

「千田病院に入院しておられたかと思うと、美容師として人気俳優に見初《みそ》められもする」

嫌味を聞いた和泉は不快そうに息を吐いて「話すことはありません」と言って、吾妻の脇をすり抜けた。

「では、駅までご一緒します」

和泉の隣にピタリとついた吾妻だったが、まるで燃費の悪い往年のアメ車のようだった。ただ歩調を合わせるだけなのに、息が切れて仕方がない。

「構成作家の香山久男さんとは随分親しいそうですね」

和泉と女は無言のまま足早に歩き続けた。

「和泉さんがディレクターで参加されてる『よろず屋ジャーナル』は、なかなか面白いですね。放送されてる内容が事実であれば、ですけど」

挑発には応じまい、と口を真一文字に結ぶ男に対し、女の方は今にも泣き出しそうな顔をしている。

視界に駅舎が見え、タイムリミットが近づいてきた。吾妻は賭けに出ようと、足を止めた。そして揃って背を丸めている男女に呼び掛けた。

「未編集の素材を持ってます！」

和泉が、続いて女が足を止め、振り返った。

「証拠は揃ってます。手持ちの材料でいかようにも書けます。でも、私はそんなことをしたくない。なぜこんなことになったのか。ただそれが知りたいんです」

和泉の目を見て気持ちを伝えると、彼は観念したように首を振った。そして、通り沿いの小さなパン屋を指差した。

6

パンの陳列棚の奥に、申し訳程度のイートインスペースがあった。

二人掛けと四人掛けのテーブルが一つずつ。客は一人もいなかった。吾妻は数種のパンと人数分のホットコーヒーを注文し、トレイを四人掛けのテーブルに運んだ。うなぎの寝床のような空間で隅に追いやられた気持ちになるが、今の状況では却って好都合だった。

「『よろず屋ジャーナル』ですが、深夜帯ではかなり視聴率がいいですね。スポンサーも少なくないですし」

コーヒーが届くと、吾妻が挨拶代わりに持ち上げた。

「うちはもともと深夜バラエティが強いですから」

和泉は強張った表情で言葉少なに返した。

吾妻は隣でうつむいている女にも名刺を渡したが、軽く頭を下げただけだった。名前を尋ねると「ヤノです」と消え入りそうな声で答え、漢字を確認すると「普通の」と言って、宙に「矢野」と書いた。現在は三十歳で、フルネームや職業についてはノーコメントらしい。

「どこからか、情報が入ってきたんですか？」

矢野が自分のことについて答えにくそうにしているのを見て、和泉が助け舟を出した。

「いえ、最初は安大成でした。弊社の上司が興味を持ちましてね。ぜひインタビューをしたい、と。それでいろいろと伝手を辿っていくうちに『よろず屋ジャーナル』の構成作家が香山さんであることが分かりまして……」

吾妻は巧みにネタ元を隠しながら、毎朝放送の夕方の情報番組が報じた千田病院事件について、局内で調査が入っていることを明かした。

「番組が被疑者扱いした元ボクサーですが、どうも話がうま過ぎる気がしましてね。VTR何というか、実在する人間が持つ引っ掛かりのようなものがなかったんです。

でモザイク処理がかかっている人物については、編集前の素材から本人の写真を入手していています。もちろん、矢野さんも含めて」

矢野はコーヒーに口をつけず、ずっと項垂れるようにして座っていた。吾妻は握っている手綱《たづな》を確かめるように、和泉たちの退路を塞いでいった。

「それから『よろず屋ジャーナル』の未編集映像を手に入れ、矢野さんが二つのVTRで、それぞれ別人を演じていることを確認しました。和泉さん、これは単なるバラエティ番組ではありませんよね？」

和泉が頷くのを待って、吾妻は先を続けた。

「谷垣徹さんがこれまでに報じられたセクハラの案件について、私はよく知りません。ただ、矢野さんの証言、あれは丸っきり嘘ですね？」

矢野は許可を求めるように和泉を見た後「はい」と小さな声を出した。

「病院の元ボクサーの件、あれも事実ではない、と？」

「……違います」

無事に疑惑の言質が取れたことで、吾妻の舌はさらに滑らかになった。

「先ほど単なるバラエティではない、と申し上げましたが、矢野さんの証言は法に触れる可能性がありますし、倫理的には言語道断です。谷垣さんの名誉は著《いちじる》しく傷つけられ、一方の千田病院事件は八人が亡くなっていて、その事実は極めて重い」

矢野は顔色をなくし、投げ掛けられる言葉の一つひとつに首肯した。第三者から指摘され、事の重大さを実感したのかもしれない。

「あなたは誰に依頼されて偽の証言者になったんですか？」

「香山です」

横から和泉が即答した。妙に思った吾妻は目で先を促した。

「彼女は、つい最近まで香山と付き合ってました。でも、喜んでやっていたわけじゃありません」

ナイトを気取る和泉に対し、吾妻は「というと？」と冷たく切り返した。

視聴環境とネット系エンタメが多様化し、図体の大きいテレビは身動きの取れない状態にある――和泉は香山と矢野の関係には言及せず、地盤沈下する業界を嘆き、視聴率という時代遅れな物差しだけは不動だと訴えた。

「ひと昔前から見たら冗談のような予算をつけられ、結果だけは求められる。『よろず屋ジャーナル』はまだスタジオにセットを組めますし、そこそこの演者に出てもらうこともできる。局に金がないって言うても、人件費は高止まりのままです。僕ら下請けの給料とは全然違いますから」

「局の社員は高給取りが多いですもんね」

幾分誇張して相槌を打つと、和泉は楽になったのか、ほんの少し表情を和らげた。

「金はない、テレビ離れは進む、表現への規制も厳しい。正直、八方塞がりですよ」

『よろず屋ジャーナル』は二年前から始まりましたよね？　この間ずっと、今回のようなやり方やったんですか？」

「いいえ。番組を立ち上げる前に結構ネタを溜めてたんで。おかしくなってきたのは半年ほど前に放送した貧困特集からです。実際の風俗嬢に台本通り話してもらったのが最初やったと思います。その風俗嬢は貧困とは無縁の女子大生でしたけど『苦学生』という設定にして」

半年前と言えば、毎朝放送が千田病院事件を流したのと同じ時期だ、と吾妻は頭の中で素早くメモをした。

「セレブ特集ではお金持ちの奥さんに少し話を盛ってもらって、地下アイドル特集では女の子に枕営業に関する又聞きの話を自分の体験談のように語ってもらいました。数字が上がっていくと、やっぱり局内での居心地がいいですし、次の仕事にもつながります。そうして少しずつ見えなくなっていったというか……」

和泉はそこまで一気に話すと、コーヒーを口にした。

勝手な言い分には違いなかったが、吾妻は和泉を突き放せないでいた。

近畿新報の「プロジェクトＩＪ」も同様だったと思い出したからだ。同期の中島が話していたことと同じ。最初はその場しのぎのはずだった。だが、中島は偽りがもたらす快感の中毒性に溺れた。

「バブル特集の安大成ですが、あれ、韓国取材に行ってないですよね？　未編集の素材には『いらっしゃいませぇ』っていう店員の声が入ってました」

「ええ。あれは京都の韓国料理屋らしいです」

和泉の頬に自嘲の笑みが浮かんだ。〝らしい〟とつけることが精いっぱいの抵抗なのだろう。

「ボイスオーバーの偽造は、十年前に大騒ぎになったあの準キー局の一件でも使われた手口ですけど、編集するときにそのことが頭をよぎりませんでしたか？」

「それはずっと頭の中にありましたけど、もう後戻りできなくなったというか」

「局のディレクターは把握してたでしょ？」

「はい。チーフのDまでは」

「プロデューサーは知らない？」

「薄々気づいてるかもしれませんけど……」

和泉はそこで言葉を区切ってから、ちらりと隣を見た。

「香山が危ないって話が結構広まってて」

「彼が無茶な企画を出す、と？」

「ええ。でも最後には形にして数字を取るんで。現場は時間との戦いでもありますし、通した企画が無理やったとき『スペアのもので』っていうのがなかなか難しいんです。とにかく期限までに面白いVをつくらんとあかんのです。だから都合の悪いところには目をつむってしまう流れはあります」

「でも、いくら香山さんが危なくても番組はチームでつくるんですよね？」

「もちろん、僕らの責任も重いです」

和泉を責めるようなことを言いながら、吾妻は胸の内のためらいを自覚していた。

「無理を言って紙面を空けてもらっている」「ギリギリまで記者から原稿が上がってこない」――そんな状況に陥ったとき、記者が送ってきた原稿を右から左に流したりしないと誓えるだろうか。

社を去った中島も今目の前にいる和泉も、そして自分も、同じ「D」なのだ。

「純粋な疑問なんですが、安大成について放送したとき、報道の方は何も言ってきませんでした？」

「聞いてないです。ただ、僕は局の人間じゃないんで詳しくは分かりませんが」

報道局のプライドの高さを差し引いても、安大成の取材なら色めき立つに違いない。ノータッチということは、当初から眉唾だと認識されていたということか。それなのに特段問題にもならないという構図こそが、先ほど和泉が話していた「テレビの図体の大きさ」なのだろう。

「みんな嘘です。病院の元ボクサーだって、入院患者じゃありません。三万円に釣られてあることないこと言っただけです」

投げやりな言葉を吐いた矢野の方を和泉が心配そうに見やった。

「立ち入ったことを伺って恐縮ですが、香山さんとのお付き合いは長かったんですか？」

「そうですね……。彼がまだ役者をやっていたときにファンになって、付き合ってからもくっついたり離れたりを繰り返しました。都合のいい彼女やったと思います。上京する前に別れたんですけど、三年前に彼がこっちに帰ってきてからは、また連絡を取るようになって……気がついたら元サヤでした」

「先ほど最近になってお別れになったと伺いましたが」

「例のセクハラの件で、もう我慢できなくなったんです。谷垣さんは一緒の劇団やった人ですし、向こうは覚えてないでしょうけど、劇団時代に少しだけお話ししたこともあります。そんな人を陥れるのはやっぱり気が引けます。それに、自分のことも彼のことも情けなく思えてきて……」

「そこで僕が、彼女から『もう止めたい』と相談を受けるようになりました」

朝、二人は同じマンションから出てきた。相談するうちに情にほだされ、というやつだろうが、吾妻は二人の節操のなさにやや鼻白んだ。

「決して性格のいい人ではなかったけど、芝居に対するプライドはちゃんと持ってた人でした。でも、劇団を辞めて東京に行って、こっちに戻ってきてからは何か荒《すさ》んでしまったというか」

顔色を失った矢野から話を引き受けるようにして、和泉が口を開いた。

「いざ上京してみると、中途半端な知名度が災いしてなかなか仕事にありつけなかったみたいです。それに、こんなこと言うたら悪いですけど、あいつ、禿《は》げてきたんですよね。見られる商売やから、これは結構深刻な問題で、本人も相当焦ってたと思います」

人気商売の悲哀だろうが、吾妻は今ひとつ同情できないまま頷いた。

「僕も最近知ったんですけど、香山は東京で食えなくなると、匿名のライターとして嘘八百の記事を書き飛ばしてたみたいなんです」

「あのキュレーションサイトで話題になったような」

「ええ。主に芸能情報の憶測記事が多かったようですが」

医療・健康関連のキュレーションサイトが、誤った記事を大量に発信していた問題は記憶に新しい。香山も似たようなことをしていたとすれば、既に今回のＶＴＲ捏造の下地ができていたことになる。

事実を利用していい加減な映像をつくるスタッフ、限られた時間の中で適当なコメントで場を整えるキャスト。この十日ほどで、吾妻は何度も思った。一体、彼らは何が目的で番組をつくっているのだろうか、と。

しかし、それこそが「マス」の本質かもしれない。できるだけ広く浅く。薄っぺらい網を投げ掛けて、大漁を目指すのがテレビというメディアなのだ。狭く深く分厚い網で、硬派な番組をつくっても数字という魚は逃げていく。

彼らにとっての安大成は、発見しただけで騒ぎになるツチノコのような存在で、経済システムの瑕疵《かし》など問題ではないのだ。

「#MeToo」運動も、男女間での機会の不均衡や一方的な情報発信の危険性といった本質に関わる問題は、ひと言ふた言マーキングして済ませ、後は「誰が何をしたか、されたか」をエンタメにして時間を消費していく。

「香山さんのことはお聞きになってますよね？」

和泉は隣を一瞥してから「ええ」と慎重に頷いた。

「私は番組の、矢野さんのインタビューが事件の引き金になったと思うんですが、いかがでしょうか？」

「事件……ですか？」

「ええ。谷垣さんが香山さんを刺したことはご存知ない？」

和泉は「いやそれは……」と言って、薄く笑った。気味の悪いものを感じた吾妻は、黙ったまま言葉を待った。

「その谷垣さんが香山を刺したって話はいつ聞かれました？」

「昨晩遅くです」

「あぁ。それ、ガセですよ」

「ガセ？」

「勝手に香山が言ってるだけです。今、あいつは自傷行為で入院してますが、命に別条はないみたいです。谷垣さんも昨晩は、舞台の稽古で東京だって聞きました」

自傷行為と聞き、吾妻は背筋が寒くなった。

昨日、デスクの判断次第では原稿を突っ込んでいたかもしれない――。

これまで和泉たちに散々偉そうな言葉を浴びせ掛けておいて、自らが誤報を飛ばしそうになっていたのだ。テレビに向けていた刃が一瞬で自らの喉元に突き付けられ、吾妻は不甲斐なさに言葉を失った。

「すみません、そろそろ仕事に行かなければならないので」

目の前で和泉が腰を浮かしているのを見て、我に返った。

「これ、やっぱり書かれますよね」

バツが悪そうにしている和泉に、吾妻は「恐らく」と短く答えた。

「さっき、どこから情報が入ったか聞きましたけど、大体のところは見当がついてるんです」

和泉の探るような視線を平然とした素振りで受け流した。これから上方テレビの内部で犯人探しが始まるのかと思うと、吾妻は憂鬱だった。ネタ元の不利益は何としてでも避けねばならず、たとえそれが河合のような男であっても張り詰めた気持ちになる。

「近畿新報って聞いてピンときました。香山が東京時代からお世話になってる人がいるって言うてたから」

「東京時代？」

聞き返した吾妻の顔を和泉が意外そうに見た。

「あれ、違ってたんかな。香山がよく言うてましたけど。東京支社の偉いさんによく助けてもらったって」

7

急勾配の階段を降りて総局から外に出ると、暗い中を雪がちらついていた。

革ジャンが濡れるのを気にしたものの、幸いすぐに流しのタクシーを捕まえることができた。窮屈な後部座席に身を収め、行き先を告げる。車窓から見える雪は風に吹かれて舞い上がり、あの日も夕方までは雪が降っていたことを思い出した。

和泉たちと別れてすぐに社会部に電話し、傷害事件が狂言である可能性を伝えた。午後になって共同通信から連絡が入って香山の自傷行為の裏が取れたため、吾妻は記事の切り口を「準キー局バラエティ番組の捏造問題」に一本化し、三種の予定稿を完成させた。あとは上方テレビと毎朝放送から公式コメントを取るのみ。だが、吾妻は未だこの原稿のことを内密にしていた。無論、それには理由があった。

朝駆けの後、総局に戻った吾妻がまずしたことは、社報のバックナンバーを調べることだった。和泉から、香山と東京支社の接点を聞いたときに、おぼろげながら甦った記憶。編集室の上にある事務フロアで、六年前の社報のファイルを取り出し、人事異動情報を確認していった。そして目的の記述を見つけ出し、曖昧だった記憶のピントが合ったとき、吾妻は身震いした。

東京支社付　支社長　安田隆――。

いつの間にか午後九時を回っていた。朝刊の大きな展開を考えると落ち着いていられる時間ではなかったが、朝駆けのときのような焦りは感じていなかった。既に原稿が出来上がっている、ということもある。だが、今の吾妻は新聞紙面の枠組みを超えたところに思いを馳せていた。

社報で安田の名を見たときに抱いた漠然とした予感。二週間前の夜、安田のプリウスに乗っていたときには想像もできなかった現実に直面していた。

吾妻が特ダネのことを社内の誰にも話していないのは、その予感に黒い影を感じるからだ。今回のような悪質な捏造問題についてはもちろん報じなければならない。しかし……。

タクシーを止めて料金を支払った吾妻は、繁華街の雑居ビルの階段を上がり、相手が指定した店のドアを開けた。

カウンター七席だけの古くさいジャズバー。革ジャンを着たまま、出入り口で吾妻が立ち尽くしていると、先に来ていた安田が霧のような煙を吐き出しタバコを上げた。他に人の姿はなかった。

「えらい渋い店ですね」

奥に座る安田に笑い掛けると、吾妻はジャンパーを着たまま隣に座った。

そのまま周囲を見渡し、あまりに殺風景な内装に違和感を覚えた。小劇団の舞台セットのような雰囲気で、カウンターの後ろには何も置物がないちょっとした空間がある。ところどころ壁紙が剝がれ、テープの跡は見えるものの、ポスターの類は一切貼られていない。カウンター奥の棚にもほとんど瓶が並べられていなかった。

「びっくりしたやろ」

「お世辞にも流行ってるとは言えませんね」

「そらそうや。もう営業してないからな」

「営業時間外ってことですか？　それとも……」

「ひと月ほど前に潰れたんや。結構長かってんけどな。八〇年代からやってたから」

安田は傍らのロックグラスをグイッと突き出し、ジョニーウォーカーのブルーラベルの瓶を傾けた。

「悪いけど生《き》のまま いってや。氷あらへんねん」

礼を言って少量のウイスキーを口にした。喉が締め付けられるほどの熱さを感じた後、上品な香りが鼻を抜けた。

「不法侵入ってわけですか？」

「いや、ちゃんと許可は取ってるよ。ここのビルのオーナーとは長いから。今日君から電話をもらって、どっか面白いとこないかなと思てな」

「突然連絡をして申し訳ありませんでした」

吾妻は形ばかり頭を下げると「例のご依頼の件ですが」と切り出し、総局を出る前に印刷した本記の予定稿をカウンターに置いた。

安田は記事を一読して「特ダネやんか」と事もなげに言った。

「面白ければ何でもいいという原理主義みたいなもんです」

「いわゆるポスト・トゥルースってやつか」

「『マス』そのものが時代遅れになってますから、制作側にも同情すべき点はあります。分かりやすさを求められるが故、結果から逆算して無理やり枠にはめ込む、という作業が文化になってるようです」

「テレビの本質は消費や。君の言うように虚実関係なく『分かりやすさ』と『面白さ』に無上の価値を置くから、短い時間でシロかクロかはっきりさせなあかんし、飽きっぽい視聴者のために常にオモチャを探してる」

「そう。オモチャを探してるんです」

吾妻は敢えて大げさに同調して安田の顔色を窺ったが、銀髪の紳士的な横顔にはいささかの動揺もなかった。

「まぁ、でもうちは人のこと言えんわな。新聞も時代遅れな『マス』を引きずって生きてるから。その上再販制度に守られて、軽減税率で嫌われて。それでも苦しいんやから、時代が変わりつつあるとしか言えんな」

「今回のテレビの件も、うちの捏造問題も、日本の曖昧なジャーナリズムが大元の原因やと思います。安田さんがおっしゃられた通り、時代が変わってるんですから、もう根性論だけではごまかせません」

「問題を起こした新聞社が書くから意味があるんや。これはもちろん本記だけやないやろ。君が書く解説文を楽しみにしてるわ。これ、明日の朝刊か？」

「最後の裏取りがまだでして」

そう言うと、吾妻は社報のコピーを原稿の上に置いた。

安田はグラスを持ったまま「懐かしいな」と頰を緩めた。特に取り乱した様子はなかった。

「六年前、安田さんは異動で東京支社長になられてますよね？」

「二年ぐらい東京におったかな」

「この記事に出てくる捏造VTRを企画した構成作家、香山久男をご存知ですね？未だに連絡を取っているという証言を得ましたが」

安田は質問に答えず、変わらず穏やかな笑みを湛えたまま視線を自分のグラスに移した。

「安大成の虚偽のVTRをつくった男が、たまたま安田さんの知人である確率をどう考えるか、です。よくご承知でしょうが、記者をしていると奇跡的な偶然に翻弄されることがあります。でも、安田さんは香山が構成作家で、上方テレビに出入りしてることはご存知ですよね？　それやったら、何で直接香山に連絡を取らなかったんでしょうか」

ジャズの流れないバーは静かそのもので、表の喧騒も届かない。その静寂を遠慮がちに波立たせたのは、吾妻がカバンに入れているスマホのバイブだった。

上方テレビの河合からだった。

間の悪さに舌打ちしそうになったが、出ないわけにはいかない。吾妻は「ちょっと失礼」と断って、バーを出た。

「あっ、吾妻さんですか？」

相変わらずの落ち着きのない声で、吾妻は苦笑した。

「夜分に失礼します。例の香山の件ですけど、原稿にはならないですよね？」

「何でですか？」

「何でって、吾妻さんは『単なる人捜し』っておっしゃってたから」

「でも、この問題は想像以上に闇が深いですよ。事実確認ができ次第出稿するつもりです」

「そんな！　話が違うじゃないですか！」

「話？　書かないとはひと言も申し上げてませんよ」

「それは卑怯ですよぉ、吾妻さん。お互いの信頼関係があったから情報提供にご協力したのに」

「情報提供には感謝してます。でもね、こんなめちゃくちゃな番組づくりの実態を知って書かない記者なんかいませんよ。それに香山の精神状態が不安定ですから、遅かれ早かれ記者クラブには漏れます」

「あと一週間、何とかなりませんかね？」

ここで突っぱねると、上方テレビは事実を発表してしまうかもしれない。一社の特ダネにして、他の記者クラブメディアの怒りを買うよりは、自分たちの都合のいい広報資料をつくって会見をした方が傷は浅い。

「そちらにも事情というものがあるでしょうが……」

「もう原稿は出されてるんですか？」

広報担当の探りに、吾妻はひと呼吸分の間を空けた。好視聴率の番組の打ち切り、スポンサーの怒り、地方紙ならうまく丸め込めるかもしれないという甘え……。河合の頭の中を巡るワードが手に取るように分かる。

情報は引き出すものであって、持ち出すものではない。経験から得た吾妻の信条だ。

「まだ出稿はしてません。でも、河合さんもとんだ災難ですね。今後はどうするんです。再発防止とか関係者の処分とか」

吾妻はさりげなくコメントを取ると、不掲載の言質を取ろうとする河合をかわして電話を切った。そして、画面を確認してから、スマホを革ジャンのポケットに入れた。

バーに戻ると中座を詫びて再び安田の隣に腰掛けた。

「テレビ局か？」

さすがに勘がいい。吾妻は「ええ」とだけ答えて、ウイスキーを口に含んだ。

「香山君が関西に戻ってきてから、この店で飲んだことがあったな」

安田のあっさりとした〝自供〟に虚を衝かれ、考えていた質問が頭から飛んだ。

「今君の座ってる席に着いて、谷垣徹のことをああやこうや言うとったな」

「相当根が深かったんですね」

「男の嫉妬の方が質悪いからな。あれ、漢字を男ヘンにした方がええんちゃうか。『結局役者はＣＭで稼ぐから、イメージを落とすのが一番応える』とか言うてたわ」

他人事のように話す安田に苛立ちを覚え、吾妻はそろそろ本題に入ろうと決めた。

「安田さんはどうやって香山と知り合ったんですか？」

「最初は週刊誌の知り合いに香山君の噂を聞いてね。ネットニュースを荒らしてるライターがいるって。調べてみたら元関西小劇団の役者やってことが分かって、おもろい経歴やなぁと。あることないこと書き飛ばすから基本的に出版社は無視やったけど、ネットでは重宝がられてたな」

「それにしても、何でそんな男と仲良くなろうと思われたんですか」

「面白かったからや。ギラギラして、貪欲にネタを欲しがる様がたくましく思えてな。最近おらんやろ。新聞社にそんな人間」

説得力のない表面的な言葉に、吾妻は首を振った。

「どうも腑に落ちません。最初から香山を利用できると思って近づいたんじゃないですか？」

「利用？　何にや？」

吾妻はカバンからもう一枚、印字された紙を出した。

「四年前のウェブの記事です。安大成が国内にいるっていう、ガセネタの記事ですわ。このウェブメディアは、東京時代の香山が書きまくってたところでして。その当時の香山に安大成の発想なんかあるわけがない。これは安田さん、あなたの入れ知恵でしょ？」

「こんなんよう見っけてくるなぁ」

「これは全然話題になりませんでしたけど、香山が大阪で構成作家をやることになったとき、もう一度このネタを押したんじゃないですか？」

「話が飛躍し過ぎてついていかれへんな」

「安田さんの目的は一体、何なんですか？」

迫るように問いかけた吾妻を見ようともせず、安田はジョニーウォーカーをグラスに注いだ。

「推論で恐縮ですが、安大成が国内にいると知れば、慌てふためく人間がいるということじゃないですか。バブル期に、安の周辺で現実離れした大金を動かして逃げ切った人間たちがいるのかもしれない」

安田は灰皿に置いていたタバコを手にして口にくわえた。

「あなたは関西ローカルのバラエティ番組で放送されたぐらいでは、世の中が動くとは思ってなかったはずです。真の狙いは、捏造問題を新聞に書かせて社会問題化させることだったんじゃないですか。そうすれば、新聞・テレビが報じて、いやが上にも安大成に注目が集まる」

「世論の声が大きくなるほど、影が大きくなる。ニュースを扱う人間は、その色なき影を見つめなあかん」

笑いながら煙を吐き出す安田の真意が見えなかった。

「認めるってことですか？」

「吾妻君、記者は裏付けやで。特に今の我が社は」

証拠がないと認めない、ということか。吾妻は煙たそうな表情を隠しもせず、大きな手で紫煙を払った。

「私に話を持ってきた理由も聞きたいですね。内定の食事会のときに掛けられた『組織は私のような人間を頼りにする』という言葉が、今は皮肉に思えます。事実を利用したバラエティ番組を、さらに利用することは、より悪質だとは思いませんか。あなた自身が虚偽の一部に加担してるってことですよ」

「それでも、君は記者として捏造問題を報じないとあかん。仮に君の推論が事実で、私の利益のために働くことになっても」

長年の間安田に抱いていた好感情が、音を立てて崩れていった。化けの皮が剝がれたことに動揺はあったが、吾妻は努めて冷静に言葉を返した。

「安田さんは、安大成からの指示で動いてるんじゃないですか？　関連会社に天下ることなく、社を去る理由を聞かせてください」

安田はグラスを空にすると、灰皿にタバコを押し付けた。

「重ねて言うけど、今、近畿新報がメディアの捏造問題をスッパ抜くことは、とても意義のあることや」

安田はジョニーウォーカーの瓶を指で弾くと、立ち上がって吾妻の肩に手を置いた。

「解説記事、楽しみにしてるわ」

ひと仕事終えたように笑った後、安田は一度も振り返ることなくドアに向かった。革靴の足音がゆっくりと遠ざかっていく。

呆気なく一人になり、潰れたバーの寂寥を存分に味わった。周りには現実味のない夢を語る男や秘め事を打ち明ける女もいない。

吾妻はひと息ついてから、予定稿や社報のコピーをカバンに仕舞った。そして、革ジャンのポケットからスマホを取り出して耳に当てた。

「もしもし……聞こえてましたか？　まぁ、こんな感じの男です。……ええ、大丈夫だと思います。……はい、……では」

相手は近畿新報の捏造問題を最初に報じたウェブメディア「ファクト・ジャーナル」の丸岡という記者だった。

辞めさせられた中島とは未だ連絡が取れない。もしかすると彼は、吾妻がスパイだったことに気づいたのかもしれない。真相が明るみに出たときに、同僚たちが失望する様を想像して、吾妻は身を震わせた。

もちろん、テレビの捏造問題の記事は朝刊に載せる。それが安田という黒幕を利することになっても構わない。安田と安大成の関係を調べ、新聞には載せられない情報を「ファクト・ジャーナル」に書くだけのことだ。

吾妻にとって安田の人心掌握術の古さは滑稽《こっけい》だった。今の時代、メディアを一つに限定する必要などどこにあるのか。書き手がその都度媒体を選ぶ。それが「マス以後」の世界だ。

この二十年、ずっと会社の中に居場所を求めていた。新聞記者として何が書けるだろうかと自問を続け、大した成果も挙げられずに悶々とした日々を過ごしてきた。だが今、吾妻は解放感の中にあった。もっと自由に書いていいのだ。これからは自らの分身が一新聞社の方針や担当など気にせず、知りたいことに近づいて思いのままに筆を進める。

デスクの仮面を外し、無数の情報が飛び交うデジタルの広く深い海を想う。記者を鳥籠から解き放つのは、メディアの多様性だ。

吾妻はウイスキーのストレートを胃に流し込み、冷えた目で荒んだバーを見回した。そして、これから数時間後に起こる衝撃を思い浮かべ、静かに微笑んだ。

# 歪んだ波紋

——資本主義経済の発展には「イノベーション」が不可欠、という経済学者のヨーゼフ・シュンペーターの理論はあまりに有名ですが、あのバブルにおいては何が「イノベーション」だったのでしょうか?

そんなん、知りませんわ。イノベーションって革新ってことでしょ? 確かに金儲けできる確信はありましたけど。バブルは経済やなくて外交の副産物ですわ。何か技術的に大きく前進した、みたいな印象はありませんでしたな。とにかくね、私は自分の手掛ける会社をピカピカにせなあかんって、そればっかり考えてましたから。

——いわゆる不景気に直面したとき、私たちは何を考えるべきですか?

経済は生きもんやからね。そら、思い通りにはいきませんわ。不景気は端的に言うたら、「世間が飽きた状態」。でも、上澄みの賢い連中がちゃんと新しいもんを出してきますから。地に足がついてるからこそ、ジャンプできるんとちゃいますか。逆に宙に浮いているときは飛べんでしょ。地面にいるときが不景気、空中にいるときが好景気ってことですわ。

1

ホールから押し出されたとき、まず目に入ったのは高層ビルの向こうを横切る飛行機だった。

青空を背景にした機体は、その尾翼にあるＪＡＬのマークまではっきりと見えた。そう言えば空港が近かったとぼんやり思い、汗で不快になった首元のマフラーを外した。

「ほんま、すごい人やねぇ」

隣の母親からため息混じりの声が聞こえ、三反園《みたぞの》邦雄《くにお》は頷いてコートのボタンを外していった。

二人して大阪城ホール前の石段を下りる。ツアーの添乗員たちが至る所で赤や青の旗を持ち、年配の客にバスの時間を知らせている。噴水のある広場辺りで、ようやく人の密度が薄まった。

「多分、あの人らが一階席に座ってはったんやわ」

母の菊乃《きくの》がやや恨めしそうに言う。

「何か、舞台から遠くで申し訳なかったね。チケットに二列目って書いてたから、てっきりいい席やと思ってた」

三反園が言うと、菊乃はとんでもないとばかりに首を振った。

「何言うてんの。双眼鏡持って行ってたから、ちゃんと見えたわ。来られただけでありがたいねんから」

たった今、全国の主要都市を巡る演歌のコンサートが終わったところだ。年に一度のビッグイベントと銘打つだけあって、往年のスター歌手から若手の有望株まで揃い踏みのショーだった。

三反園は母のために一番高い「SS席」のチケットを購入したが、会場に着いて舞台から遠い二階席だったことを知り白けた。一階の中央に土俵のようにしてあるサブステージの周りは、団体と思しき観客で埋められていて、内輪の雰囲気に業界の現状が透けて見えた。

菊乃は二年前から、ある若手の女性演歌歌手にハマっている。実家の大阪に帰るたびに「姫路《ひめじ》出身で……」「苦労人で……」とこの歌手の話を聞かされるので、遅い正月休みを利用して帰省したのだ。三反園も音楽好きだったが、さすがに演歌のコンサートは初めてだった。

「あの子、歌うまかったやろ?」

「うまかったわ、美人やし。やっぱり演歌歌手はみんな声量があるね」

「そやねん。ちゃんと練習してるやろ。だから応援したくなるねん」

演歌に集客力などないだろうと高を括っていたが、実際は一万人以上の客が集まり、ホールの入退場が大変だった。特に退場時は列が遅々として進まず、人混みで息苦しく感じたほどだ。

「明日、東京に戻るんやろ？」

「うん。もうちょっとゆっくりできたらええんやけど」

「でも、忙しい方がええわ。五十路《いそじ》の息子がフラフラしてたら、お母ちゃん安心して死なれへんわ」

「ピンピンしてるがな。こっちの方が早《は》よ逝くんちゃうか」

ＪＲ大阪城公園駅の前には、地味な色のロングダウンを着たお年寄りたちの群れがあった。三反園と菊乃が駅舎へつながる階段を上っていたとき、コートのポケットの中で不快な振動が始まった。スマートフォンの画面を見た三反園は心中で嘆息し、電話をポケットに戻した。

「仕事やろ？　出てもかまへんで」

「いや、急ぎやないから」

何でもないように装った三反園だったが、煩わしさで胸焼けしそうだった。

環状線で大阪駅に出る間、隣り合って座る親子に会話はなかった。母は疲れたのか、窓の向こうの窮屈な景色をぼんやり眺めている。その横顔を見るうちに、三反園は小学校低学年の一時期、母の実家がある兵庫県姫路市で過ごしたことを思い出した。

夏休み明け、九月になっても大阪に戻ることなく、三反園はずっと家で祖父母と親戚の世話になっていた。十月も終わるころになってようやく大阪に戻ったのだが、その年の運動会に参加できなかったため、クラスで浮いた存在になってしまったのを憶えている。

この三ヵ月が母の家出だったと知ったのは大学生になってからだった。二人で酒を呑んでいるときに父が口を滑らしたのだ。あれは女関係や——。ずっと実直に生きてきた父親からは想像もできない理由に、三反園は苦笑いするしかなかった。実際、お堅い人間だからこそ、事態がこじれた。

父が相手の女と同棲を考えていたので、当時は相当揉めたそうだ。結局、どのように収まったのかは、今や母のみぞ知るだが、三反園は機械のように正確に言葉を操る父の人間的な一面に安堵もした。

五年前に父が亡くなった後、母はみるみるうちにやせ細っていった。葬儀や法事の準備を淡々と進めていたものの、心細さがあったのだろう。三反園が新聞社を辞め、独立してから半年もしないうちの訃報でもあった。一粒種にもかかわらず、多忙で母のそばにいてやれなかったことは、今も心に引っ掛かっている。

この二年ほど、同郷の若い演歌歌手の頑張りが母の支えとなっていた。「目がチカチカする」と言って、ネット知らずの生活を送っている彼女のために、歌手の情報を仕入れて連絡するのが息子の役目だ。

「さっきの電話、ほんまにええの？　私はかまへんで。一人で帰れるから」

ＪＲ大阪駅の忙しないプラットホームで、母が声を掛けてきた。

「大丈夫や。後で折り返すから。それよりどうする？　夕飯はさすがに早いか」

三反園は腕時計を見た。まだ午後三時を回ったところだ。

「ちょっと疲れたから家帰りたいわ。ご飯はなんなとするから」

ＪＲの最寄駅からタクシーで大阪市内の実家に戻ると、三反園は自室の六畳間に入った。

スマホを取り出し、画面に着信履歴を呼び出す。強いストレスを感じたが、避けて通ることはできない。それに相手は自分以上に重圧を感じているはずだ。

石油ストーブで温まった部屋の机に向かい、スマホとＩＣレコーダーを置いた。念のため、ノートを広げて準備を整えた。ボールペンを持った手の指で、画面に表示されている相手の番号をタッチした。

コール二つで「もしもし」と、品川友彦《しながわともひこ》の芝居がかった低い声が聞こえた。

「いや、品川さん、すみませんねぇ。ちょっと野暮用で出られませんでした」

三反園はわざとらしいほど明るい声を出した。仕事の会話は自然と標準語になる。

「いえ、こちらこそお休みのところ申し訳ありません。今、ご実家に帰ってらっしゃるんですよね？」

スケジュールを把握されていることに気色悪さを覚えたが、気にすれば相手の思うツボだ。

「もう五十のじじいですからね。休まないと事切れちゃうんで」

「そんなぁ。今をときめく『ファクト・ジャーナル』の編集長が何をおっしゃいます」

そういう品川は総合週刊誌の雄『週刊文潮《ぶんちょう》』の編集長だ。意識してのことだろうが、言葉の端々に大手出版社の人間特有の余裕を滲ませる。かく言う三反園も、以前大日新聞にいたころは、全国紙記者としてのエリート意識に毒されていた。

「お母様はお元気でいらっしゃいますか？」

相手のテリトリーに踏み込んで自らのペースで話を進める。品川の意図は分かりやすかった。

「ええ。もうピンピンしてますから、私のほうが先にくたばるでしょうね。品川さんも下の娘さんが高校受験で大変でしょう」

三反園がやり返すと、品川は黙って気持ちの悪い間を空けた。

「休暇を取られているところ長話も何なんで、本題に入りますが、三反園さんはまだ〝例のやつ〟は続けられるおつもりですか？」

「〝例のやつ〟というと？」

三反園がとぼけると、品川が乾いた声を上げて笑った。

「我々の間で〝例のやつ〟って言えば『ファクト・ジャーナル』さんの渾身《こんしん》の企画しかありませんよ」

「あぁ、あれかな。ともさかりえのやつ」

以前通した企画——「女優のともさかりえが中二の夏に六センチ身長が伸びた」というネット記事より虚しいニュースを探す——期待していなかったが、思いの外P《ペー》V《ジ》が伸《ビュー》びたのだ。

また品川の愛想笑いが聞こえた。

「いやいや、確かにあれはお見事でしたけど、もっとホットなやつがあるでしょ。うち絡みで」

「あぁ、〝例のやつ〟ね」

この二年は特に、不倫報道と世間のバッシングがセットになって、マスコミのいい商売になっている。もともと「有名人の性」は金になるが、ここのところの盛り上がりは異常だ。皆口先では「どうでもいい」と言いながら、他人の私生活をＳＮＳのネタや酒の肴にしている。

その不倫報道を連発して世間の耳目を集めた『週刊文潮』のエース記者の不倫を「ファクト・ジャーナル」が暴いたのだ。実名、写真入りで報じたところ、爆発的なＰＶを記録した。エース記者がこれまで報じてきた不倫当事者に対する説教じみた記事が着火剤となって炎上し、広告収入が一気に増えた。

「最近どうも私の身辺が騒がしくて」

探りを入れてきた相手に、三反園は「品川さんは有名人だから」とかわした。

「で、どうですかね？　続報の方は」

品川の声音に若干の焦りが感じられる。

影響力のある出版社の社員は、特に男の場合は出世するにつれ上司からそれとなく「身辺整理」を命じられるという。品川も現在は良き父であり、無難な夫のようだ。だが、過去が真っ白なキャンバスなどという面白みのない人間に、海千山千を相手にする総合週刊誌の編集長は務まらない。

「三反園さんのところで、私を含め文潮の人間を取材してるってことはありませんか？」

直接聞いてくるとは、品川にしては野暮なやり方だ。上層部に事実確認をせっつかれているのかもしれない。

「それ、うちのライターとは限りませんよ。でも、そもそも結婚というシステム自体に無理があるんですよね。人間なんか生きてりゃ考え方が変わるんだから、話の合う人間だって変わっていきますよ。それを添い遂げることこそ美しいだなんて、自分たちで首輪をつけちゃって……」

「まぁ、考え方は人それぞれですけどね」

埒《らち》が明かないと考えたのか、品川はまともに取り合わず「お休みのところ、ありがとうございました」と慇懃《いんぎん》に言って電話を切った。三反園はペットボトルの緑茶を口に含むと、短く息を吐いた。まずまずと言ったところか。

不倫報道の価値の有無は別にして、少なくとも文潮は金と労力をかけてきちんと取材はしている。今回の「ファクト・ジャーナル」の記事にしても同様で、三反園は商売と割り切って取材態勢を組んだ。他人の仕事の成果を横取りし、安全圏から世論のご機嫌取りに終始するテレビのワイドショーよりは健気《けなげ》なつもりだ。

いずれにせよ、ウェブニュースは出版やテレビといったレガシーメディアを「マスゴミ化」する人間たちの受け皿でなければならない。理想とするニュース媒体をつくり上げるには、まだまだ読者と資金が不足している。

机の上でノートパソコンを起動させると、三反園はテスト版の記事を確認した。

ここのところは品行方正にしている品川だが、十一年前には暴力団の息が掛かったキャバクラ嬢を妊娠させ、ひと悶着《もんちゃく》を起こしていた。

**品川編集長に不倫報道を指揮する資格はない――。**

原稿のリードに書かれているゴシックの一文を読んだ三反園は「大きなお世話だ」と自虐の笑みを浮かべた。腕のいいエンジニアのおかげで、写真が活きる読みやすいレイアウトになっている。

確認が終わると、三反園は原稿を書いたライターに電話した。

「あぁ、三反園です。いい感じですね……えぇ、ありがとうございます。では、打ち合わせ通り、夜になったら品川編集長に直当たりしてください」

2

番組おなじみのジングルが鳴ると、司会者の男が不満そうに首を傾げ、そのままCMに入った。

三反園がリモコンでテレビの電源を切ると、編集部にいるライターたちがぞろぞろと会議室へ向かった。さほどの広さもないため、七人も集まると息苦しい。加えて男ばかりなのでむさ苦しくもある。

洒落た丸テーブルなどあるはずもなく、組み合わせた長机だけが真ん中にある、殺風景な部屋。当然、決まった席はないので、各々が適当に座っていく。

「ネット、えらいことになってますよ」

副編集長の肩書きを持つ丸岡圭佑《けいすけ》が、スマホを見ながら言った。

今日の午前六時、『週刊文潮』編集長の過去を暴く記事をアップしたところ、ツイッターではすぐに検索ランキングで一位を記録し、午後になってもヤフーニュースのトップに掲載され続けている。

三反園はノートパソコンの画面に表示されているウェブアクセスの解析ツールを見た。今、この瞬間に五千人以上が「ファクト・ジャーナル」を見ている。今日一日で軽く二百万ＰＶは超えるだろう。

「今月、五千万はいくんじゃないですか？」

別のライターが持ち上げるように言うと、三反園は「文潮さん、様々だな」と笑った。「ファクト・ジャーナル」の月刊ＰＶの平均は三千五百万ほどだ。記録更新は間違いないだろう。無論、ＰＶの伸びは広告収入に連動している。

朝から各メディアの取材依頼が殺到しているが、三反園は自社でつくったコメントを発表するのみに止《とど》めている。ＰＶを上げるには出る杭にならざるを得ないものの、打たれやすい杭になるのは避けなければならない。

先ほどまで観ていたワイドショーも嬉々として取り上げていたが、テレビの人間は簡単に掌を返すと考えていた方がいい。

「じゃあ、始めようか」

三反園が声を掛けると、あちこちで鳴っていたキーボードを打つ音が止んだ。ノートパソコンがないと、会議もできない。

週に一度の編集会議では、主にネタ出しや取材の進捗状況を確認する。

この日はまず、F1のレースクイーン廃止問題が盛り上がった。いかにもSNS受けしそうな「ひと言物申したい」話題だ。ネット上の論調に迎合する形で現役レースクイーンの生活実態を取材し、写真を多く使って「絵力」のある記事にする方向でまとまった。

「例の誤報のやつは集まった？」

三反園が声を掛けると、担当のライター二人が順に答えた。

「ファクト・ジャーナル」には社員のライターが丸岡一人しかいない。あとの六人は全て契約記者である。今日は取材で一人欠席している。

「量が多すぎて、どこかで線を引かないとキリがないですね」

二人のうち、三十代のライターが言った。

新聞一般紙とテレビに限定し「未だ訂正されていない誤報」を暴き、記者クラブメディアの信憑性を問う企画だ。

「こうやって調べてみると、ニュースなんて話半分で頭に入れておくぐらいがちょうどいいですね」

ライターが続けると、丸岡が「身も蓋もないな」と返し、笑いが起こった。

「第二弾は雑誌をやりましょうか？　新聞、テレビと飛ばしのスケールが違いますよ」

もう一人の企画担当である若手ライターが提案すると「スポーツ新聞と夕刊紙との抱き合わせでいってみますか」と、丸岡が応じた。

「いっそ、ウェブニュースの誤報もやってみるか」

三反園が冗談めかして言うと、妙な間が空いた。顔を見合わせている者もいる。皆、脛に傷があるということだろう。だがそれは、三反園も例外ではない。ものを書く人間は、ペンの力を知っているが故、書かれると脆い。文潮の不倫記者と同じだ。「どの口が言う」というしっぺ返しを恐れている。

会議が終わると、自動的に解散となった。編集室に残ったのは、三反園と丸岡のみ。

ネットニュースにもいろいろあり、大手出版社が配信しているニュースサイトは資本と人脈がある分、拡散力が大きい。三反園の「ファクト・ジャーナル」は独立系のウェブニュース媒体だ。会社としては記事を配信するほか、ウェブ制作や海外ニュースの翻訳、講演事業などを行っている。都内の雑居ビルに事務所を構え、フロアの三〜五階にそれぞれの部屋がある。ほとんど専門職の採用なので、人事異動はない。

「何か、アラ探しばっかりですね」

丸岡がうんざりした顔を見せた。二人のときだけに覗かせる本音。ともに全国紙で記者を経験し、満たされない思いを抱えて転職した。

担当というコップの中の特ダネ競争、季節ごとに回ってくるノルマのような企画モノ、よほど質のいいタレコミでもない限り、新聞社では調査報道に予算と時間は割けない。

型にはまった組織を飛び出し、大海原でおもいきり暴れるつもりだった。確かに三反園は、ネットを中心に差別的な書き込みを繰り返していたグループ「ドレイン」の実態を暴き、丸岡は近畿新報による「捏造報道」をスクープするなど、硬派記事もモノにしてきた。しかし、いくら取材を重ねて社会問題を提起しても、ＰＶでは不倫に勝てないのだ。

「まぁ、一朝一夕ではダメだな。根気よくやんないと」

頭の後ろで手を組んだ三反園は、椅子の背もたれに身を預けた。

以前、日本人が先進国の中で最も軟派《なんぱ》記事を好むという、海外の研究発表を読んだことがある。政治への参加意識の低さや玉虫色の決着を好む国民性は今に始まったことではないが、最近ではいい年をした大人ですら「緩さ」や「楽しさ」を追い求めている。心地のいい情報に包まれやすい現代ほど、真っ当なジャーナリズムが求められる時代はない、と三反園は思う。

だが、理想を実現するには目先の軟派記事で母体を大きくするしかないのだ。

「さて、親父の機嫌取りでもしよっか」

げんなりした様子で三反園が言うと、丸岡も口を尖らせて首を横に振った。

親父とは二人の間で使う「ヤフー」を表す隠語だ。今や日本で最大級の影響力を誇り、ウェブニュース媒体は「ヤフーニュース」に命運を握られていると言ってもいい。「ファクト・ジャーナル」の読者の三分の一は、自社サイトではなく「ヤフーニュース」に配信した記事を読んでいる。他のネットメディアも似たようなものだろう。「ヤフーニュース」の担当者にせっせとメールを送り、冗談のような値段で記事を買い叩かれ、それでも顧客を握られている以上しがみつくしかない。

出版不況と言われるが、とりわけ雑誌の市場規模の縮小は危機的だ。名のある雑誌でも紙のみで生き残るのは至難の業で、各社の編集部は「ヤフー」が好む、いや、その先にいる大衆が望む「サクッと疲れない」記事を量産する。

「未だ訂正されていない誤報」の売り込みメールを書きながら、三反園はイラついていった。この五年、生きていくのに必死だった。大日新聞東京本社の社会部でデスクをしていたとき、当時の「ファクト・ジャーナル」の編集長からスカウトを受けた。もう一度現場に出たかったという気持ちもあった。だが、退社を決めた最大の理由は、新聞に未来がないと思っていたからだ。

購買が減り、広告単価が落ち、ネット系は「ヤフー」頼みのその場しのぎで、電子新聞の契約数は伸び悩む。権利と習慣に守られてきた業界だけに、ビジネスセンスのある社員が少なく、未だネットユーザーの心とかけ離れた宮殿に住んでいる。会社の枠組みをうまく外す方向を探らなければならない中で「A社の記事しか読めないタブレット」を配り「B社の記事限定十本で何百円」という的外れな商売に精を出す。自由と無料をベースにした難敵を相手にしているという自覚がないのだ。

その一方で、最近では以前身を置いていた新聞社の取材力や硬派な記事を懐かしく思うこともある。出来る限り無料、もしくは安価で、硬軟のバランスが取れた分析力の高いニュースサイト――それが三反園の理想だった。

エンターキーを押して嫌な仕事を済ませると、三反園は細い指で目頭を揉んだ。もともと細身だが、最近は少し頬がこけてきた。

瞼を閉じて目を休めている最中にスマホが振動した。条件反射で画面を見た三反園は、表示されている名前を見て奥歯を嚙み締めた。最近は電話が鳴るたびにストレスを感じる。

「あっ、どうもお疲れさまです。吾妻です」

吾妻裕樹の関西弁には威圧感がある。表情で分かったのか、丸岡が声に出さず「あ・づ・ま?」と唇を動かした。三反園が頷くと、丸岡は申し訳なさそうに頭を下げた。

「安田の件ですが、やっぱり難しいですかね?」

「そうですね……。もうちょっと裏付けがほしいかな、と」

「でも、録音データもありますし、安田本人も言うてますし。『君の推論が事実で、私の利益のために働くことになっても』って」

「ええ確かに。でも細かいことを言うと、その言葉の頭に『仮に』が入ってますし、それだけでは証拠とは言えません」

「丸岡さんがいけるって言うたから、こっちは危ない橋を渡ったんですよ」

吾妻は声に苛立ちを滲ませたが、三反園は「危ない橋」と聞いて笑いそうになった。暴力団の組事務所すら取材したことのない記者が何を偉そうにと思う。弾丸が飛び交う中を走り回っている戦場ジャーナリストもいるというのに。

昨年暮れ、近畿新報が関西の準キー二局による捏造問題をスクープした。モザイク処理を利用し、同じ女を関係者として複数回登場させたり、ボイスオーバーを悪用して日本国内で行われていたロケを韓国での撮影と偽ったりと、かなり質《たち》の悪い捏造が常態化していた。

そのうち、上方テレビのバラエティ番組では「最後のフィクサー」と呼ばれた大物事件師、安大成《アンデソン》が「国内に潜伏していた」として、その後ろ姿を捉えた映像を流した。無論、真っ赤な嘘だ。

当時近畿新報で役員をしていた安田隆が、番組担当の構成作家にこの潜伏説をタレ込んで虚偽のVTRをつくらせ、その捏造問題を後輩記者にスクープさせた――というのが吾妻の主張だ。

吾妻は自らの推論を安田に認めさせようと会話を録音していたが、成功しているとは言い難かった。新聞の枠組みでは書けないアングラ記事をウェブメディアなら流すだろうとする安易な考えが透けて見える。

だが、心中で辛辣《しんらつ》な三反園も、鳥籠の中で満たされない吾妻の気持ちが分からないではなかった。

「そもそも安田の狙いは何なんですか？」

「それは、何度も話しているように、安大成の存在に再び光を当てるためですよ」

「なぜ？」

「なぜって、バブル期に安の周辺で消えた金があるでしょう。でも、この記事の本質はそこにあるんやなくて……」

吾妻の要領を得ない話を聞き、何ら新事実をつかんでいないことを確認した。

「やはり、もう少しファクトの部分がほしいですね。せっかくのネタですから、中途半端に出しちゃうのはもったいないですよ」

おだてながらも、しっかりと否を突き付けると、吾妻は口ごもった。テレビ局の捏造問題という渾身の特ダネが、さほどの反響を呼ばなかったことでヘソを曲げているのだろう。

電話を切ると、丸岡が「すみません」と、また頭を下げた。当初は彼が対応していたが、手に負えなくなったので、先月から三反園が窓口になっていた。

三反園は何でもないように手を振ると、「ちょっと出てくる」と言ってポールハンガーに吊るしていたコートを手に取った。

3

タクシーで都内のホテルに着くと、すぐさま最上階のバーを目指した。

ウエイターに後で注文すると告げ、窓際の背の丸い一人用ソファに座った。まだ陽が高いうちに、東京の街が一望できるこのバーに来ることは、三反園の数少ないストレス解消法の一つだった。夜を迎える前の閑散とした店の雰囲気が、読書をしたり、考え事をしたりするのにちょうどいい。

待ち合わせの時間より三十分早く来たのは、これから会う相手に備え場に馴染んでおきたかったからだ。

窓の外は見渡す限り建物で埋め尽くされ、山も見えない。高さの異なるビルが不規則に並び、三反園はこの景色に五線を引けばどんな音を奏でるだろうかと、柄にもなく思った。中学に入るまでピアノを習っていたが、もう三十年以上鍵盤に触れていない。ビルが音符に見えるなど、どうかしている。

スマホが震え、Eメールの受信を知らせた。LINEを入れてから使わなくなったが、唯一母親とだけはEメールでつながっている。迷惑メールが大半なので、見落とすことも少なくない。

――ちょっと　電話できますか?――

読点の打ち方が分からないのか、母は代わりにスペースを多用する。通話中に相手が現れるかもしれないので、気にはなったが「取材中。後でかける」と手短に返信した。

約束の五分ほど前に、小柄な銀髪の男が姿を見せた。三反園が立ち上がると、安田隆は丁寧に一礼してウエイターにコートとマフラーを預けた。

「遠いところを申し訳ありません」

「いえいえ、先月に定年退職して暇を持て余してましてね。たまたま東京に用事もありましたので」

上品な関西弁と上座のソファに腰掛ける安田の貫禄を目の当たりにし、三反園は先ほどまで電話していた吾妻とは役者が違うとの感想を持った。その吾妻から写真を送ってもらってはいたが、実物の安田は血色がよく端正な面立ちをしている。

「じゃあ、初めてお会いできたということで、乾杯しましょか」

まだ夕方にもなっていなかったが、安田がグラスのシャンパンを注文した。しばらくはウェブニュースについて三反園がレクチャーする形で会話が進んだが、シャンパンが届くと安田が「電話でも伺いましたけど、吾妻君が無理を言うてるみたいで」と本題に入った。

「いえ、そんな大層な話ではないんですが、念のための確認をしたくて」

「上方テレビの番組の話をして、安大成捜しを依頼したのは私の陰謀だった、と。平たく言えばそういうことですな？」

「陰謀、という言葉ではありませんが」

丸岡経由で吾妻の原稿を手にしたとき、三反園は一読して使い物にならないと判断した。一方で、安大成という存在にはかなり惹かれるものがあった。

バブル懐古の雰囲気は未だ尾を引いている。二〇二〇年の東京オリンピックを理由に都市部の地価が上昇し、株価の方も官製相場で高値を維持。週刊誌や一部ネットサイトには無責任な未来予想図を描く景気のいい記事が溢れ、ビジネスを近視眼的に見る大人たちが再び「バブルごっこ」に参加して、過去の頂きを懐かしんでいる。

特に四十歳を過ぎた辺りから、三反園は現状の資本主義に懐疑的になってきた。

数字の上下で一喜一憂するマネーゲームは、経済システムそのものを胴元にしたギャンブルだ。地価や株価は常に気まぐれで、上がる理由に下がる原因と、看板だけをすげ替えて定期的に同じ過ちを繰り返す。非正規採用枠の拡大や労働組合の縮小など、人間軽視の流れが格差社会を助長している傍で祭りは続く。

かつて日本経済が最高潮に膨らんだ時に莫大な金を動かし、マネー経済のど真ん中にいた男は、天国と地獄の中で何を見たのか――。

「失礼ですが、三反園さんのお父さんは、三反園正義《まさよし》教授ではないですかね？」

突然父の名を耳にし、三反園は虚を衝かれた。

「……父をご存知なんですか？」

「直接お目に掛かったことはないんですが、ご高著を拝読したことがありまして」

「それはありがとうございます。いや、父の本を読んでくださった方にお会いしたのは初めてです」

冗談めかして言うと、安田は書名を挙げて「やや難解なところもありましたが、シュンペーターの基礎を学べました」と笑った。

ヨーゼフ・シュンペーターはケインズと並び、二十世紀を代表する経済学者だ。資本主義だけに留まらず、社会主義や民主主義に関しても深い考察を残し、その業績は京都の私大で近代経済の研究を続けていた父の大きなテーマだった。多くの論文を発表し、受賞歴もある教授だったが、気難しく抑圧的な性格への反発で、かつての三反園は学者の世界には否定的だった。ようやく父の本がまともに読めるようになったときには、三十代も半ばに差し掛かっていた。

大日新聞に就職が決まって父に報告したとき「浅瀬に留まるな」と言われたことを、三反園は鮮明に憶えている。当時は意味が分からず不快に感じたが、今は父の気持ちが少しは理解できる。

新聞記者時代、三反園は日刊の忙しなさからノルマの処理を優先し、紙面を整えることばかり考えていた。本すらまともに読めない日々が続き、そんな自分に段々と嫌気が差していった。

父には子どもの前に立ちはだかるであろう壁が見えていたのかもしれない。一人息子とあまり話すこともなく、父はひたすら本を読み、思考を続けていた。そんな孤独が実は幸せで、自分には到達できない高みであると知ったのは、父の胃に癌が見つかった後だった。

「で、具体的に吾妻君は何と言ってるんです？」

安田の言葉に、三反園は我に返った。

シャンパンを口に含んで少し考えた後、会話の録音や送ってきた原稿については触れず、予め電話で伝えていた内容を繰り返した。

「つまり、私が安大成の手先となって、構成作家を騙してバラエティ番組をつくらせ、それを後輩の吾妻君に書かせた、と？　でも、何で私がそんなことをしたかについては、よう分からん、と。そういうことですか？」

「まぁ、平たく言えばそうです」

「彼もようそんなんで新聞記者をしてますな。物事を己で決めた型に無理やり押し込んで。昔は純粋な子でしたけど……ほんまに同僚からの信頼が厚い男でしたから」

「確かに吾妻さんのおっしゃってることには無理があるように思えます。ちょっと確認なんですが、上方テレビの構成作家が東京で活動していたときと同じ時期に、安田さんが近畿新報の東京支社長をされていたのは事実ですか？」

「ええ。確かに東京にいましたし、構成作家ともたまに飲みに行く仲でした」

「そのとき、この作家に安大成の話をされたんじゃないですか？」

「ええ、しましたよ。でも、それは『何か面白い話はないか？』と聞かれたから、安の豪快なエピソードを語ったまでです。番組にあった国内潜伏説なんか、ひと言も申してません」

「安田さんは、吾妻さんに安大成を捜すように依頼されましたよね？　その前に安を見つけたという構成作家に連絡はしましたか？」

「何回か電話を鳴らしたんですけど、つながりませんでしたわ。それに、あの番組では結局、直当たりできてないわけですから、居場所を知らんのも同然でしょ。それより、信頼できる——少なくともそのときはということですが——新聞記者に頼んだ方が早いかなと思いましてね」

「安田さんは安の遠い親戚にあたるということですよね。家族関係、もしくは在日韓国人のネットワークを駆使してもダメだったんですか？」

「あきませんでした」

質問に淀みなく答える安田をどう捉えればいいのか、三反園には判断がつかなかった。単に事実を話しているようでもあり、頭の中に想定問答が出来上がっているようでもある。

「これを見ていただきたいんですが……」

バッグから一冊の週刊誌を取り出してテーブルに置いた。

「お読みになったかもしれませんが、先月『週刊文潮』がトップで報じた記事です。安大成の独占インタビューです。現在と過去の写真を使って、六ページも割いています。お恥ずかしい話ですが、発売されるまで全くノーマークでして、書店で雑誌を見た部下から連絡を受けて驚きました」

「私も知人からの電話で雑誌のことを教えてもらいました。すぐに本屋へ行って買ったんですが、店の中で読んでしまいましたよ」

年明け早々の衝撃だった。

安は経済事件で逮捕され、保釈中にソウルの病院で突如失踪した。二十一年前のことだ。二年後に都内で身柄を拘束され、その後保釈中に起こした経済事件でも再逮捕される。

古希《こき》を迎えた安が、約二十年に及ぶ長い沈黙を破ったことに、三反園は時代が一周したような感覚に陥った。

「今はソウルにいるということですね」

「みたいですね。まぁ、しかし、見事に目新しい情報はないですな」

記事は独白形式で、ライターが書く「地の文」がなかった。

安は、戦後最大の経済事件と言われた「イノショウ事件」や火災で大惨事となったホテルの跡地買収を巡る話、保釈中の失踪、刑期の途中で韓国の刑務所へ移送されたことなどを語っている。六ページにも及ぶ告白にもかかわらず、一方通行な構成からプロパガンダへの警戒が先に立ち、胸に迫るものがなかった。

だが、このスクープの価値は記事の中身にはない。安大成という男をメディアに引っ張り出すことこそが重要だったのだ。三反園は最初に記事を読んだとき、悔しさを覚えると同時に、望みも感じた。

安大成と接触できるかもしれない——。

「三反園さんは記事を読まれてどう思われました？」

そう尋ねた安田は、ウエイターを呼んでスコッチのロックを注文した。

「正直、もう少し踏み込んだ内容を期待してたんですが、まぁ、あれが載せられるギリギリのラインだったんでしょう」

「安の何が知りたいんですか？」

重ねて問われ、三反園は時間を稼ぐように「そうですね……」と言って、視線をテーブルの上のシャンパンに向けた。

安の何が知りたいかという安田の問いは至極真っ当なものだ。三反園は曖昧にしていた要素を頭の中に呼び起こし、優先順位をつけ始めた。

安大成が起こした数々の事件の裏側については、もちろん知りたい。今明らかになっている事実は、検察側が描いたシナリオとさほどの距離がない。たった一人であっても、当事者しか知らない出来事に触れると景色が一変することはよくある話だ。

しかし、三反園の興味の対象は、事件の中身よりも「安大成」という人間そのものだった。

「まずは金の使い道ですね。本人も全ては憶えてないでしょうが、金がいかに動き、どこへ消えていったかに興味があります。その行方を追うことで経済の一端が垣間見えるような気がしますし、安という人物の人間性が浮き彫りになるのではないか、とも思います。もう一つは韓国ですね。彼は日韓の架け橋になると言って、大阪と釜山《プサン》を結ぶフェリーを就航させました。その思いについて、明らかになっていない事実を知りたいです」

「おっしゃる意味はよく分かります」

安田は大げさなほど頷いて、ウエイターからロックグラスを受け取った。

「ちょっと理屈っぽくなりますけど、いいでしょうか」

三反園は少し前かがみになって両手を組んだ。

「私には経済格差が是正される世の中が想像できません。所得の分配が歪《いびつ》に過ぎて、資本主義そのものへの疑問がどうしても拭えないんです。不安定な経済基盤、つまり生活が苦しくなると、人々は追い詰められていきます」

「まぁ、心の余裕がなくなっていきますわな」

「ええ。そんなときに、耳触りのいいことを言って金を稼ぐ連中が必ず目立ってきます。民族主義や国家主義。自分たちの都合のいい、出処《でどころ》不明の資料だけを巧みに使って、排他的な空気をつくり上げていく」

三反園は取材した差別団体「ドレイン」の旧メンバーの顔を思い浮かべた。倉敷市内の自宅アパートには、書籍や雑誌が乱雑に積み上げられていた。いわゆる日本礼賛《らいさん》と韓国批判の本がほとんどで、三十代の男は「目立つから捨てるに捨てられんのです」と苦笑いしていた。

「まさに今の世の中ですわ」

「そうです。大半のサイレント・マジョリティーは眉を顰めています。しかし、情報の怖いところは、明らかに独りよがりな意見であっても、毎日少しずつインプットされていくと、そういった考えに抵抗がなくなってしまうことです」

「そして、いつの間にか物言えぬ空気が出来上がる、と」

「安大成は、現在の日本についてどう思っているのかを知りたいんです。彼は日本の戦後と資本主義経済の脆い面も知っています。人間の欲に最も近いところで生き抜いてきました。そして、彼が日本の空気を肌で感じていたのは、インターネットの蜘蛛《くも》の糸が張り巡らされる以前です。今のネット社会を知らないからこそ、薄れてしまった概念を再発見できるような予感があります」

そこまで話すと、三反園は前のめりになっている自らに気づき、照れるようにして居住まいを正した。

「さすが三反園教授のご子息ですね。今世の中に流れているバカバカしい空気、これに対する考察は私も同じです。それに『安大成が日本のネット社会を知らない』という視点は面白いですね」

安田は品のいい笑みを浮かべ、ロックグラスについている水滴を指で拭った。

「少々生意気を申し上げると、今、三反園さんがおっしゃったことは、日本のジャーナリズムに対する危機感のようにも受け取れました。結局、ジャーナリズムの質は、政治の質を映す鏡ですから」

「すみません。釈迦に説法でしたね」

シャンパングラスを飲み干して視線を外した三反園は、内心で安田の洞察力の鋭さに舌を巻いた。敵に回したくないと思わせる典型的な人間だ。ますます吾妻の分が悪くなった。

「今日、あなたとお会いしてから決めようと思ってたんですが」

急に安田の声のトーンが変わったので、三反園は何事かと前を向いた。

「実はゲストがいるんです」

「ゲスト？」

「ここに呼んでいいですか？」

「もちろん、構いませんが……」

安田がスマホをタッチしてほんの数秒で、大柄なスーツ姿の男が近づいてきた。バーの奥にある席にいたのだ。

「ご無沙汰しております」

髭面の不敵な顔を見上げ、三反園は思わず腰を浮かした。

男は桐野弘だった。

4

同じバーにいたことに全く気づかなかった。

「ＪＲのときはお世話になりました」

丸いテーブルだったので、桐野は真ん中に座る形となった。

二〇〇五年に兵庫県で起きたＪＲ脱線事故は、未曾有《みぞう》の大惨事だった。走行中の電車が速度超過で脱線してマンションに衝突、百七人が亡くなった。

当時、三反園は東京本社に勤務していたが、大阪本社管轄の阪神支局へ応援に行ったのだ。その際、三反園は大阪本社の社会部員だった桐野と同じチームに入り、協力して関係者取材をした縁がある。

「突然、申し訳ありません。十三年ぶりですか」

「多分……そうやねぇ」

三反園はつられて関西弁になった。

桐野はその後、東京本社に異動したが、このとき三反園が地方支局で勤務していた関係で、顔を合わせていない。大日新聞を去り、故郷の地方紙である近畿新報に転職したのは、母親の介護が原因だったと風の噂で聞いた。

ウエイターが桐野のグラスを持ってくると、安田が頭を下げた。

「驚かせてしまって、申し訳ありません」

「まさかお二人がつながっているとは、と思いましたが、よく考えれば、同じ会社だったんですよね」

「ええ。お互い近畿新報にいるときは、ほとんど接点がなかったんですが」

「それがどうして？」

「去年、彼が誤報問題を引き起こして、その後がちょっと気になりましてね。三反園さんもご存知だと思いますが、彼は優秀な記者ですから」

安田の視線を受けた桐野は「皆さんにとんでもないご迷惑をかけてしまって」広い肩を窄《すぼ》めた。大柄な彼が身を小さくしている様はコミカルではあるが、三反園は素直に笑えなかった。恐らく、桐野は三十分前に着いた自分よりも早く来ていたはずだ。声を掛けるでもなく、ずっと見ていたのかと思うと気味が悪かった。

「桐野君は今、フリーでライターをやってましてね」

「そうなんですか」

「ええ。まだ熱《ほとぼ》りが冷めたとは言い難いので、桐野弘の名前では書いていないんです。なぁ」

安田に軽く肩を叩かれた桐野は「水嶋《みずしま》アキラのペンネームを使ってます」と、苦笑を浮かべた。

「今はどんな取材をしてるの？」

「ネットの名誉毀損ですね」

「あぁ、例のプロ野球選手の？」

「ええ。同様のケースを集めてます」

昨年、プロ野球選手の家族がネットで中傷を受けたとして、この選手の家族が弁護士を通して情報開示請求を行った。書き込みをした加害女性に開示費用を含む約二百万円の賠償請求をしたことは、ネットの匿名性の問題と直結するため、大きな話題となった。

「でも、取材が難しそうだね」

「この件に関しては、協力してくれる弁護士が結構いて。ネットは誹謗中傷《ひぼう》の海ですから、原告はいくらでもいます。弁護士にとっては、グレーゾーン金利の過払い金訴訟に代わる市場になるかもしれません」

「もし、この流れが一般的になれば、ネット倫理も少しはマシになるかもしれない」

「どうでしょう。母数が大きいですからね。焼け石に水かもしれませんが、友だちとか会社の同僚みたいな、意外な裏切り者が炙《あぶ》り出されることも少なくないと思います」

「いろんな人間関係が壊れるだろうなぁ」

「その泥臭さが、メシの種です」

口元を歪めて笑う桐野を見て、三反園は十三年の歳月を感じた。目の前の男がまとう荒んだ雰囲気は、決して加齢だけが原因ではないだろう。三反園は露骨な表現を笑ってかわした。

ロックグラスをテーブルに置く安田と目が合った。

「で、その流れで面白い話が転がり込んできましてね。ここからが今日の本題でして」

なぜ桐野がここに呼ばれたか、ということでもある。三反園は慎重に頷いて先を促した。

「桐野君がネタ元の弁護士から、大阪のある弁護士のことを聞きつけたんですが」

安田がバトンを渡すように隣を見ると、桐野が話を引き継いだ。

「その大阪の弁護士――仮にAとしましょうか――が、安大成と連絡を取っているというので、ネタ元の弁護士に紹介してもらったんです」

「桐野君は、A弁護士と会ったんですか？」

「ええ。昨年秋に初めて会って、それから三度顔を合わせてます」

ここにきて、ようやく安田が桐野を呼んだわけが見えてきた。

「A弁護士は安の居場所を知ってるんですね？」

「ええ。安大成ですからね。是非、話を聞きたいですし、私も記者として復活する大きなチャンスだと思ってます」

桐野の自信に満ちた表情を見て、三反園は話が願ってもない方向へ進んでいく予感がした。

「会えそうなんですか？」

「ええ。というより、既にアポイントを入れてます」

「えっ、安大成とのインタビューですか？　取材できると？」

「はい。三日後にソウルのホテルの一室で、二時間もらいました」

「それはすごい……桐野君、言うまでもないけど、ビッグチャンスだよっ」

実際にインタビューが実現するとあって、三反園は興奮で声が上ずった。

「それで、ご相談なんですが」

安田が再び三反園に話し掛けた。

「『ファクト・ジャーナル』さんで、桐野君のインタビューを配信してもらえませんか？」

望外の幸運に、三反園は小さく手を打った。

「いや、もちろんです！　こんなありがたい話はありませんっ。ちなみに、記事は独占でいただけるんでしょうか？」

「そのつもりです。これからの桐野君の主戦場はウェブメディアになりますし、何より『ファクト・ジャーナル』は、裏付け取材をきちんとこなされるので、信頼度が高い。この桐野君も最初から三反園さんと組みたいと言ってましたし、それに、お二人には大日新聞という縁もある」

桐野は安田の言葉に頷くと「よろしくお願いします」と、殊勝な様子で頭を下げた。

「先ほど、安大成に何を聞きたいのかをお尋ねしたのも、このことがあったからです。何だか試すようなことをして申し訳ありませんでした」

三反園は「滅相もない」と安田に手を振った。

「桐野君、そして彼の後見人気取りの私にとっても、安のインタビューは最重要事項なので」

「そんな大切なお話を『ファクト・ジャーナル』にいただき、ありがとうございます。精いっぱいアシストさせていただきます」

話がまとまり、三反園は頬を緩める桐野と握手した。安田もご機嫌な様子で頷いていた。

「で、具体的なことですが、インタビューをするホテルの部屋代は私が出すので、三反園さんにはカメラマンを手配してもらいたいんです」

「もちろんです。お任せください」

「すみません、厚かましいお願いなんですが……」

桐野が恐縮したように眉尻を下げた。「この前の滝村光一《たきむらこういち》の写真を撮られてた方に依頼することはできますでしょうか」

世界的音楽家、滝村光一の日本ツアーの密着取材の記事だろう。

「徳田《とくだ》さんのことだと思います。確かに人物ものは相当うまいです。早速、連絡取ってみますね」

幸いカメラマンの徳田真司《しんじ》とは、独立してから五年来の関係だ。取材三日前だが、よほどのことがない限り、三反園には無理を聞いてもらえる自信があった。

「いやぁ、最近では『週刊文潮』の不倫記者問題みたいな恥ずかしい仕事をしてたもんで、やっと本物の記事が配信できます」

「私もまた三反園さんの下《もと》で働けるのが嬉しいです。ソウルに行く前に、もう一度お時間をいただけますか？　記事の方向性もあるので、きちんと打ち合わせをしたいんで」

「了解です。他にも必要なものがあったら、何でも言ってください」

雰囲気がよくなったところで、安田が「もう一回乾杯といきますか」と言ってウエイターを呼んだ。

隣で笑顔を見せる桐野をチラリと盗み見た。棚からぼた餅の展開に盛り上がる一方、三反園は一人の女の存在が気になっていた。しかし、敢えて二人には何も言わなかった。

「ファクト・ジャーナル」にそのメールが届いたのは、三ヵ月前のことだった。

5

予定など一件のメールで乱れていくものだ。

——ちょっと　電話できますか？——

安田と会う前に母親の携帯電話から送られてきたEメールは、思いの外三反園の日常を揺さぶった。

「邦雄が料理できるやなんて、お母さん信じられへんわ」

具材の大きいビーフシチューを食べながら、母が口元を綻ばせた。

「ずっと独り身やからね。それに年取ると、外食がつらくなる」

「誰かいい人見つかったらええのに」

「今更結婚っていうのもな。恥ずかしいわ」

母の菊乃が左脚を骨折した。「一応の報告」ということだったが、年老いた独り暮らしの母親を放っておくことなどできない。三反園はソウルへの同行取材を諦めざるを得なかった。

「その逃げた男のこと、ほんまに憶えてないの？」

「暗かったからよう見えんかったんよ。若かったのは憶えてるけど。でも、もうええわ。変に関わりおうて仕返しされたら怖いもん」

夜のウォーキング中に、自転車にぶつかって膝の皿を割ってしまった。自転車に乗っていた若い男はそのまま走り去ったが、母は警察に被害届を出さないつもりらしい。三反園は仕事で数々の事件に接してきたが、いざ自分の母親が被害に遭うとショックが大きく、また腹立たしかった。

「ろくな死に方せんで、そんな奴」

「まぁ、どっかでバチが当たるでしょ。そんなことより、あんた、時間ええの？」

母が壁掛けの時計に目をやると、約束の時間が迫っていた。

「あぁ、もう行かなあかんわ。帰りに電話するから、必要な買いもんあったら言うて」

「あんまり無理しぃなや」

軽く手を上げて了解の意を示すと、三反園はコートを羽織って玄関へ向かった。

幸い電車の乗り継ぎがスムーズで、隣県の私鉄、衣川駅には午後二時前に到着した。駅は南側にある駅ビルとつながっていて、一階出口前はタクシーと市バスのロータリーになっている。

待ち合わせはタクシー乗り場の近くにある、ハート形をした鉄製オブジェの前。三反園が辺りを窺っていると、女が小走りで近づいてきた。

「三反園さんですか？」

やや息切れしている女の声は、見た目の印象とは異なり低かった。

「すみません。本当はこのビルにあるスタバにしたかったんですけど、子どもが寝てしまいまして」

森本美咲は丈の短いダウンジャケットにジーパン姿で、あまり長くない黒髪を後ろで束ねていた。日常のフレームからそのまま抜け出したような生活感が漂っている。

初対面の挨拶もそこそこに、三反園は美咲がロータリーに停めていた軽自動車に乗り込んだ。後部座席のチャイルドシートで、丸々と太った赤ん坊が寝ている。三反園は相手との距離を詰めるため「何ヵ月ですか？」と関西弁で尋ね、静かに助手席のドアを閉めた。

「五ヵ月です。夜泣きがひどくて、昼間もなかなか寝てくれません。車だと振動が心地いいのか、割と寝るんです」

「そうですか。それは大変な時期に申し訳ありませんでした」

「いえ、もともとご連絡を差し上げたのはこちらの方でしたから」

隣でハンドルを握るこの小柄な女性が「ファクト・ジャーナル」の編集長宛にメールを送ってきたのは、三ヵ月前のことだった。

――誤報問題を引き起こして近畿新報をクビになった桐野弘元記者が、取材活動を再開しました――

簡単な挨拶文の後、美咲が切り出した一文に三反園はハッとした。かつて一緒に取材したこともあり、桐野の動向が気になっていたからだ。

メールには桐野がネットの名誉毀損問題を取材している点も書かれてあった。内容が具体的だったので、恐らく情報提供があったのだろう。それも彼女が一年前に受けた被害を考えると頷ける。

ひき逃げで夫を亡くしたとき、森本美咲は既にお腹に子を宿していた。悲しみに打ちひしがれている彼女に追い打ちをかけたのが、近畿新報による〝スクープ〟。ひき逃げに使われたとして「黒のワンボックスカー」の写真が掲載されたが、これが森本家のものだった。そして、この記事を書いたのが桐野だ。

「例の誤報問題のときは大変だったでしょう」

「ええ。今でも当時のことを思い出して悲しくなるときがあります」

特に当てはなさそうで、美咲は気ままに運転しているようだった。

桐野の記事では「遺族宅の車が犯行に使用された」とまでは書いていない。しかし、近畿新報の別の記者が、美咲を犯人視して取材していたことが後に明らかになる。夫を亡くしただけでなく、その夫を殺害した疑惑までかけられたのだ。

「私、特に意識してたわけじゃないんですけど、新聞を信頼してたんだと思います。もちろん、全部がいい加減な記事でないにしても、一度でもこういう経験をすると……大げさに聞こえるかもしれませんけど、いろいろと信用できなくなってしまって」

「立ち直られるのに時間が必要でしたでしょう」

「この子が生まれてから……いや、生まれる前からか。子ども中心の生活になって、却ってそれで助かったところはあります。私がしっかりしなきゃって思いますし」

赤信号で停止した車の中で、美咲は後ろを振り返って赤ん坊を見た。実際、踏ん切りをつけるしかなかったのだろう。車も黒のワンボックスではなく、小回りの利く白の軽自動車に変わっている。

「メールを送りっ放しになっていたのが気になってはいたんですが、私も就活のこともあって落ち着かなくて。ほんと東京から申し訳ありませんでした」

「いえいえ、こうしてお会いできてよかったです」

メールをもらったとき、念のため返信はしておいたが、会いにまで来るつもりはなかった。顔を見てみようと思ったのは、母親の見舞いのついでと、桐野と再会した偶然が重なったからだ。

「最近は何か情報が入ってますか？」

「大したものは何も。相変わらず取材を続けてるそうですが」

三反園は桐野と面識があることも、一昨日に会ったことも敢えて伝えていなかった。警戒レベルが一つ上がるごとに得られる情報は少なくなる。

「舌の根も乾かぬうちにって言うのも変ですけど、桐野さんがまだ記者として生きてることに驚きました。でも、それより名誉毀損のテーマで取材をしてるのがどうしても引っ掛かってしまって」

「水嶋アキラ、というペンネームを使ってるそうですが、よく気付かれましたね」

それとなく取材源を探ってみたが、美咲はそれには答えず、近畿新報に対する不信感を語り続けた。普段、会話する相手がいないのか、美咲の話は止まらなかった。

「桐野さんともう一人、中島さんってデスクがいたでしょ？」

「『プロジェクトＩＪ』の？」

三反園が聞き返すと、美咲は前方を見たまま頷いた。「プロジェクトＩＪ」は近畿新報が年間二百万円の予算を組んだ調査報道企画だったが、実情はデスク一人、記者一人で、あとは応援組という心もとない陣容だった。

「私の取材をした記者さんが誤報に気付いて中島デスクのところへ確認に行ったとき、今の私たちみたいにデスクの車の中で会話したみたいなんですよ」

「中島さんが運転してたんですか？　動揺してる人間がハンドルを握るのも危ないですね」

「すっごい気まずかったでしょうね」

美咲の口元に小さな笑みが浮かんだ。

表情に精神の不安定さを見出した三反園は、曖昧に相槌を打った。

「よく情報提供にうちを選んでくださいましたね」

話を変えると、美咲は右折のハンドルを切りながら「だって『ファクト・ジャーナル』さんのスクープじゃないですか」と笑った。

「それに裏付け取材をしっかりされるメディアと聞きましたので」

「ほとんどのネットニュースの記事はいい加減、という先入観を何とかしたいと思っているので、そう言っていただけると励みになります。最近、不倫記事でアクセス数を伸ばしたりしてるのは恥ずかしい限りですが」

そう言って笑い掛けたが、美咲は前方を見たまま軽く頷いただけだった。

『週刊文潮』の品川の記事を配信した後、未だ本人からは何の連絡もない。三反園からメールを送ってみたが、返信はなかった。そのことが気になっていたので、つい余計なことを口走ってしまった。

三反園は咳払いをしてから続けた。

「それで、森本さんとしては桐野記者についての記事化を希望されてるんですか？」

「そうですね……ちょっとここのファミレスに車を停めますね。話しながら運転するの得意じゃないんで」

空きが目立つファミレスの駐車場に車を停めた美咲は、サイドブレーキを引くと、考え込むように細い指を唇に当てた。

「やっぱり悔しいんですよね。桐野さんが人の名誉とか、社会正義とかを記事にするのが。私が聞いたのはアマゾンの『キンドル砲』って言うんですか。そういうので書くって。でも、やっぱり信用できなくて、またいい加減なことを書かれて傷つく人がいたら嫌やなって」

キンドルでの暴露本のことは初耳だった。取材している名誉毀損については、電子書籍で発表するつもりらしい。

美咲の話を聞き、三反園は気が重くなった。これからその桐野と大仕事をするのだ。真実を知ったとき、彼女はさらに深いメディア不信に陥るかもしれない。しかし、だからと言って安大成のネタをここで漏らすわけにはいかなかった。安の独占インタビューは、自分が理想とするウェブニュースサイトの足掛かりになるかもしれない重要なものだ。

差別集団「ドレイン」の取材をしていたときも、在日韓国人に対する差別は根強いものがあると実感し、かつて「日韓の橋渡しをしたい」と言っていた男が、どう反応するかが知りたかった。

やはり父親の影響もある。大日新聞への就職が決まった際に言われた「浅瀬に留まるな」という言葉は、ずっと三反園の頭の片隅にこびりついていて、あのときの父と現在の自分が同じ年だということに、どうしようもない焦りや苛立ちを覚える。

人間の成熟度は相対評価では測れない。他人と比べたところで仕方なく、自らに物差しを当てるしかないものの、男にとって父親の存在はやはり特別なものだ。自分が未だ父の領域に達していないのは確かで、安の取材を成功させて記者クラブメディアを揺さぶり、浅瀬から一歩踏み出したかった。

「――ご多忙でしたら、知り合いに書いてもらうこともできます」

書いてもらう、という言葉が聞こえ、美咲が話していたことに気付いた。いつの間にか考え事をしていた三反園は「知り合いですか？」と曖昧に聞き返した。

「ええ。近畿新報の沢村さんって記者なんですけど、桐野さんの記事ですし、私がお願いしたら協力してもらえると思うんです」

沢村と聞いて、以前丸岡が話していた記者だと思い出した。ひき逃げの虚報の際、美咲を取材した男だ。「私がお願いしたら」という彼女の言葉に、沢村という記者の負い目が透けて見えるようだった。

三反園は「ええ」とだけ答えて、美咲から視線を外した。

これからこの女性を裏切ると思うと、三反園の胸中はさらに重苦しくなった。桐野について大した情報を得られたわけでもなく、会わなかった方がよかったかもしれない。

「書かれた方は、ずっと残るから」

美咲がつぶやいた瞬間、後部座席の赤ん坊が泣き始めた。

「やっぱり動いてないとあかんみたいです」

三反園はゴングに救われた気持ちで、美咲に「そろそろ行きましょうか」と促した。

車が駅に戻る間は、赤ん坊の激しい泣き声のおかげで沈黙を避けられた。県道沿いの特徴のない景色をぼんやりと眺めながら、三反園は少しずつ気持ちを切り替えていった。

桐野たちは既に、ソウルに入っている。

6

低層ビルの窓から見える夕日の美しさなど知れている。

陰る空に浮かぶ膿《う》んだような陽にはうんざりすることも少なくないが、今の三反園には感傷的に映った。

およそ一時間前、安大成のインタビューを配信した。記事はすぐに「ヤフーニュース」のトップに載り、アクセス解析のソフトでも文潮の不倫騒動の初動を上回るPVを記録している。三反園のスマホには知り合いの記者や出版関係者からの問い合わせが相次ぎ、ようやく一段落したところだ。

誰もいない会議室で一人、ノートパソコンと缶ビールを前に物思いに耽っていた。

それは世の中をざわつかせた記者が得る正当な権利であり、ご褒美だ。三反園は後ほど桐野に電話し、うなぎ上りのＰＶの状況を伝え、改めて成功の余韻を分かち合おうと思った。

今日は、いや、正確に言えば昨日の夜から緊張が続いていた。安大成は本当に姿を現すのか。午前十時、桐野からスマホのショートメールで「到着」と送られてきたときは、安堵の息を吐いたほどだ。

正午半過ぎに興奮した様子の桐野から電話があり、インタビューが成功したことを告げられた。予定通り前編、後編に分けて配信することになった。会社でエンジニアとともに待機していた三反園は、先にカメラマンの徳田から送られてきた写真を見て、とうとう安大成を捉えたと興奮した。

通常は長い記事でも、全てに目を通してから分割する。しかし、今回は「ヤフーニュース」の掲載を念頭に、速報という形で出稿することを決めていた。

約三時間後に送られてきた原稿は完璧な仕上がりだった。起こした事件ではなく、安大成の人間性や思考回路を浮き彫りにするという趣旨通り、生まれ育った大阪の長屋での思い出や差別、一九九六年の保釈中にソウルで失踪した際の足跡、特にこれまで明らかにされていなかった韓国での行動について言及している点が画期的だった。

同じ人物でも視点を変えると、善悪の濃淡に差が生じる。記事の中にある「今でも日韓の架け橋になろうと思ってます」「ネットで差別が蔓延《はびこ》ってるなら、反対の方向にも使えるはずでしょ。今、ネットで逆風を吹かせる方法を考えてますねん」という安の言葉は頼もしかった。

そして、経済を語るときには、面白さがより前面に出た。

――資本主義経済の発展には「イノベーション」が不可欠、という経済学者のヨーゼフ・シュンペーターの理論はあまりに有名ですが、あのバブルにおいては何が「イノベーション」だったのでしょうか？

そんなん、知りませんわ。イノベーションって革新ってことでしょ？　確かに金儲けできる確信はありましたけど。バブルは経済やなくて外交の副産物ですわ。何か技術的に大きく前進した、みたいな印象はありませんでしたな。とにかくね、当時は自分の手掛ける会社をピカピカにせなあかんって、そればっかり考えてましたから。

――いわゆる不景気に直面したとき、私たちは何を考えるべきですか？

経済は生きもんやからね。そら、思い通りにはいきませんわ。不景気は端的に言うたら、「世間が飽きた状態」。でも、上澄みの賢い連中がちゃんと新しいもんを出してきますから。地に足がついてるからこそ、ジャンプできるんとちゃいますか。逆に宙

**に浮いているときは飛べんでしょ。地面にいるときが不景気、空中にいるときが好景気ってことですわ。**


　安の言う「新しいもん」こそシュンペーターの主張する「イノベーション」だ。ジャンプのくだりも景気循環をうまく表している。

　原稿を読んで笑ってしまったのは、シュンペーターを敬愛していた父が、安大成を毛嫌いしていたという皮肉からだ。桐野との打ち合わせでこの質問を提案したのは三反園だった。

　父が亡くなった後の五年で、三反園は自らが内向きになっていくことを自覚していた。新天地で結果を出すため、何事にも考え方が厳しくなり、友人たちとも疎遠になった。そのうちの一人に「おまえと話してると、何かしんどいんだよ」と言われ、年甲斐もなくショックを受けたこともある。だが、同時に片腹痛かった。世の中、口先だけで危機感を訴える人間がいかに多いことか。そういう連中が名言集や成功例をまとめたビジネス書にしがみつくのだ。そんな〝精神安定剤〟としての読み物などつくりたくはない。

　教授にはなったものの、出世には一切の興味を示さなかった父も、自分と同じような孤独を味わっていたのかもしれないと思うと、背筋が伸びた。記者にとってウェブニュースこそが「イノベーション」だ。その波に乗って「浅瀬」から沖へ進む。五十歳の知命を迎え、第一線でいられる時間は日々削られている。

「三反園さん、ちょっといいですか？」

ノックの後、丸岡が顔を覗かせた。

「おぉ、戻ったか。例のインタビュー読んだ？」

「ええ。大反響ですね。まさしく三反園さんの狙い通りじゃないですか。それより、お客さんですよ」

「客……」

丸岡の後ろから「突然申し訳ない」と、落ち着きのある関西弁が聞こえた。

三反園は思わず立ち上がった。

「相賀さんっ」

「ちょっとあなたに用事があってね。エントランスで丸岡さんに会ったから入れてもらいました」

相賀正和は会議室のテーブルにレザーバッグを置くと、三反園が勧めた椅子に座った。チラッと缶ビールに視線をやった後、真っ白な前髪を後ろに流した。以前に一度会ったときもそうだったが、相賀は今日も紳士然として物静かな雰囲気だった。

「何か飲まれますか？」

「私もそれを飲みたいけどね」

相賀は缶ビールを指差した後「胃を切ってから酒はなるたけ控えてるんです」と笑った。

「すみません。今、これしかなくて」

丸岡が丈の短いペットボトルのお茶を持ってきて、テーブルに置いた。

「いえ、急に押しかけたので、お気遣いなく」

「ゆっくりお話ししたいんですが、これから電話取材がありまして。自分は一旦、失礼します」

丸岡が部屋から出ると、相賀は再び突然の来訪を詫びた。

元大日新聞の記者で、三反園の先輩に当たる。しかし、相賀が大阪本社所属だったため面識はなく、JRの脱線事故で応援に行った際も顔を合わせることはなかった。

「その後、例の取材の方はいかがですか？」

「いや、進展なしですね」

相賀は既に定年退職していたが、昨夏、新聞社の同期の自殺をきっかけにジャーナリズムの世界に戻ってきた。自殺した同期と交流のあった女性がアパートに火をつけられ殺された事件。相賀は放火の背後に詐欺グループの存在を突き止め、うち一人の男と接触しようと試みたが、取材前に自殺してしまった。一連の出来事を記事にして配信したのが「ファクト・ジャーナル」だった。東京本社のかつての先輩に、相賀のことを紹介されたのだ。

「自殺されたんが、厳しかったですね。手繰《たぐ》れる糸が切れてしもた」

「でも、連中もいつかボロを出しますよ」

「まぁ、そうなればいいですが」

相賀は血管の浮き出た手でペットボトルのキャップを外した。この寒さの中でも取材を続ける姿には頭が下がる。

「東京に出てこられたのは取材ですか？」

「ええ。今は別件を調べてましてね。そのことでお聞きしたくて」

「私にですか？　もちろん、お役に立てることなら何でも」

三反園が答えると、少し間が空いた。もともと無口なタイプではあるが、今日は何か含みがあるような様子だった。

「先ほど配信された安大成の記事の件です」

「安の……」

探りを入れる問い合わせは何件かあったが、わざわざ会社にまで来る者はなかった。記事はつい一時間前に流したばかりなのだ。

「このライターの水嶋アキラというのは、桐野君のことですよね？」

「ええ……あっ、そっか。大阪本社だから、桐野君とは面識がおありなんですね？」

私も含め三人とも大日の出身ですね――そう続けようとしたとき、相賀が先に口を開いた。

「桐野君が飛ばしで会社を辞めたことを知ってますか？」

「近畿新報の方ですよね。もちろんです。でも……」

「いえ、大日での飛ばしです」

三反園は驚いて相賀を見た。

桐野が大日新聞でも誤報を打っている……。

「桐野君はそれが原因で会社を辞めてます」

「いや、彼は母親の介護で……」

「表向きは。しかし、大阪で発生した男児殺害事件の容疑者浮上を飛ばしてます」

男児殺害事件、容疑者浮上……聞いたことのあるキーワードに海馬が疼く。

「桐野君が大阪府警で一課担をしていたときです。確かに彼が書いた男が捜査線上に浮かんだことはあります。それは各社もつかんでました。でも、決め手がなかった」

「じゃあ、何で桐野君は書いたんです？」

「男のポリグラフが真っ黒、というネタを引っ張ってきたんです。でも、それがデタラメやった」

「何ですか、それ……」

思わず関西弁が漏れ、三反園は牧羊犬に追い立てられる羊のように、自らが決まった方向へ押し込まれていくような感覚に陥った。

「夜討ちメモを捏造してたんです。サツ官は誰一人、ポリグラフのことは言ってなかった」

「本人が認めたんですか？」

「ええ。当時、大阪本社の局次長やった私が面談で本人から直接確認しました」

「そうなんですか……。自分が東京本社やったということもありますけど、そんな事情があったとは知りませんでした」

「訂正を出してないですからね」

「えっ？」

「記事の中にポリグラフのことを書いてなかったんです。一応、男は有力容疑者ではありましたし。まぁ、情けない話ですが」

嘘はないが、中身もない。事件記者としては避けるべき、一見スクープ風の記事。

「それで、桐野君の処遇は？」

「辞表を出してきましたが、問題が明るみに出ていない状況で辞められると、週刊誌が嗅ぎつけるかもしれん、と」

「つまり、適当な理由が必要で、それが母親の介護と近畿新報への転職やったんですね」

「近畿さんから問い合わせがあっても、夜討ちメモの件は伏せるつもりでした。幸い表立った連絡はありませんでしたけど」

果たして相賀は何をしにここへ来たのか。三反園の表情から心中を察したのか、相賀は茶を口に含んでから姿勢を正した。

「今回の安大成のインタビューですけど、もしよろしかったら、どんな経緯で実現したか教えてもらえないですか？」

三反園は少しずつ外堀を埋められていることに息苦しさを覚えた。経験上、質問者が隠し玉を持っているときのやり方だ。

相賀の話の運びから隠し事をしてもメリットがないと判断した三反園は「発端は近畿新報のデスクからの売り込みでした」と、時系列通りに事実を話していった。

最低限の相槌を打つだけだった相賀は、話を聞き終えると、しばらく黙考した。相変わらず「静」のオーラをまとっているが、顔に刻まれた皺に威厳を感じる。

「つまり三反園さんは、取材の録音テープやビデオを確認しているわけではないんですね？」

「ええ。しかし、インタビューの画像は届いてますし、原稿にも不自然な点はありません。それに、取材には付き合いの深いカメラマンをつけてます」

話すほどに言い訳じみて聞こえる。胸奥にあった一抹の不安を鷲《わし》づかみにされたようだった。

相賀はレザーバッグからクリアファイルを取り出すと、ホッチキスで留められたA4用紙を差し出した。何かのリストのようだ。

「これは？」

「私が作成したある団体のリストです。先ほど三反園さんがおっしゃった付き合いの深いカメラマンは、徳田真司のことじゃないですか？」

「そうですが……」

リストに目を落とした三反園は、そこに徳田の氏名、自営のフォトスタジオの店名と連絡先が記されているのに気付いた。

「徳田さんの名前があります……」

そう言ったきり、三反園は絶句した。そのリストに安田隆と桐野弘の名前もあったからだ。

「相賀さん、一体これは……何のリストなんです？」

自らの震える声を耳にした瞬間、三反園はホテルのバーでのやり取りを思い出した。確かに徳田は親しい仕事仲間だ。だが、今回のインタビューで彼を指名したのは、自分ではなく桐野だった。

——この前の滝村光一の写真を撮られてた方に依頼することはできますでしょうか——

「大日新聞大阪本社の後輩に野村新一という記者がいます。今は経済部に所属してるんですが、企画の一環でほぼ一年間、安大成の行方を追ってるんです。私が急いでここに来たのは、野村君から連絡が入ったからです。相賀さんは『ファクト・ジャーナル』と関わりがありますよね……と」

目の前に座る男の話を聞きながら、三反園は自らがすり鉢状の蟻地獄に堕ちていくように感じた。

「野村君はこの四日間、安大成と接触を続けています。問題はその場所です。今日のインタビューはソウルのホテルで行われたんですよね？」

「ええ」

「野村君がいるのは、慶尚南道《キョンサンナムド》です」

「キョンサン……」

「キョンサンナムド。日本語読みでは慶尚南道《けいしょうなんどう》——韓国南部の県みたいなもんです。実際にどの街にいるかは聞いてませんが、とにかく安大成は今日、ソウルにいなかった」

「本当にそれが安なんでしょうか？　失礼ですが、野村さんの勘違いということはありませんか？」

「恐らく、勘違いではないでしょう」

「なぜです？」

「野村君は、日韓の複数の証言者から安の居場所を割り出しました。それに、私に嘘をつくメリットもありません。しかし、このリストに名前がある安田さんや桐野君には目的があります」

「目的……」

「このリストは『メイク・ニュース』の配信に関わったとされる人物をまとめたものです」

　メイク・ニュース――。

　心臓が早鐘を打ち、頭の中が混乱し始めた。

　意図的に虚報を流し続け、ご丁寧にもフェイクニュースの作り方まで指南していたウェブサイト。近畿新報の虚報問題で非難され、荒れに荒れたサイトは既に閉鎖されたはずだ。なぜ今ごろこのようなリストを……。

　疑惑のフィルター越しに現実を見たとき、三反園の脳裏で火打ち石が光るようにして安大成の姿が浮かんだ。

スーツが……。

「ちょっとすみませんっ」

三反園は床を蹴るようにして立ち上がると、そのままの勢いでドアを開けて編集フロアに出た。丸岡やアルバイトの女性が何事かと顔を上げたが、自分のデスクに向かって一直線に走った。

デスクの上に積んである雑誌から『週刊文潮』を抜き取る。安大成の独占インタビューが掲載されている号だ。雑誌を開いた瞬間、三反園はめまいがした。デスクに『週刊文潮』を叩きつけるように置くと、乱れる鼓動を鎮めようと強く目を閉じた。

インタビュー写真で雄弁に語る安大成のスーツは、先ほど徳田が送ってきた画像に写っているものと全く同じだった。

7

何度鳴らしても結果は同じだった。

電源が入っていないことを知らせる女性の声を繰り返し聞くうちに、三反園はスマホに魂を吸い取られるような気持ちになった。

「ダメですか？」

相賀に向かって力なく項垂れると、三反園はパイプ椅子に腰を落とした。

「安田、桐野、徳田、全滅です」

「そうですか……」

会議室に二人、相賀は気難しそうな横顔を見せ、ため息をついた。

徳田が送ってきた画像と『週刊文潮』に掲載された写真を見比べた結果、スーツだけではなく、シャツや靴、ポケットチーフも一致することが分かった。決定的と思えたのは、脚を組んでいるときに見える靴下の柄まで同じだったことだ。

「文潮の品川編集長もつながらないんですか？」

「電源は入ってますが、留守電です」

三反園が頭を抱え込むと、会議室に沈黙が訪れた。対応策など考える気にもなれず、胸の内が現実を否定したい思いで満たされていた。

「相賀さん、そのリストは本当に『メイク・ニュース』のメンバーなんですか？」

静けさを破ったのは情けないほど弱々しい自分の声。相賀は厳しい視線を寄越すと「詳しく話します」と正面を向いた。

「近畿新報の虚報問題を聞いたとき、私は耳を疑いました。最初は、桐野君は一種の病気だと思い、不快とも悲しみとも取れる感情に苛まれていましたが、同時に拭いきれない違和感が残ったんです」

「違和感？」

「ええ。今振り返れば『虚言癖の次元ではない』という直感やったのかもしれません。市長選出馬とひき逃げ事件の記事を改めて読み返してみたときに、抽象的な言い方で恐縮なんですが『新聞記者の原稿じゃない』と感じたんです」

新聞記者の原稿じゃない――相賀の言葉が心の一部にスッと収まった。三反園も深層で同じことを感じていたのだと気付いた。

「『特ダネの重圧』とか『魔が差して』とか、そういう収まりのいい先入観を外して、冷静になってこの問題を見ると、桐野君は報じる側ではなく、あちら側の人間じゃないかと思えてきたんです」

「『メイク・ニュース』側、ということですか」

「そうです。新聞記者の苦悩というステレオタイプの動機ではなく、新聞そのものに対する敵意と解釈した方がすっきりしたんです。桐野君は新聞記者じゃない、活動家なんじゃないか、と」

話が怪しい方へ向かっているとの思いはあったが、三反園は相賀の考えに吸い寄せられる自分の心を制御できなかった。

「私も最初は荒唐無稽な仮説だと思ってました。しかし、幸いというか、不幸にもと言うべきか、私には時間が有り余ってた。詐欺グループの追跡が行き詰ってから、違和感の正体を突き止めるために、桐野君の生い立ちから調べ始めたんです」

ゆっくりと、品のいい関西弁で話し続ける一人の元新聞記者に圧倒され、三反園は自らの過ちの輪郭が浮かび上がってきたように思えた。

「桐野君のことを調べてるときに、東京の私大でメディア学を教えてるという准教授に出会う機会がありましてね。聞けば三反園さんが書いた『ドレイン』について調査していた人みたいで、グループのメンバーが『メイク・ニュース』に関わりがある、と。しかもこの人が先ほどから名前が出てる野村君の奥さんのネタ元やったというんです」

「奥さんのネタ元？」

「ええ。職場結婚したんですけど、野村君の奥さんはもともと、大阪大日の記者やったんですよ」

「野村さんの奥さんが『ドレイン』を調べてたんですか」

「三反園さんは倉敷で元メンバーにインタビューしたでしょ？　実は、その翌日に野村君の奥さんが取材で岡山入りしてたんです」

そこまで聞いて、三反園は元メンバーの男が大学関係者の話をしていたことを思い出した。新聞の取材に対して躊躇していた彼に、三反園は抜かれを警戒して「無理に応じなくていい」と話したのだ。それが大日新聞だったとは、全く気付かなかった。

「そういった縁があったんで、その准教授と親しくなったんですが、彼も近畿新報の問題を普通の誤報とは明らかに質が異なると見ていました。そして彼は『メイク・ニュース』が単なる迷惑サイトではなく、複数の情報のプロが思想を持って運営していた、という仮説を立てていました」

「つまり、相賀さんの仮説と方向性が同じだったんですね」

「ええ。最初はその准教授と私の信頼できる元部下の三人で調査を始めたんですが『メイク・ニュース』に興味を持っている大学関係者やジャーナリストが加わって、今は七人でグループを追っています」

情報がさらに奥行きを見せるに至り、三反園は「誤報」という現実が動かしがたいものだと、諦念を抱いた。

結局、森本美咲の疑心は的を射たものだったのだと思うと、彼女への罪悪感が骨身に沁みた。美咲はニュースメディアとして「ファクト・ジャーナル」を信頼してくれていたのだ。

「今回『ファクト・ジャーナル』にまで手を伸ばしてきたところを見ると、そろそろ彼らが表立った動きを始めるかもしれません」

「このグループのメンバーは一体何者なんです？　『メイク・ニュース』だけじゃ満足できなかったということですか？」

「これは最近分かったことですが、彼らは自らを『ヴァーチャル・エステイト』――VE――と名乗っています」

どう訳せばいいのか、まるでピンとこなかった。相賀は三反園の心中を推察したのか、先回りして答えた。

「例の准教授は『虚像の階級』、もしくは『虚像の権力』と訳しています」

「権力、ですか？」

「この場合の権力はいわゆる立法、行政、司法の三権ではありません。第四権力のことです」

「マスメディアのことですね。つまり、マスメディアは虚像であると」

「もしくは虚像にするべく活動する、ということでしょうね。このグループは国内だけでなく、少なくとも英米豪では存在が確認されています」

「では、世界でも同じことが？」

「取材班で英語以外の言語を使える人がいないので、英語圏以外の動きは確認できていません。准教授が気付いたのは、イギリス人団体のSNSがきっかけでした。ネット上にはフェイクニュースが溢れてますが、このVEの特徴は、新聞、テレビ、雑誌などの、いわゆるレガシーメディアの信用を落とすための活動を行っていることです。しかし、近畿新報のような世間を揺るがすような事案は、まだ世界ではないんじゃないでしょうか？　日本の新聞は世界的に見ても巨大ですからね」

新聞だけではない。テレビも昔ながらのメディアだ。安田が構成作家を使って、関西の準キー局に虚偽放送をさせたという吾妻裕樹の主張は、あながち間違っていなかったのかもしれない。

「では、桐野君は大日新聞でも、近畿新報でも確信犯的に虚報を流したということですか？　でも、なぜそこまでするんです。彼らの真の目的は一体何なんです？」

「これまでの歴史では統治体制の転覆が革命でした。でも、情報の世紀に生きる私たちにとっての革命は、第四権力の消滅なのかもしれません」

「新しい革命の美酒に酔うってわけですか。でも、そんなことが現実に起こってるなんて、ちょっと信じられないですね」

「私も最初は陰謀論じみて、とても信じる気になれなかった。でも、人間の思考などイノベーションによって簡単に変わってしまうのも事実です」

イノベーションと聞き、三反園は桐野から送られてきたインタビュー記事を思い出した。あれも全て嘘だったというのか。

「未だ曖昧ですが、市民による情報発信が『第五権力』と定義するなら、ＶＥは最新の権力を行使するために、古くなった権力を、今風の言い方をすればアンインストールしているのかもしれません。影響力のあるマスメディアは目の上のたんこぶでしょうから」

常人の理解を遥かに超えた話でありながら、相賀の豊富な語彙と冷静な口調のせいで心が揺さぶられる。三反園は平静を保とうと、形ばかり首を振った。

「いや……しかし、容易には受け入れられません。仮に桐野君が安大成の記事を偽っていたとしても、それは彼が近畿新報時代に、私たち『ファクト・ジャーナル』が虚報の実態を暴いたからで、桐野君はその報復で……」

混乱する頭で口走った三反園だったが、そこでまた一つの事実に思い当たり口を閉ざした。

丸岡に近畿新報のネタをタレ込んだのは、カメラマンの徳田だった。

身の回りに起きた出来事が、また一つ相賀の誘う方へ吸い寄せられていく。あの丸岡のスクープですら、VEの掌の上だったとでもいうのか。

「レガシーメディアが標的なら、なぜウェブメディアである『ファクト・ジャーナル』が標的にされたんですか？　一貫性が感じられません」

新しい時代の、得体の知れない大波に呑まれまいと必死だった。しかし、相賀は微かに首を振って即答した。

「恐らく彼らは、責任者であるあなたと、唯一の正社員である丸岡さんだけが新聞社出身という点を突くはずです。メディアという枠組みを変えても、中身が変わらなければ真の情報化社会は迎えられない、レガシーがより内側に蔓延《はびこ》っている、レガシーは相変わらず正社員で高給取りだ、というイメージを植え付けるには最適です」

一つひとつ確実に退路を断たれ、三反園はぐうの音も出なかった。

記者クラブに代表されるように、これまでマスメディアがいかに閉鎖的で守られてきたか。情報革命から二十年以上が経ち、とうとう既存のメディアを根本から覆そうという勢力が現れた。悪貨が良貨を駆逐するように拡散するフェイクニュースが、レガシーメディアを侵食し始めたと考えれば、あながちデタラメな仮説とは言い切れない。

ＶＥに標的にされていると考えただけで、三反園は身震いした。もし美咲から聞いた桐野の「キンドル砲」の砲口が、名誉毀損問題ではなく自分に向けられているとすれば……。

母が骨折したのは偶然のタイミングだったのだろうか――。自転車をぶつけて逃走したという若い男の影が大きくなって、三反園の胸の内を圧迫した。あの一件がなければ、無理をしてでもソウルへ行っていただろう。

不安が不安を呼び、疑心暗鬼が渦を巻き始めた。

「徳田の送ってきた画像が、文潮のものだとすれば、品川編集長はなぜ彼らに手を貸したんですか？　私たちの不倫企画が許せなかったからでしょうか」

「編集長が手を貸したかどうかは分かりません。出版社の中にVEの協力者がいたということでしょう。私には文潮が組織的に協力したとは思えません。事態が明らかになったときのデメリットが大き過ぎます」

「彼らが安大成にこだわった理由も分かりません。安田が安の親戚ということもあって、利用しやすかったかもしれませんが」

「安田は在日韓国人二世ですが、安の親戚ではありません」

もはや何を信じていいのか分からず、三反園は背もたれに体を預け、自らのこけた頰に手を当てた。

「ただ、一つ気になることがあります。数日前に野村君が安に接触した際『ファクト・ジャーナル』が日本で有名なニュースサイトか確認したそうなんです」

「それはつまり……」

「安大成が『ファクト・ジャーナル』のインタビューの件を知っていた可能性があります」

「安が今回の誤報に加担したということですか？　VEの活動に一枚噛んでると？」

「情報がないので想像するしかありませんが、これから安が新しいメディアを使って何かを仕掛ける可能性はあります」

レガシーメディアの信用を低下させるということは、これまでの報道に疑惑の眼差しが向けられるということでもある。

安大成は一体、何をするつもりなのか——。

三反園は今日ほど情報が怖いと思った日はなかった。これまで禄を食んでいたこの業界は今、考えられない速度で異次元に向かいつつある。自分はこれから、勇み足に対する大きな代償を支払わなければならない。だが、一方で強烈な眠気覚ましにもなった。

情報の広がりが規則正しい波紋を描いていた時代は、完全に幕を下ろした。

「あのとき、訂正を出さんかったことを後悔してるんです」

椅子に座ったまま呆然とする三反園に、相賀は唇を噛んで見せた。

「夜討ちメモの捏造が発覚した時点で、ジャーナリズムの原理原則と向き合うべきやった。あそこで処理を誤ったから、桐野弘というモンスターを生んでしまった」

「でも、桐野もずっとこんなことは続けられんでしょう」

「もう同じ手口は使えんと思いますが、ネットの網の向こうからでも情報発信できますし、これからは生活の大半がネットとつながっていきます……」

そう言うと、相賀は照れるようにメガネのフレームを押し上げた。

「もともと機械に強いわけやないし、時代遅れな人間でいいと思ってましたが、桐野君らのせいで、また勉強せなあかんようになりましたわ」

「新聞、テレビを目の敵にしてるとしても、やっぱり私は『メイク・ニュース』の連中が最終的に何を目的にしてるのかが、イメージできません」

「情報に対する考え方が根本的に変わってきてるのかもしれません。正しく、人に役立つニュースが前提やと思ってきたけど、正しいより面白い、人の役より自分の役に立つ、そんな情報が飛び交う世の中になっても不思議じゃない」

三反園がため息をつくと、相賀もうつむいて首を横に振った。

「会社、店、金、そして人……ほとんど全てが画面上の出来事になる日も遠くありません。世界のプラットフォーム事業者、たった数社が我々の個人データを吸い上げて、巨大な権力になりつつあります。桐野君みたいな奴らが、そんな巨大資本にとって都合のいいニュースの創作合戦に明け暮れることだって考えられる」

「そんな時代が来れば……新聞は生き残れますかね？」

相賀は何も答えず、リストをクリアファイルに入れてバッグに戻すと、おもむろに立ち上がった。その引き際の鮮やかさは、慰めを期待する三反園の甘えを打ち砕いた。

ドアノブに手をかけると、相賀は半身だけ振り返った。

「三反園さん」

うつむいていた三反園は顔を上げ、縋るように「はい」と返事をした。相賀はその不甲斐ない目を相手にせず、射抜くような視線を向けた。

「記者は現場やで」

ドアが閉まり、白髪がスッと視界から消えた。

「三反園さん！」

入れ替わるように入ってきた丸岡が、タブレットを手にしていた。

「ツイッターで、安大成のインタビュー記事が荒れ始めました」

匿名に胡座をかいた罵詈雑言。画面を見なくても強烈な言葉の数々が容易に想像できる。

いつだったか、編集会議で「いっそ、ウェブニュースの誤報もやってみるか」と言ったのは自分だった。皮肉な現実に自虐的な笑みが浮かんだ。

この先、数多《あまた》の批判や悪意を浴びることになるだろう。五十にもなって親に心配を掛けるかもしれないと思うと、情けなかった。しかし、既に過ちの根源に気付いているのは年の功の為せる業だった。

記者は現場――。相賀は三反園のそれをひと言で表した。現場で、この目で見て考える。複雑な状況でも、踏み出す一歩は決まっているのかもしれない。

「すぐに戻る」

三反園は編集室を飛び出すと、廊下を走って階段を駆け下りた。乱れた呼吸のまま、一人つぶやく。

「浅瀬に留まるな」

今になって真に腑に落ちた。揶揄ではなく、姿勢の言葉だと。

エントランスの扉を開け、ビル前の歩道で足を止める。最寄駅の方を向くと、視界の先に遠ざかる相賀の背があった。呼吸を整え、歩み出す。

日没前、群青《ぐんじょう》の空を横切る飛行機を見た三反園は、ぼんやりとパスポートの在り処《か》を思い浮かべた。

# 解説

武田砂鉄（ライター）

## 事実を調整する

1000字くらいまで書いた解説原稿を一旦消した。なぜなら3年ほど前に本書の著者・塩田武士と対談した時に話したことと、そっくりそのままの内容を書いていたから。その対談はいまだにネットで読めるので、それを解説文に再利用したと思われたら癪《しゃく》だ。

と言いながら一部を利用してしまう。以前、ある新聞で対談連載を担当していた時のこと。あるミュージシャンが「自分はグルーヴを大事にする」と言ったのだが、それに対して、新聞社のデスクがわざわざ「グルーヴ（一体感）」という、微妙な語句説明を入れてきた。「グルーヴ」という言葉は確かにそのままでは伝わりにくいが、それは受け止める側が自由に想像すればいいと思う、と塩田に愚痴っていたのだ。瑣《さ》末《まつ》な点かもしれないが、自分が新聞という存在に感じる不満を込めてはいた。

このところ、新聞記者からの電話取材を立て続けに断っている。たとえば、新しい総裁が決まる2日前にメールが来て、明後日の夕方に新総裁が決定するので、その感想を聞かせてほしいという。決定後に30分ほど電話をして、その後でまとめた原稿を送る、ただし、その後、デスクのチェックが入り、調整する可能性がある、とのこと。コメント料はなかなかの薄謝だ。薄謝だから引き受けないのではなく、取材を受けて、まとめてもらって、チェックして、でも、そこからまた別の人のチェックが入るかもしれない、という作業工程にうんざりする。コメント依頼のメールに「文字数を指定していただければ、それにあわせて書きますが……」と返すこともあるのだが、取材の形でお願いしたいと再度提案される。なぜそうしたいのかは分かっている。発言を管理したいからだ。誘導したいからだ。ひとつの問題について、いくつかの意見を並べるという目的がある。

こんな架空記事を書いてみる。どこかで読んだ記憶がないだろうか。

「○○政権の閣僚の失言が止まらない。『気が緩んでいる』(政権幹部)との苦言も相次いでいる。ライターの武田砂鉄さんは『こういった政治家の失言はずっと繰り返されてきた。反省していない表れではないか』と語る。その一方で、野党の支持率は伸び悩む。評論家の□□△△さんは、『政権への不満は強いものの、その不満が野党支持には変わっていかない現状がある。野党には、積極的な政策提言が期待される』と述べた」

　こうやって、「政権幹部」と「武田」と「□□さん」の意見を並べている。ではここで、新聞社の意見がどこに存在しているか。どこにも存在していない。いや、存在していないのではなく、存在させないようにしているのではないか。この3つの声を捕獲できさえすれば、テンションは調整できる。たとえばこのように。

「○○政権の閣僚から失言が止まらないが、ライターの武田砂鉄さんは『失言がずっと繰り返されているのは反省していない表れだ』と憤る。『気が緩んでいる』（政権幹部）との苦言も聞こえる。政権に大きな痛手となりそうだ」

　こうすれば、もうちょっと政権に厳しいスタンスをとれる。でも、ここで厳しいスタンスをとっているのは、新聞社ではなく武田である。こういうのに使われたくない。使われたくないし、ちゃんとそっちの主語を使ってくれよと思う。新聞社として、これはよくないです、これはそうでもないです、問題ないです、と言ってほしい。誰かに頼らないでほしい。誰かに頼っている記事を読むたびに「またこれか」とボソボソつぶやく。

「事実」とはなにか。一言で語れるものではない。見る角度によって違う。ある事象を5年前から知っている人と、今さっき発見した人を比べて、ずっと前から知っている人の意見のほうが正しいとは限らない。そこにある事実を、そのまま事実として抽出するのは難しい。誰が抽出しても、バイアスがかかる。雑念が混じり込む。しかし、その雑念は決して悪いものではない。良い悪いではなく、そういうものだからだ。苦悶《くもん》する表情か、満面の笑みか、いやらしくニヤニヤしているか、どの写真を使うかで印象が変わるように、伝え方には、絶対的に誰かの意図が介在する。

本書は、「事実」の在り方をめぐる物語だ。情報が錯綜《さくそう》し、飛び交い続ける社会にあって、一体、誰がどうやって物事の事実を定めるのだろう。

「美沙は記者クラブが当然のシステムだと思っていた。しかし、大半が民間企業である新聞社や放送局は、一体何の『資格』があって第一級の情報を独占しているのか。情報を発信する人とそれを受け取る人が、直接結びつく時代。双方向性と透明性が求められる中で、記者クラブのような問屋の存在が、美沙には浮いているように見えた」

「ルールを決める側に『資格』を与えられる〝大本営発表〟の怖さを知っているからこそ、公の機関に取材拠点を築き、強い力を持つ人たちを驕《おご》らせない存在は必要だ」

「記者クラブが『正しい』とは思えない。だが『不要』とも言い切れない。メビウスの帯を歩く美沙は、自らの身の丈に合わない命題探しに強いストレスを覚えた」

記者クラブに代表されるように、情報を管理したい側と、情報を暴き出したい側の攻防が行われる場所が、さほど緊張感に満ちた場ではないと知らされると、私たちはその双方に不満をぶつける。コロナ禍で首相会見が度々開かれたが、なぜか質問は1問に限られ、首相が曖昧に答えたとしても、次の質問に移行していく。後半になるとフリーランスの記者にあてられることもあるのだが、前半は記者クラブの人たちがなんとも生ぬるい質問をして、首相に安らぎの時というのか、持論を補強する時間を与えてしまう。

「以前から申し上げている通り」「繰り返しになりますが」「〜というのが事実なんだろうと思います」と言った言葉遣いを政治家は好む。これを繰り返していると、既成事実っぽくなるからだ。目の前に置いてあったのがリンゴでも、「昨日も同様の質問をいただきましたが、あれはミカンであったと考えています。専門家に分析を依頼したものであり、新たに調査をすることは考えておりません」と返してくる。すると、ネットでは「ミカンだって言ってるのに、いつまでリンゴだと主張するんだｗｗｗ」との声が出てきて、そのうち、「リンゴだと主張する反対派グループが集会を行った」なんてニュースが出てくる。いや、だから、どう考えても、リンゴだったのに。

事実というのは微調整できるものではないが、残念ながら権力者という生き物は、事実を微調整する。いや、豪快に調整する。黒をひっくり返して白にする。そういう調整に挑んでいかなければならないのがメディアなのだが、この時代はむしろ、メディアに対する疑いの目が強まっている。

「私、特に意識してたわけじゃないんですけど、新聞を信頼してたんだと思います。もちろん、全部がいい加減な記事ではないにしても、一度でもこういう経験をすると……大げさに聞こえるかもしれませんけど、いろいろと信用できなくなってしまって」

こんな声が本書にある。権力者にとっては、メディアが脆弱《ぜいじゃく》になってもらうことほどありがたいことはない。どうすれば脆弱になるかを考えている。だからこそ、メディアは権力と適切な距離感で手厳しく突っ込んでいく場を保たなければいけない。塩田は新聞記者を経て作家になった書き手だが、本書の随所にジャーナリズムへの警鐘を詰め込んだのではないか。ストーリーテラーとしての躍動感に酔わせてくれるのはもちろんのこと、作品全体に通底するのは、目の前の社会に広がっている疑念である。この疑念が物語の血行となっている。

ジャーナリズムが取り戻すべきは、主体性である。あなたの言葉で記事を書いてほしい。あなたの意見を聞きたい。あなたが反論してほしい。そう思いながら、新聞をめくり、テレビニュースを眺める。「正しいこと」と「正しいとされること」と「正しいってことにしてしまおうと企《たくら》んでいること」を区分けしなければいけない。その意識が弱まると、私たちは騙《だま》されてしまう。その恐ろしさをこの物語が教えてくれる。この作品の共通項はなんだろう。大事にしているものはなんだろう。私は、グルト、ヴではないかと感じた。

本書は二〇一八年八月、小社より単行本として刊行されました。

|著者| 塩田武士　1979年兵庫県生まれ。関西学院大学卒業後、神戸新聞社に勤務。2010年『盤上のアルファ』で第5回小説現代長編新人賞、'11年、将棋ペンクラブ大賞を受賞。'12年、神戸新聞社を退社。'16年、『罪の声』で第7回山田風太郎賞を受賞。同書は「週刊文春ミステリーベスト10」第1位、第14回本屋大賞第3位にも選ばれた。'19年、本書で第40回吉川英治文学新人賞を受賞。『罪の声』と『騙し絵の牙』(角川文庫)は映画化、『盤上のアルファ』と本書はNHKでドラマ化された。他の著書に、『女神のタクト』『ともにがんばりましょう』『盤上に散る』『氷の仮面』(以上、講談社文庫)、『崩壊』(光文社文庫)、『雪の香り』(文春文庫)、『拳に聞け!』(双葉文庫)、『デルタの羊』(KADOKAWA)がある。

歪《ゆが》んだ波紋《はもん》
塩田武士《しおたたけし》


講談社文庫
定価はカバーに
表示してあります

2021年11月16日第1刷発行

発行者――鈴木章一
発行所――株式会社　講談社
東京都文京区音羽2-12-21　〒112-8001
電話　出版　(03) 5395-3510
　　　販売　(03) 5395-5817
　　　業務　(03) 5395-3615
Printed in Japan

KODANSHA

デザイン―菊地信義
本文データ制作―講談社デジタル製作
印刷―――大日本印刷株式会社
製本―――大日本印刷株式会社



ISBN978-4-06-526035-7

# 講談社文庫刊行の辞

二十一世紀の到来を目睫に望みながら、われわれはいま、人類史上かつて例を見ない巨大な転換期をむかえようとしている。

世界も、日本も、激動の予兆に対する期待とおののきを内に蔵して、未知の時代に歩み入ろうとしている。このときにあたり、創業の人野間清治の「ナショナル・エデュケイター」への志を現代に甦らせようと意図して、われわれはここに古今の文芸作品はいうまでもなく、ひろく人文・社会・自然の諸科学から東西の名著を網羅する、新しい綜合文庫の発刊を決意した。

激動の転換期はまた断絶の時代である。われわれは戦後二十五年間の出版文化のありかたへの深い反省をこめて、この断絶の時代にあえて人間的な持続を求めようとする。いたずらに浮薄な商業主義のあだ花を追い求めることなく、長期にわたって良書に生命をあたえようとつとめるところにしか、今後の出版文化の真の繁栄はあり得ないと信じるからである。

同時にわれわれはこの綜合文庫の刊行を通じて、人文・社会・自然の諸科学が、結局人間の学にほかならないことを立証しようと願っている。かつて知識とは、「汝自身を知る」ことにつきていた。現代社会の瑣末な情報の氾濫のなかから、力強い知識の源泉を掘り起し、技術文明のただなかに、生きた人間の姿を復活させること。それこそわれわれの切なる希求である。

われわれは権威に盲従せず、俗流に媚びることなく、渾然一体となって日本の「草の根」をかたちづくる若く新しい世代の人々に、心をこめてこの新しい綜合文庫をおくり届けたい。それは知識の泉であるとともに感受性のふるさとであり、もっとも有機的に組織され、社会に開かれた万人のための大学をめざしている。大方の支援と協力を衷心より切望してやまない。

一九七一年七月

野間省一